BARTI DDU

BARTI DDU
O Gasnewy' Bach

T. Llew Jones

Argraffiad cyntaf: 1973
Ail Argraffiad: 1991
Argraffiad newydd: 2003

ISBN 1 84323 317 7

Argraffwyd gan
Wasg Gomer, Llandysul, Ceredigion SA44 4QL

Pennod 1

Y LLONG FAWR

Tywynnai haul mis Medi ar harbwr bychan, tawel Aber-
gwaun, yn Sir Benfro, gan wneud i'r dŵr sgleinio a dawnsio fel
peth byw. Yr oedd nifer o gychod bychain yma a thraw o
gwmpas yr harbwr ond yn eu canol — fel hen iâr ymysg ei
chywion — gorweddai un llong fawr. Yr oedd iddi dri mast
uchel a'r rheini, gan ei bod hi'n gorwedd yn llonydd yn y porth-
ladd, heb yr un hwyl arnynt o gwbwl.

Pe baech chi'n aros ar y cei yn Abergwaun y diwrnod
hwnnw, buasai gennych ddigon o gwmni, oherwydd yr oedd
tyrfa fawr wedi dod i lawr o dref Abergwaun ar ben y bryn i
weld y llong anferth yma a oedd wedi llithro i mewn i'r har-
bwr heb i neb wybod ei bod hi'n dod. Ni wyddai neb ddim o'i
hanes, na beth oedd ei busnes.

Pe bai gennych lygaid da, fe allech fod wedi darllen ei henw
wedi ei beintio ar y bow — *Pembroke* oedd hwnnw, a bron na
theimlai pobl Abergwaun, ar ôl gweld yr enw, mai eu llong
hwy oedd hi. Ond gwyddent nad llong gyffredin oedd hon
serch hynny. Roedden nhw'n hen gyfarwydd â llongau o lawer
math yn harbwr Abergwaun. Deuai llongau masnach yno o
bob rhan o'r byd bron, yn eu tro. Ond nid llong fasnach oedd
hon, ac roedd hi'n fwy na dim a welsant yn y porthladd erioed
o'r blaen.

"*Man o' War* yw hi!" gwaeddodd hen forwr a safai ar y cei.

Llong ryfel! Beth oedd honno'n ei wneud yn Abergwaun? Fe
wyddent wrth gwrs fod rhyfel arall eto wedi cychwyn rhwng

5

Lloegr a Sbaen, a bod ymladd mawr ar y môr rhwng llongau'r ddwy wlad. Ond beth oedd llong ryfel o Lynges Ei Mawrhydi y Frenhines Anne yn ei wneud yn Abergwaun? Oni ddylai hi fod ar y môr yn ymladd â'r Sbaenwyr?

Gwelodd y rhai a oedd yn gwylio fod cwch a rhyw ddeg o bobl ynddo wedi ei ollwng dros ochr y llong fawr ac yn dod tua'r lan.

Gwyliai'r dorf ar y cei y cwch yn nesáu gyda chwilfrydedd mawr. Yn awr fe gaent wybod beth oedd ei neges a'i busnes.

Daeth y cwch yn gyflym ar draws y dŵr tawel. Yna roedd yn ddigon agos i'r gwylwyr ar y lan weld wynebau'r rhai a oedd ynddo. Wynebau brown, garw. Yn sydyn, er na wyddent pam, dechreuodd y bobl ar y lan deimlo'n ofnus. Ai rhywbeth mileinig yn wynebau'r dynion yn y cwch oedd yn gwneud iddynt anesmwytho? Ynteu rhyw chweched synnwyr yn eu rhybuddio fod y dieithriaid hyn, a oedd yn dod yn gyflym tuag atynt, ar ryw berwyl drwg.

Yna dywedodd yr hen forwr un gair — dan ei anadl bron — ac eto rywfodd, fe'i clywodd pob un ef. "Y Press!"

Aeth y gair o ben i ben fel fflach.

"Y PRESS!"

Cyn pen winc roedd y cei'n wag a'r gwylwyr, yn ddynion ac yn ferched, wedi rhedeg am y dref. Ar y ffordd gwaeddent yn uchel i rybuddio pawb, "Y PRESS! Y PRESS!" Fe wyddai pob dyn oedd yn byw yn Abergwaun ystyr y gair ofnadwy hwn. Roedd y llong fawr wedi dod i Abergwaun i orfodi dynion ifainc (a hen o ran hynny!) i ymuno â chriw'r *Pembroke*.

Bywyd caled oedd bywyd y morwr ar longau rhyfel yn y dyddiau hynny. Hefyd roedd y tâl yn isel, ac weithiau fe gâi bechgyn eu twyllo i fynd ar fordaith hir, ond pan ddychwelent adre, ar ôl bod trwy bob math o beryglon yn aml, nid oedd neb yn barod i roi dimai goch iddynt! Ar ben hynny roedd y bwyd ar yr hen longau hwyliau yn warthus. Yn wir, ar fordaith hir, nid oedd fawr ddim ar gyfer y morwyr ond cig moch hallt a bisgedi celyd.

Ac o dipyn i beth fe gafodd y Llynges enw drwg, ac nid oedd fawr o neb yn ei synhwyrau yn fodlon mynd yn forwr. Ond pan ddeuai rhyfel byddai'n *rhaid* cael morwyr ar y llongau ymladd mawr. A'r pryd hynny byddai'r capteniaid yn cael caniatâd i ffurfio Press Gang, hynny yw, roedd hawl ganddynt i yrru mintai o ddynion garw i'r trefi a'r pentrefi gyda glannau'r môr i orfodi pwy bynnag a fyddai'n ddigon anffodus i gael ei ddal ganddynt i fynd yn forwr ar fwrdd pa long bynnag a oedd yn barod i hwylio ar fordaith bell a pheryglus. Yr oedd hanes am weithwyr tlawd yn cael eu dwyn o'r caeau neu o'r strydoedd a'u taflu i gychod a oedd i'w cludo i'r llong yn yr harbwr, a hynny heb roi gwybod i'w gwragedd a'u plant beth oedd wedi digwydd iddynt. Byddai'r rheini'n eu disgwyl adref fel arfer ar ddiwedd eu diwrnod gwaith, ond erbyn hynny byddai'r llong ryfel wedi hwylio ymaith — efallai ar fordaith o ddwy flynedd. Ac ni fyddai neb yn hidio beth a ddigwyddai i'r gwragedd a'r plant ar ôl colli'r rhai a oedd yn ennill cyflog i brynu bwyd a dillad iddynt.

Doedd dim rhyfedd felly fod y gair "Press" wedi achosi cynnwrf yn hen dref Abergwaun. Ymhell cyn i'r cwch o'r llong gyrraedd y cei nid oedd yr un dyn byw i'w weld ar y strydoedd. Roedd y gwragedd a'r plant hefyd yn prysur ruthro am eu tai, ac yn cloi a bolltio'r drysau cyn gynted ag y gallent.

Ond yn nhref Abergwaun roedd yna rai bechgyn mentrus a chryf, ac yn hen dafarn y Bristol Trader roedd cwmni ohonyn nhw wedi dod at ei gilydd. Wedi cael ar ddeall mai dim ond rhyw ddeg o ddynion oedd yn y Press Gang, fe benderfynodd eu harweinydd, Abram Tomos, pysgotwr, ac un o'r dynion garwaf a fagwyd yn Abergwaun erioed, eu bod nhw'n mynd i ddal eu tir yn erbyn y dieithriaid a oedd ar fin dod ar eu gwarthaf.

"Dŷn ni ddim yn mynd i orwedd lawr iddyn nhw gael ein clymu ni a mynd â ni dros y môr i'r gwledydd pell," meddai Abram. "Wyddech chi fod morwyr ar yr hen longe rhyfel 'na'n cael 'u trin fel cŵn? Ac os gwnewch chi gymaint ag achwyn fe gewch eich cyhuddo o gychwyn miwtini — a dyna hi ar ben arnoch chi wedyn!"

"Eitha reit! Eitha reit!" gwaeddodd un neu ddau o'r lleill.

Edrychodd Abram o gwmpas bar y Bristol Trader ar wynebau'r rhai oedd yn sefyllian o gwmpas y stafell. Ffermwyr wedi dod i mewn i'r farchnad oedd nifer ohonynt. A oedden nhw'n mynd i ddal eu tir? Gwyddai na fyddent yn hir yn cael gwared o'r Press Gang pe baent yn eu herio fel un gŵr. Gwyddai hefyd mai ei ddylanwad ef yn unig oedd yn eu cadw rhag rhedeg i ymguddio yn rhywle. Roedd ganddynt dipyn o ffydd yn ei gorff mawr ac yn ei enwogrwydd fel ymladdwr heb ei fath. Ond yr hyn na wyddai oedd sut yr oedden nhw'n mynd i ymddwyn pan ddeuai'r Press Gang.

"Does gen i ddim ond y ffon 'ma," meddai un ffermwr bach yn y gornel.

"Mae honna'n ffon go lew, os defnyddi di hi gydag arddeliad!"

"Does gen i ddim byd," meddai un arall.

Cerddodd Abram at y lle tân. Cydiodd yn y pocer mawr, trwm a bwysai ar y pentan.

"Dyma i ti arf go lew faswn i'n meddwl." Estynnodd y pocer i'r dyn. Yna, o'i wregys llydan tynnodd gyllell hir, a'i dal i fyny. "Fe gân nhw brofi awch hon os dôn nhw'n agos 'ma!"

"Dwy'i ddim eisie twrw yn y Bristol Trader, Abram!" gwaeddodd gwraig y dafarn.

"Ydy hi'n well gennych chi weld eich cwsmeried yn cael 'u dwyn gyda'r Press, Misus?"

"Mae arna i ofn am y tŷ 'ma, a'r celfi, Abram," meddai'r hen wraig. "Os daw'r Press mewn 'ma . . . a dechre ymladd . . . fe dynnan y tŷ ar 'u penne!"

"Gobeithio na ddôn nhw ddim," atebodd Abram.

Ond ar y gair gallent glywed tramp tramp cyson traed yn nesu at y dafarn. Yr oedd rhywun wedi tynnu llenni dros y ffenest ac yn awr safai pawb ar lawr y taprwm mewn hanner tywyllwch fel na allent ond prin weld ei gilydd.

Aeth Abram Tomos at y ffenest a thynnu'r llen ryw fymryn yn ôl. Pan edrychodd allan gwelodd ddwsin o ddynion garw a mileinig yr olwg yn sefyll ar y sgwâr. Yr oedd eu hwynebau tuag ato a hawdd gweld eu bod yn petruso p'un ai i ddod i mewn i'r dafarn ai peidio. Gwelodd hefyd fod gan bob un bistol a chyllell hir wrth ei wregys.

Yn sydyn yr oedd un o'r ffermwyr yn sefyll yn ymyl Abram, yn ceisio edrych dros ei ysgwydd. Am ei fod yn methu gweld dim fe dynnodd y llen yn ôl dipyn ymhellach, a gweld y gwŷr arfog. Ond roedd y gwŷr arfog wedi ei weld yntau hefyd, a chyda gwaedd roedden nhw'n rhedeg at ddrws y dafarn.

"Maen nhw'n dod i mewn!" gwaeddodd rhywun yn yr hanner tywyllwch. Cyn pen fawr o dro roedd y drws wedi cael ei dorri i lawr gydag un hyrddiad cryf gan ysgwyddau'r Press Gang. O fewn y taprwm roedd Abram Tomos yn sefyll ar ganol y stafell.

"Gyda'n gilydd nawr, cofiwch," dywedodd, "neu fe fydd hi ar ben arnon ni."

Ond yr oedd digon o olau yn y stafell iddo weld wrth eu hwynebau fod ofn bron â'u llethu. I'w dychrynu'n fwy fyth, fe daniodd rhywun bistol yn y cyntedd nes bod y tŷ'n diasbedain. Rhuthrodd cwsmeriaid y Bristol Trader am ddrws y cefn — pawb ond Abram Tomos.

"Arhoswch! Sefwch!" gwaeddodd o ganol y llawr.

Ond gwyddai wrth weiddi mai ofer ceisio'u rhwystro. Roedd ofn y Press yn eu calonnau o'r dechrau, ac roedd yr ergyd ofnadwy yn y cyntedd wedi eu hargyhoeddi mai rhedeg oedd yr unig beth i'w wneud. Ni wyddai Abram Tomos na gwraig y dafarn yn iawn beth a ddigwyddodd wedyn. Cofiai'r wraig weld Abram yn troi i gyfeiriad y drws i wynebu'r Press Gang, â'i gyllell yn noeth yn ei law. Ond wedyn roedd y morwyr garw wedi cau amdano a rhywun wedi ei daro ar ei gorun â phistol cyn iddo gael unrhyw siawns i ddefnyddio'i gyllell na dim arall. Yna roedden nhw wedi ei glymu law a throed ar lawr y dafarn a gadael un i ofalu amdano tra oedd y gweddill o'r Gang wedi rhedeg ar ôl y rhai oedd wedi dianc trwy ddrws y cefn.

Adroddai gwraig y dafarn wrth ei chwsmeriaid drannoeth fel yr oedd Abram wedi gwingo ac ymdrechu i ddianc oddi ar y llawr. Dywedodd iddi ei weld yn straenio pob gewyn yn ei gorff mawr i dorri'r rhaffau a'i daliai, tra oedd y morwr a'i gwyliai yn yfed chwart o ddiod yn y taprwm. Ond wedyn roedd rhai o'r lleill wedi dychwelyd — heb lwyddo i ddal neb. Yna roedden nhw wedi mynd â'r dyn mawr gyda nhw i gyfeiriad yr harbwr.

Y noson honno, yn Abergwaun, bu llawer yn gwylio'n ofnus o'r tu ôl i lenni caeedig ffenestri eu tai. Ofnai pawb fentro allan

9

i weld a oedd y llong fawr yn yr harbwr o hyd, neu i weld faint o fechgyn y dref oedd wedi cael eu dal gan y Press Gang. A'r noson honno ni ddaeth neb i wybod fod y Press wedi llwyddo i ddwyn tri ar ddeg o ddynion o bob oed, o dref Abergwaun, i fod yn forwyr anfodlon ar y *Pembroke*. Roedden nhw wedi dal rhai nad oedd ar neb yn y dref hiraeth o'u colli. Roedden nhw wedi dal Ned a Ianto'r Wern, dau frawd, a dau hen feddwyn garw a oedd wedi achosi llawer o ofid i lawer o bobl yn Abergwaun ers blynyddoedd. Yr oedd y Press wedi cael pedwar dyn heb orfod eu dal a'u dwyn. Roedd y pedwar hynny'n digwydd bod yn wercws y dref ar y pryd, ac roedd y Ceidwad wedi rhoi caniatâd i'r Press fynd â nhw, yn enw'r Frenhines, i ymladd dros Ei Mawrhydi, er mwyn gwneud iawn am y bwyd a'r dillad yr oedden nhw wedi'u cael ar gost y wlad. Yr oedd dau wedi *dewis* ymuno â chriw'r *Pembroke*. Dau leidr defaid oedd y rheini, a oedd yn digwydd bod yn y gell o dan neuadd y dref, yn disgwyl i'w hachos ddod o flaen y llys fore trannoeth. Gan fod y ddau wedi bod o flaen y llys unwaith o'r blaen am yr un trosedd, a chan mai crogi oedd y gosb yn y dyddiau hynny am ddwyn defaid, edrychai'r ddau ar ymweliad y *Pembroke* fel cyfle i achub eu crwyn eu hunain, ac fe aethant gyda'r Press Gang yn llawen.

Yr oedd y lleill wedi eu dal trwy drais a'u dwyn i'r llong o'u hanfodd, a hynny heb roi gwybod i'w teuluoedd a heb holi a fyddai rhywrai'n dioddef oherwydd eu colli.

*   *   *

Eisteddai Capten Warlow, y *Pembroke*, yn y caban mawr o dan y pŵp-dec. Siglai lantern yn esmwyth wrth do'r caban, oherwydd yr oedd hi'n nos erbyn hyn. Yr oedd gwg ar wyneb rhychiog y capten. Ychydig ynghynt roedd y morwyr wedi dychwelyd â'u tri charcharor ar ddeg. Roedd ef wedi gobeithio am lawer rhagor. Fe deimlai'n ddiamynedd iawn. Roedd y *Pembroke* wedi ei stocio â bwyd a phob dim, ac roedd hi'n barod i hwylio i'r Gorllewin, ond roedd hi'n brin o forwyr — yn brin o forwyr o hyd. Tri ar ddeg! Yn ei dymer ddrwg trawodd y bwrdd o'i flaen â'i ddwrn tew.

Roedd wedi sicrhau Mr Wade yn Swyddfa'r Llynges yn Llundain y byddai'n cael criw'n hawdd yng Nghymru. Roedd hynny wedi bod yn help iddo gael y *Pembroke*, fe deimlai'n siŵr, waeth roedd mwy nag un llong yn gorwedd yn afon Tafwys yn methu â chael criw, tra oedd eu hangen i ymladd â'r Sbaenwyr dros y môr. Ac roedd ef wedi bod yn falch dros ben o gael bod yn gapten ar y *Pembroke* am ei fod wedi bod yn byw'n rhy fras yn y brifddinas ers amser, ac arno ddyledion trwm i lawer o bobl. Yn y Gorllewin gobeithiai allu gwneud ei ffortiwn, heb sôn am ennill enwogrwydd wrth frwydro â'r Sbaenwyr. Roedd e wedi dweud wrth Mr Wade y byddai'n hawdd cael criw yng Nghymru, am ei fod wedi cwrdd â dihiryn o Gymro o'r enw John Davies mewn tafarn un noson, a hwnnw wedi dweud wrtho y gallai ef sicrhau criw iddo — ond iddo gael bod yn fêt ar y *Pembroke*. Deallodd Capten Warlow fod Davies wedi treulio llawer o flynyddoedd ar y môr yn y Gorllewin, ac iddo fod yn fêt ar long fasnach am sawl blwyddyn, cyn iddo golli ei swydd am daflu morwr dros y bwrdd mewn storm o wynt. Haerai Davies fod y morwr wedi gwrthod mynd i fyny i drin yr hwyliau, ac felly roedd wedi anufuddhau i orchymyn — ac ar y môr roedd hynny cystal â miwtini. Deallodd Capten Warlow mai dyn creulon, caled oedd Davies, ond roedd hynny wrth ei fodd, waeth roedd y capten wedi bod ar y môr yn ddigon hir i wybod mai dyn felly oedd yn mynd i wneud bywyd yn haws iddo ef. Ni fyddai dyn fel Davies yn debyg o adael i'r criw segura a mynd i ddiogi.

Ond yn awr, yn y caban mawr o dan y pŵp-dec, nid oedd Capten Warlow yn rhy siŵr! Roedd y mêt wedi addo digon o forwyr i'r *Pembroke* ar ôl cyrraedd Cymru ond dyma nhw bellach wedi galw mewn tri phorthladd, a heb gael criw llawn eto! Estynnodd ei law at y botel ddu a oedd ar y bwrdd ac arllwysodd wydraid arall o win iddo'i hunan. Yna clywodd sŵn traed yn nesu at y drws. Daeth sŵn curo o'r tu allan.

"Dewch mewn!" gwaeddodd. Agorodd y drws a daeth John Davies i mewn.

"Mister Mêt! Wel?"

Edrychodd y mêt ar ei feistr, yna ar y botel ddu ar ganol y bwrdd cyn dweud dim. Yr oedd John Davies yn ddyn mawr, cryf. Gwisgai ei het ar dro ar ei ben. Edrychai ei ddillad fel pe baent y mymryn lleiaf yn rhy fach i'w gorff cyhyrog. Yr oedd ei wyneb yn frown ac yn greithiog, fel pe bai llawer o stormydd ar y môr wedi gadael eu marc arno.

Gwthiodd y capten y botel a gwydryn tuag ato, a daeth gwên i wyneb y mêt.

"Ga i'ch caniatâd chi i eistedd, Capten? Rwy'i wedi bod ar 'y nhraed drwy'r dydd . . ."

"Mae'n debyg, Mister Mêt, ond lwyddoch chi ddim i gael criw i mi. Ga i'ch atgoffa chi ichi *addo* . . ."

"Ym, Capten, dyna pam y des i yma i'ch gweld chi nawr."

"O ie?"

"Mae gen i gynllun, syr."

"A! Roedd gennych chi gynlluniau yn Llundain cyn i ni gychwyn, Mister Mêt, rwy'n cofio."

Gwenodd y mêt. Arllwysodd lond ei wydryn o'r botel ddu, a daliodd ef i fyny i'r golau.

"Bordeaux, syr?"

"Ie, Davies. Ond y cynllun 'ma. Rhaid i mi ddweud 'mod i'n siomedig iawn . . ."

"A! Syr. Os ca i egluro."

"Gwnewch ar bob cyfri."

"Wel, syr." Cymerodd lwnc hir o'r gwin, ac wedi sychu ei wefusau trwchus â chefn ei law, aeth ymlaen.

"A! Gwyn eich byd chi, syr, os oes gynnoch chi nifer go lew o boteli fel hon ar gyfer y fordaith i'r Gorllewin! Mae gwin da yn gallu bod yn gysur mawr mewn dyddiau anodd, syr, fel y gwn i trwy brofiad . . ."

"Ond yr oeddech chi'n sôn am gynllun, Mister Mêt?"

"Oeddwn, syr. Y . . . gyda'ch caniatâd chi . . ." Ac arllwysodd wydraid arall iddo'i hunan o'r botel ddu.

Gwgodd y capten arno, ond ni ddywedodd air.

"Ŷch chi'n gweld, syr," meddai'r mêt, "yr hyn rydyn ni wedi bod yn 'i wneud hyd yn hyn yw mynd mewn i borthladd-oedd fel Abergwaun 'ma ar olau dydd, ontife?"

"Ie, ond . . ."

"Ac mae pawb yn ein gweld ni, a — rywfodd neu'i gilydd maen nhw'n deall beth yw ein neges ni ymhell cyn i ni allu cael cwch i'r lan. A beth sy'n digwydd wedyn? Wel, mae pob dyn sy yn y lle yn rhedeg i gwato fel llygoden."

"Wel?"

"Wel, syr, pe baen ni'n gallu hwylio i mewn i harbwr dan gysgod nos, glanio'r Press mewn tywyllwch, rwy'n meddwl . . ."

Daeth hanner gwên i wyneb y capten.

"A! Rwy'n meddwl fod y cynllun yna'n un da iawn, Mr Davies. Ydych chi wedi meddwl am le lle gallwn ni drio'r cynllun . . .?"

"Ydw, syr." Yfodd ei wydryn hyd y gwaelod, a llanwodd ef eto cyn mynd ymlaen. "Heibio i'r trwyn o'r fan yma, mae hen dre Trefdraeth. Dyw hi ddim yn dre fawr, ond os gallwn ni ddwyn y *Pembroke* i olwg y lan gyda'r nos, ac yna gael cychod i dir dan gysgod tywyllwch — rwy'n meddwl y dylen ni gael helfa dda . . ."

"Yfwch lawr, Mr Davies. Fe fydd hi'n biti gadael y botel ar ei hanner."

Gwenodd y mêt. "Diolch, Capten Warlow, rŷch chi'n garedig iawn. Wrth gwrs, yn union ar ôl ymosod ar Drefdraeth — y — fe fydd rhaid i ni fynd i'r môr . . ."

"Wrth gwrs, Mr Davies, fyddai hi ddim yn dda arnon ni pe baen ni'n aros o gwmpas i bobol ddwyn cyhuddiadau'n ein herbyn ni. Does gynnon ni ddim *hawl* presio neb ond morwyr a physgotwyr. Does gynnon ni ddim hawl torri i dai pobol . . . ond — wel — mae pob cais i ricriwtio wedi methu ac mae'n rhaid i ni gael criw . . ."

"Rwy'n cytuno'n llwyr," meddai'r mêt.

PRIODI MERCH Y DAFARN

Yn nhafarn Llwyn-gwair yn Nhrefdraeth roedd cwmni llawen iawn yn gwledda ac yn yfed. Yr oedd y taprwm yn llawn o bobl hapus a swnllyd, oherwydd yr oeddynt i gyd yno i ddathlu priodas.

Y prynhawn hwnnw yr oedd Megan, unig ferch y dafarn, wedi priodi â gŵr ifanc o'r enw Barti Roberts o Gasnewy' Bach, mab y töwr Robert Rhisiart.

Ddwedais i fod *pawb* yn llawen? Wel i fod yn hollol gywir, yr oedd yno un nad oedd yn edrych nac yn ymddwyn mor llawen â'r lleill. Hwnnw oedd y tafarnwr ei hunan, Wiliam Ifan, tad y briodferch. Fe fu ef yn gwneud ei orau i rwystro'r briodas, gan nad oedd y gŵr ifanc a ddewisodd ei ferch wrth ei fodd o gwbwl.

Credai y gallai Megan, â'i gwallt melyn a'i hwyneb tlws, fod wedi cael un o feibion y gwŷr bonheddig oedd yn byw yn yr ardal. Dyn a ŵyr roedd sawl un o'r rheini wedi treulio llawer o'u hamser yng ngwesty Llwyn-gwair yn ceisio'i charu. Ond roedd hi wedi dewis pysgotwr! Pysgotwr o bob peth! Gwyddai Wiliam Ifan yn burion mai ansicr iawn oedd bywyd y rheini. Weithiau caent helfa fras o bysgod, a phryd arall byddai'n rhaid dychwelyd yn waglaw.

Ond nid y ffaith mai pysgotwr oedd ei fab-yng-nghyfraith oedd yr unig reswm pam yr oedd Wiliam Ifan yn anfodlon arno. O na, roedd yna bethau eraill . . .

Roedd e'n greadur gwyllt, ac yn rhy hoff o wisgo amdano'n wych i ryw damaid o bysgotwr o dipyn. A doedd ganddo ddim parch at bobl oedd yn well, ac yn uwch eu stad nag ef.

Roedd Wiliam Ifan wedi arfer â chyffwrdd ei gap i bobl ac i ddweud "Ie, syr" a " Na, syr", yn ôl y galw, ac roedd wedi llwyddo i ennill bywoliaeth dda wrth wneud hynny â chwsmeriaid cefnog tafarn Llwyn-gwair. Doedd e ddim yn gweld gŵr newydd ei ferch yn gwneud llawer o les i fusnes y dafarn.

Edrychodd ar draws y neuadd tua'r fan lle'r eisteddai'r dyn ifanc oedd wedi cipio calon ei unig ferch. Gwelodd ei wallt du, cyrliog yn sgleinio dan oleuni'r siandelïer mawr, a chlywodd ef yn chwerthin yn uchel. Gyrrodd y chwerthin hwnnw ryw ias trwy asgwrn cefn Wiliam Ifan. Roedd rhywbeth yn y sŵn — rhywbeth tebyg i sialens . . . ie dyna fe . . . wrth chwerthin roedd e fel petai'n rhoi sialens i'r holl fyd!

"Dewch, Wiliam Ifan, gadewch i ni yfed iechyd da i'r pâr ifanc — dŷn ni ddim wedi gwneud eto."

Safai Robert Rhisiart y töwr yn ei ymyl â dau wydryn llawn yn ei law.

"Fy niod i," meddyliodd Wiliam Ifan, "mae pawb yn yfed fy niod i — a hynny heb dalu amdano heno!"

"Dewch — gadewch i ni fod yn llawen gyda'n gilydd, Wiliam!" meddai'r töwr wedyn, â gwên ar ei wyneb iach.

Derbyniodd y tafarnwr y gwydryn o'i law.

"O'r gore. Iechyd da i'r pâr ifanc!" meddai, ac yfodd y ddau.

"Mae e'n hogyn da, Wiliam Ifan, cofiwch. Fe wn i fod rhai yn gweld rhyw feie arno fe. Ond does dim diogi yn 'i groen e; ac mae e'n berchen 'i gwch 'i hunan erbyn hyn — a pheth arall, mae e wedi dysgu crefft töwr hefyd, cofiwch. Pe bai e'n dewis, fe alle droi'i law at hynny . . ."

Roedd meddwl Wiliam ar yr holl gwrw oedd yn cael ei yfed yn nhafarn Llwyn-gwair y noson honno heb enaid byw yn talu amdano — yn unig am ei bod hi'n arferiad, yn hen arferiad — i dad y briodferch dalu am ddiod i'r gwahoddedigion. Yn ei galon roedd e'n diolch mai unig ferch iddo oedd Megan.

"Wrth gwrs, mae'r hogyn yn iawn, Robert Rhisiart," meddai'n dawel. "Cofiwch, rown i wedi meddwl — cystal i fi

15

fod yn onest — wel — wedi gobeithio — y — y — bydde
Megan . . ."

Gwenodd y töwr.

"Mab Cilmaen, falle? Neu hyd yn oed un o feibion yr hen
Syr 'i hunan? Twt, Wiliam — mae'r ddau wedi dewis drostyn
nhw'u hunen, a phwy ŷch chi a fi i sefyll yn 'u ffordd nhw?"

"Rwy'i wedi'i dderbyn e, Robert Rhisiart! Gan fod Megan
wedi'i ddewis e. Fydden ni ddim yma heno oni bai am hynny.
Mae'n mynd yn hwyr hefyd . . . dŷch chi ddim yn meddwl? Fe
fydd gyda ni waith clirio . . ."

Trodd y töwr i siarad â rhyw gyfaill yn ei ymyl. Gwyddai
mai gofidio am yr holl fwyd a diod oedd yn cael eu llyncu'n
rhad yr oedd Wiliam Ifan.

Yna torrodd sŵn gweiddi a chwerthin o ganol y neuadd
fwyta. Yr oedd y pâr ifanc wedi codi oddi wrth y bwrdd lle'r
eisteddent. Yn awr cerddai'r ddau law yn llaw at y grisiau a
oedd yn arwain i'r llofft. Dilynwyd hwy gan chwerthin a
bloeddio, a wnaeth i'r wraig ifanc wrido.

Yr oedd y ffaith fod y pâr ifanc wedi codi yn arwydd i'r lleill
fod y wledd briodas drosodd. Ond cyn i'r ddau gyrraedd
gwaelod y grisiau, agorodd drws y neuadd a rhuthrodd dyn
barfog i mewn. "Y Press! Y Press!" gwaeddodd. Syrthiodd dis-
tawrwydd dros y lle i gyd.

"Y Press?" gofynnodd sawl un yn syn.

Ond cyn i'r dyn barfog gael amser i ddweud dim rhagor,
clywodd y cwmni lais awdurdodol yn gweiddi yn y taprwm.

"Yn enw'r Frenhines!"

Erbyn hynny, wrth gwrs, fe wyddai pawb beth oedd ar
droed. Roedd y Press Gang wedi dod i Drefdraeth! Yn sydyn yr
oedd terfysg gwyllt ym mhob un o stafelloedd tafarn Llwyn-
gwair.

Tynnodd Megan wrth fraich Barti a'i dywys i fyny'r grisiau
tywyll i'r llofft. Pan gyrhaeddodd y ddau y landin agorodd
Megan ddrws ei hystafell wely.

Yr oedd pedair cannwyll ynghynn yno. Cyn gynted ag yr
oedd y ddau yn yr ystafell trodd Megan a bolltio'r drws.

Yn awr, nid oedd sŵn y terfysg ar y llawr yn ddim ond
murmur pell. Edrychodd Barti o gwmpas yr ystafell. Gwelodd

y gwely mawr â'i lenni melfed trwm. Gwelodd y bwrdd a'r drych arno, a phethau Megan — brws a chrib, blychau a photeli bychain. Daeth arogl perffiwm ei wraig i'w ffroenau. Yna trodd i edrych arni hi.

Yng ngolau'r canhwyllau edrychai ei chroen glân fel ifori. Edrychodd i ddwfn ei llygaid gloyw ac yn sydyn fe deimlodd yn swil — yn swil am ei bod hi mor brydferth ac . . . ac mor berffaith. Aeth y Press Gang a'r hyn oedd yn digwydd y funud honno i lawr y grisiau yn angof.

"Rwyt ti . . . rwyt ti'n ddel . . ." meddai â chryndod yn ei lais.

Yna roedd hi yn ei freichiau. Ymhen tipyn gwingodd o'i afael.

"Wnei di ddatod fy ffrog i — y tu ôl?" gofynnodd.

Yr oedd ei ddwylo'n nerfus ac yn rhy wyllt, a chollodd un o'r botymau bach, gwydr o'i afael a syrthio i'r llawr.

Chwarddodd Megan yn grynedig.

"O . . . Dynion!" meddai. Disgynnodd ei llygad ar y drych ar y bwrdd, ac yn hwnnw gwelodd lun ei gŵr o'i hanner i fyny. A oedd rhywun yn Nyfed mor olygus ag ef? Y gwallt du, a'r wyneb glân . . . y trwyn braidd yn hir efallai, ond roedd hynny wedyn yn rhoi rhyw urddas iddo. A'r got goch, grand . . . na . . . nid oedd neb ym Mhenfro a allai ddal cannwyll iddo.

"Be sy?" gofynnodd Barti, wrth ei gweld yn syllu dros ei ysgwydd.

"Dim, Barti. Tyn dy got."

Datododd fotymau gloyw'r got goch a thaflodd hi ar gadair wrth droed y gwely.

"Wyt ti'n hapus?" gofynnodd.

"Ydw — wrth gwrs."

"Fe aeth pethau'n iawn, on'd do?"

"Do, mi fydda i'n cofio heddi am byth."

"Gobeithio byddi di wir!"

"Na, rwyt ti'n gw'bod beth wy'n feddwl, — mi fydda i'n cofio pob digwyddiad bach, pob gair o'r gwasanaeth yn yr eglwys, a'r ffrog las 'ma a'r wledd briodas, ac fel roeddet ti'n edrych pan gerddaist ti mewn . . ."

"Fyddi di wir?"

"Bydda. Wyt *ti'n* hapus, Barti?"

"Fydda i byth yn fwy hapus nag ydw i heno . . ."

"Ond piti i'r Press ddod heibio heno o bob noswaith, ontife?"

"Ie."

"Wyt ti'n meddwl 'u bod nhw wedi mynd, Barti?"

"Wn i ddim. Mi a' i allan i'r landin i weld . . ."

"Na, paid!" Yn sydyn roedd ei llais yn llawn ofn. "Na, aros fan yma rhag ofn i rywun dy weld ti. Fe dorrwn i 'nghalon petaen nhw'n mynd â ti . . ."

Yr oedd Barti ar fin rhoi ei freichiau amdani i'w chysuro pan welodd wyneb tlws ei wraig yn diflannu. Yr oedd hi wedi tynnu'r ffrog sidan, las dros ei phen. Plygodd Barti i dynnu ei sgidiau.

Yna clywodd y ddau sŵn traed trymion ar y grisiau. Edrychodd Megan mewn dychryn ar ei gŵr.

"Y Press, Barti!" meddai, â'i llygaid yn fawr gan ofn.

"Folltaist ti'r drws?"

"Naddo. Do! Wyt ti'n meddwl 'u bod nhw'n mynd i ddod mewn yma? Wyt ti, Barti?"

"Maen nhw'n ddigon haerllug . . ."

"Barti, 'nghariad i, rhaid i ti guddio!"

"Ym mhle, Megan?"

"Y . . . yn y gwely! Brysia! Neidia i'r gwely a thyn y llenni!"

"Ond beth amdanant ti?"

"Paid â hidio amdana i. Dŷn nhw ddim eisie merched ar 'u hen longe, neu o leia . . ."

Daeth y traed trymion i ben y grisiau.

"Brysia, Barti! Fydd neb yn meddwl dy fod ti yma os ei di i'r gwely a thynnu'r llenni."

"Ond fedra i ddim neidio i'r gwely a gadael i'r tacle 'na dy weld di fel yna, Megan."

"Barti, er fy mwyn i!"

Curodd rhywun ar ddrws yr ystafell. Neidiodd Barti i'r gwely yn ei ddillad a rhedodd Megan i weld fod y llenni melfed wedi eu cau'n dynn.

Yr oedd sŵn siarad uchel y tu allan i'r drws. Yna gyda sŵn

fel ergyd o wn, dyma'r drws yn agor! Roedd rhywrai wedi def-nyddio nerth aruthrol i dorri'r clo, a darn o'r ffrâm hefyd.

Yna roedd hanner dwsin o forwyr brown yn yr ystafell wely. Daethant i mewn ag arogl cwrw a thybaco gyda hwy — ac arogl y môr.

Cydiodd Megan yn ei ffrog briodas o'r llawr a'i dal o'i blaen.

"Ha!" meddai'r blaenaf o'r gang — y mêt John Davies, er na wyddai Megan mo hynny. Dechreuodd yr eneth grynu fel deilen. Cyn i'r dihirod dorri i mewn roedd hi wedi penderfynu bod yn ddewr. Ond pan edrychodd hi ar wynebau'r dynion, fe wyddai rywfodd nad oedd unrhyw ddrygioni y tu hwnt iddynt.

Roedd hi'n gyfarwydd â morwyr wrth gwrs; byddai digon ohonynt yn galw yn nhafarn Llwyn-gwair o hyd. Ond roedd y rhain yn wahanol — dihirod digywilydd oedden nhw.

"Wel! wel! wel! Dyma damaid bach blasus, ontife ffrindie, hym?" meddai'r mêt.

"Rhag eich c'wilydd chi'n torri mewn i'n stafell wely i fel hyn! Mae 'Nhad i lawr y grisie — fe gewch chi ateb am hyn!"

"Rydyn ni wedi cael gair â'ch tad, madam," meddai'r mêt haerllug, "ddwedodd e ddim byd wrthon ni am beidio dod i'ch gweld chi."

Chwarddodd dau neu dri o'r lleill.

"Ewch allan o'r stafell 'ma'r funud 'ma!" gwaeddodd Megan. "Rwy'n synnu atoch chi'n tarfu ar ferch yn 'i stafell 'i hunan . . ."

"O! Ydych chi'ch hunan, madam?" gofynnodd y mêt.

Yr oedd ei lygaid ar y gadair yn ymyl y gwely. Edrychodd Megan, ac aeth ias oer drwyddi. Ar y gadair yr oedd cot goch Barti.

"Beth am fynd â'r ladi fach yma gyda ni i'r Gorllewin, Mister Mêt?" gwaeddodd un o'r gang.

"Ie," meddai un arall, "fe allai fod yn gysur mawr i ni yn ystod y nosweithiau unig ar y môr!"

Chwarddodd y lleill. Yr oedd bochau tlws Megan yn goch fel tân.

"Tawelwch!" gwaeddodd y mêt. "Nawr, madam, ble mae e?"

19

"Ble mae pwy?" gofynnodd Megan.

"Ha! Ha! Does bosib eich bod chi am 'i guddio fe, madam! Mae 'i eisie fe arnon ni i ymladd dros 'i wlad."

"Does 'na neb yn y stafell 'ma," meddai Megan.

"Oho! Felly'n wir! Edrychwch o gwmpas, fechgyn. Beth am y wardrob fawr yna?" gwaeddodd y mêt.

Pam na ddeuai ei thad i'w hamddiffyn? meddyliodd Megan.

Gwelodd y dynion yn gwasgaru o gwmpas yr ystafell i chwilio am Barti. Gwelodd y mêt yn bodio brethyn y got goch ar y gadair â gwên ar ei wyneb.

Wrth basio, rhoddodd un o'r morwyr binsiad i Megan yn ei phen ôl. A cheisiodd un arall roi ei fraich am ei chanol. Tynnodd un mwy haerllug na'r lleill ei ffrog briodas o'i dwylo, a cheisiodd un arall — dyn barfog mawr — roi cusan iddi. Roedd ei theimladau'n gawdel i gyd. Gwyddai yn ei chalon na fyddent yn hir yn darganfod cuddfan Barti. Yn wir, roedd hi'n syn na fuasent wedi edrych y tu ôl i lenni'r gwely, waeth roedden nhw wedi tynnu llenni'r ddwy ffenest yn barod, i weld a oedd e'r tu ôl i'r rheini.

Unrhyw funud nawr, meddyliodd, byddent yn dod o hyd i'w gŵr ifanc ac yn mynd ag ef, ar nos eu priodas, mewn llong i ben draw'r byd — ac efallai na welai hi mohono byth eto!

Fel pe bai mewn breuddwyd clywodd waedd yn dod o ymyl y gwely.

"Dyma fe, hogie — yn y gwely!"

Yr eiliad nesaf roedd Barti wedi neidio, ar ei draed, o'r gwely i'r llawr. Yr oedd golwg wyllt, ffyrnig arno. Y dyn nesaf ato oedd y mêt a thrawodd Barti ef o dan ei ên â'i ddwrn. Syrthiodd y dyn mawr hwnnw i'r llawr. Ond mewn winc roedd ar ei draed wedyn. Yna roedd yr ystafell yn llawn terfysg i gyd a dynion yn syrthio ac yn gwthio ac yn tuchan. Trawodd rhywun yn erbyn Megan a'i thaflu i'r llawr. O'r fan honno edrychai fel petai traed dynion o'i chylch ym mhobman. Gwyddai ei bod mewn perygl o gael ei sathru ganddynt. Fe rowliodd i mewn o dan y gwely i ddiogelwch. O'r fan honno gallai glywed sŵn y sgarmes rhwng Barti a gwŷr y Press, ond ni allai weld dim. Fe deimlai y dylai fod ar ei thraed yn helpu ei gŵr, ond gwyddai na allai hi wneud dim ond gorwedd yn y fan lle'r oedd hi o dan y gwely. Roedd hi wedi dychryn gormod. Clywodd sŵn corff yn cwympo yn ymyl y gwely, a gwelodd mai'r morwr barfog oedd wedi ceisio ei chusanu ydoedd. Clywodd sŵn gweiddi ffyrnig a rhegfeydd ac anadlu trwm. Ni allai ddweud am ba hyd y bu'r ymladd yn mynd ymlaen yn ei hystafell, ond yn sydyn sylweddolodd fod pobman yn dawel.

Daeth allan o dan y gwely. Roedd y lle'n annibendod i gyd — cadeiriau wedi eu dymchwelyd, a'r drych ar y bwrdd wedi ei ddryllio'n ddarnau. Nid oedd sôn am enaid yn unman. Edrychodd ar y gadair yn ymyl y gwely. Nid oedd y got goch arni — nac yn wir, i'w gweld yn unman yn yr ystafell.

Rhedodd allan i'r landin.

Dim sôn am neb.

Yna gwelodd ei thad yn dod i fyny'r grisiau.

"Wyt ti — wyt ti'n iawn, 'y ngeneth i?" gofynnodd yn ofidus.

"Ydw, rwy' i'n iawn. Ond, 'Nhad, ydyn nhw wedi mynd â Barti?"

"Rwy'n ofni 'u bod nhw, Megan. Rhaid iti fod yn ddewr . . ."

Erbyn hyn roedd ef wedi cyrraedd y landin lle safai ei ferch. Cyrhaeddodd mewn pryd i'w dal yn ei freichiau cyn iddi syrthio mewn llewyg i'r llawr.

AR FWRDD Y *PEMBROKE*

Daeth Barti ato'i hunan yn ara' bach. Agorodd ei lygaid ond ni allai weld dim. Dim. A oedd yn ddall? Yr oedd poen annioddefol yn ei ben. Beth oedd wedi digwydd iddo? Ym mhle'r oedd e? Gorweddodd yn hollol lonydd am funud a theimlodd ymchwydd a sigl y môr, a gwyddai ei fod ar long! Clywodd swn. Clustfeiniodd eto, ond yn awr ni allai glywed dim ond swn cwyno yn ei ymyl, ond wedyn ni allai fod yn siwr nad ef ei hun oedd wedi gwneud y swn. Roedd y llong yn gwichian fel hen fasged, a gwyddai ei bod hi dan hwyliau ac yn symud. Yna daeth cof am y cyfan a ddigwyddodd yn ôl iddo. Yr oedd wedi priodi â Megan fach Llwyn-gwair, ac roedden nhw yn eu hystafell briodas pan . . . pan ruthrodd y Press Gang i mewn . . . Ac roedden nhw wedi mynd ag e cyn iddo gysgu un noson gyda'i wraig ifanc!

Fe geisiodd godi ar ei draed, ond prin y gallai symud gewyn. Yr oedd wedi ei glymu law a throed!

Daeth aroglau anhyfryd i'w ffroenau a buont bron â chodi cyfog arno. Gallai glywed byrlymu'r môr wrth fow'r llong, ac uwch ei ben, pan edrychodd i fyny, gallai weld y sêr yn disgleirio.

Teimlodd ryw ddicter mawr iawn yn cronni yn ei galon. Roedden nhw wedi mynd ag ef o freichiau ei wraig yn erbyn ei ewyllys! I beth? I ymladd yn erbyn Sbaenwyr ymhell dros y môr. Ond doedd arno ddim eisiau ymladd â'r Sbaenwyr. Yr oedd am fod yn ôl yn Nhrefdraeth gyda Megan — Megan â'i hwyneb tlws a'i chorff bach, lluniaidd!

Yn y tywyllwch yn y fan honno, fe dyngodd lw — y byddai e'n *dial, dial, dial!* Y foment honno ni byddai dim yn well ganddo na chael cyfle i ymladd yn erbyn y Saeson cythraul oedd yn gyfrifol am y ffaith ei fod yn garcharor ar ei ffordd i'r Gorllewin.

*   *   *

Rhaid ei fod wedi colli gafael ar ei synhwyrau wedyn, oherwydd pan ddaeth ato'i hunan yr ail waith, roedd y wawr wedi torri'n llwyd dros y môr. Rhaid ei bod hi'n fore iawn, waeth doedd dim sôn eto am yr haul. Edrychodd i fyny o'r fan lle gorweddai, ac yn awr gallai weld hwyliau'n bolio yn y gwynt a thri mast mawr yn eu cynnal. Ac wrth y mastiau hefyd roedd y rigin cymhleth, a'r cyfan i gyd yn ei gwneud yn anodd i Barti weld yr awyr las y tu hwnt i'r cwbwl.

Gwrandawodd ar swish cyson y môr yn erbyn y bow a gwyddai fod y llong yn symud yn gyflym o flaen y gwynt. Ac unwaith eto aeth ei feddwl yn ôl at yr hyn oedd wedi digwydd iddo, a chnodd ei wefus nes teimlo'r gwaed yn felys yn ei geg.

Deallodd ei fod yn gorwedd ar y meindec, a bod yna eraill yn ei ymyl wedi eu clymu fel yntau. Trodd ei ben i edrych a gwelodd fod tuag ugain, mwy neu lai, wedi cael eu dal gan y Press y noson gynt.

"Ar eich traed, y carthion pwdwr!" gwaeddodd llais cras uwchben yn rhywle. Yna roedd morwyr brown yn cerdded y meindec ac yn codi pawb yn drwsgl ar ei draed. Gwnaeth Barti un ymdrech fawr a llwyddodd i' godi ei hunan. Yna edrychodd o gwmpas. Cafodd syndod i weld mor anferth oedd y llong. Edrychodd yn gyntaf tua'r pen blaen lle'r oedd y ffocsl, a'r criw yn gwibio o gwmpas. Gwelodd y gynnau mawr, gloyw ar bob ochr. Yna trodd ei olygon tua'r starn a gwelodd rywbeth a wnaeth iddo gynddeiriogi. Ar y pŵp-dec safai'r mêt, John Davies — er na wyddai Barti pwy oedd — ac amdano yr oedd cot goch, grand. Cot briodas Barti Roberts oedd hi!

Yn ymyl y mêt safai dyn tew, trwsiadus ei wisg, ac awdurdodol yr olwg. Rhaid mai hwn oedd y capten, meddyliodd Barti. Ond roedd ei lygaid ar y got goch. Fe deimlodd ei waed yn berwi wrth iddo feddwl am y sarhad yr oedd y Press Gang wedi'i roi arno. Nid yn unig yr oedden nhw wedi ei ddwyn ymaith ar nos ei briodas, ond yn awr, dyma'r dihiryn yma, ar y pŵp yn gwisgo'i got! Daeth un o'r morwyr ato â chyllell yn ei law. Torrodd y rhaff a ddaliai ei ddwylo a'i draed.

"Dyna ti," meddai gan chwerthin, "croeso i ti ddianc nawr os mynni di."

Edrychodd Barti draw dros y tonnau gleision ymhell y tu hwnt i'r pŵp-dec. Draw, yn niwl y pellter, fel rhith neu gysgod, yr oedd rhimyn aneglur o dir Cymru. Gwyddai Barti fod y tir hwnnw filltiroedd lawer i ffwrdd. Na, nid oedd eisiau clymu neb bellach, waeth fyddai neb yn debyg o geisio dianc. Dianc i ble? Dim ond i waelod y môr; ond er gwaethaf popeth, doedd dim awydd ar Barti i fynd y ffordd honno. Yr oedd arno ormod o awydd *dial!*

"Bosn! Bosn!" Llais y dyn tew ar y pŵp.

"Ai-ai syr?" atebodd dyn garw yr olwg a safai ryw ddecllath oddi wrth Barti.

"Dewch â nhw i fyny yma bob yn un ac un i ni gael gweld beth sy gynnon ni."

"Ai-ai, syr!"

Cydiodd y bosn yng ngwar rhyw damaid o hogyn ofnus a safai yn ei ymyl a dechrau ei fartsio at waelod y grisiau oedd yn arwain i'r pŵp uwchben. Yr oedd Barti'n nabod yr hogyn yn iawn — mab i arddwr yr Hen Syr ydoedd. Cofiodd mai Gwilym oedd ei enw, ac nad oedd ond rhyw bymtheg oed. Sut yn y byd yr oedd ef wedi cael ei ddal gan y dihirod? Gwelodd yr hogyn yn dringo'r grisiau i'r pŵp.

"Beth yw dy enw di, hogyn?" gofynnodd y mêt yn sarrug.

Roedd llais yr hogyn yn rhy isel i Barti glywed ei ateb. Ond fe glywodd lais y capten wedyn.

"Y nefoedd fawr, Mister Mêt, beth yw hyn? Doeddwn i ddim eisie *plant* ar y fordaith 'ma!"

Yna llais sebonllyd y mêt,

"Ond, syr, fe fydd eisie hogyn i ofalu am gysur y Capten — hogyn i fod yn was bach i chi. Rwy'i wedi ceisio meddwl am eich cysur chi, syr."

Daeth hanner gwên denau i wyneb y capten.

"Ie wel, hwyrach — hwyrach fod angen hogyn arna i i redeg negeseuau a phethau felly . . ."

"Wrth gwrs, syr. Mae'n arferol."

Yna dywedodd y bosn rywbeth a daeth yr hogyn i lawr y grisiau i'r meindec.

Yr oedd un dyn arall ar y pŵp, ac am dipyn bu Barti'n ceisio dyfalu pwy oedd hwnnw. Pe bai'n gyfarwydd â bywyd ar long ryfel, byddai wedi adnabod y person hwnnw fel y pyrser. Roedd gan y dyn ryw fath o fwrdd bychan o'i flaen ar y pŵp a chadair i eistedd arni. Ar y bwrdd yr oedd ganddo bin ac inc i sgrifennu. Nid yn unig enwau'r rhai a oedd wedi eu dal gan y Press a âi i mewn i'w lyfr. Yn ogystal cymerai nodiadau ynglŷn â'r dillad oedd amdanynt, eu gwaith, cyflwr eu dannedd ac yn y blaen. Gwelodd Barti ei fod yn codi ar ei draed i edrych ar ddannedd pob un a ddringai i'r pŵp.

Cyn hir daeth ei dro ef ei hun i ddringo i ŵydd y capten, y mêt a'r bosn. Wrth nesáu at y dyn oedd yn gwisgo'i got briodas, fe deimlai'n gynhyrfus iawn.

"Dy enw di?" gofynnodd y bosn cyn gynted ag y rhoddodd droed ar y pŵp-dec.

"Barti — Bartholomew Roberts."

"Beth ddwedest ti?" gofynnodd y capten. Edrychodd Barti i fyw llygad y dyn tew. Am foment bu'r ddau yn pwyso a mesur ei gilydd.

"Bartholomew Roberts," meddai Barti wedyn â'i lais yn swrth.

"Syr!" meddai'r capten gan gochi.

"Syr!" meddai Barti, mewn penbleth. Cochodd wyneb y capten fwy fyth.

"Dwed 'Syr'! Dwed 'Syr'!" meddai.

Am ysbaid hir bu distawrwydd ar y pŵp-dec. Gwrandawai'r rhai a oedd yn disgwyl eu tro ar y meindec i weld beth oedd y gŵr ifanc gosgeiddig yma'n mynd i'w wneud. Teimlai Barti'n gynhyrfus iawn. Ai dyma'r foment i anufuddhau? Ai nawr oedd yr amser i sefyll i fyny yn erbyn yr anghyfiawnder? Yna rhuthrodd y geiriau o'i enau.

"Rwy'n protestio!" meddai. "Does gyda chi ddim hawl cyfreithiol i 'nal i'n garcharor ar y llong 'ma. Rwy'i am ichi droi'n ôl i Drefdraeth."

Ond boddwyd ei eiriau gan chwerthin — a oedd yn dod o'r meindec yn ogystal ag o'r pŵp.

Gwgodd y capten arno.

"Wel! Wel! Mister Mêt — mae gyda ni dipyn o gyfreithiwr fan yma, dŷch chi ddim yn meddwl? Beth oedd dy waith di ar y tir, fachgen?"

"Töwr," atebodd Barti ar unwaith.

"Syr," meddai'r mêt, "mae e'n dweud celwydd! Rwy'i wedi cael ar ddeall mai pysgotwr oedd e."

Edrychodd Barti'n syn ar y mêt. Pwy oedd wedi dweud wrtho mai pysgotwr oedd ef? Er bod y Press weithiau'n cipio pob math o ddynion nid oedd ganddynt hawl gyfreithiol i ddwyn neb ond morwyr — a physgotwyr. A rywfodd roedd y mêt wedi dod i wybod mai pysgotwr oedd ef. Pwy oedd wedi dweud wrtho? Ac unwaith eto dechreuodd feddwl am ei dad-yng-nghyfraith, a oedd yn anfodlon iddo briodi ei unig ferch.

Gwelodd y capten yn gwenu.

"Töwr — pysgotwr — beth yw'r ots, Mister Mêt? Mae'r töwr yn gyfarwydd â dringo i ben to tai, ac mae'r pysgotwr yn gyfarwydd â thrin hwyliau. Rwy'n meddwl, Mister Mêt, y bydd hwn yn gwneud topman da i ni — beth yw'ch barn chi? Hym?"

Gwenodd y mêt.

"Rwy'n cytuno'n llwyr, Capten."

Nid oedd Barti heb wybod beth oedd topman. Gwyddai ei fod ar fin cael y gwaith mwyaf peryglus a chaled ar y llong i gyd. Gorchwyl y topman oedd dringo'r mastiau uchel i drin yr hwyliau — a hynny'n aml pan fyddai'r tywydd yn stormus a'r llong yn rowlio'n wyllt yng ngafael y tonnau. Bryd hynny byddai'r topmen fry ar y mast yn hongian fel gelod uwchben y môr ofnadwy. O'r holl swyddi ar long ryfel fawr, fel y *Pembroke*, nid oedd un yn gofyn am fwy o ddewrder nag eiddo'r topman. Ac o'r nifer o fywydau a gollid ar y môr, roedd y mwyafrif o ddigon yn topmen.

Teimlodd Barti ei waed yn berwi, ond ar yr un pryd, gwyddai nad oedd dim y gallai ei wneud ar y foment, ond ufuddhau, ond pan ddeuai ei gyfle . . . Taflodd lygad eto ar y mêt — ac ar y got goch.

Yna daeth y pyrser i edrych ar ei ddannedd ac i ddweud rhywbeth am hamog a blanced.

TRIN YR HWYLIAU MAWR

Fe ddaeth y diwrnod cyntaf ar fwrdd y *Pembroke* i ben — fel y mae'n rhaid i bob dydd ddod i ben, waeth pa mor hir ac annifyr ydyw. Ond yn wir, yn wir, roedd y diwrnod hwnnw wedi bod yn faith dros ben i'r "morwyr" oedd wedi cael eu presio a'u dwyn o'u cartrefi mor ddirybudd.

Yr oedd hi'n nos erbyn hyn a safai Barti ar y meindec wrth fôn y mast mawr yn gwrando ar y tonnau'n taro'n ysgafn yn erbyn ochrau derw'r hen long, ac yn gwylio gwrid ola'r machlud yn darfod yn y gorllewin.

O gyfeiriad y ffocsl gallai glywed rhywun yn canu mewn llais tenor trist. Gwrandawodd ar y geiriau:

> Rwy'n gweld fy mam ar ben y ddôr
> Ffarwél, ffarwél, rwy'n mynd i'r môr,
> Rwy'n gweld fy Ngwen â'i dagrau'n lli.
> Ffarwél, ffarwél fy ngeneth i
> Rwy'n mynd i'r môr, rwy'n mynd i'r môr.

Nid yn unig Gwen, meddyliodd Barti, ond Megan hefyd! Wedyn dechreuodd feddwl am ddigwyddiadau'r dydd. Roedd y capten wedi anfon y pyrser o gwmpas i ofyn i bawb arwyddo eu bod yn ymuno o'u gwirfodd â chriw'r llong, ac roedd e wedi dweud na fyddai neb yn cael dim bwyd na diod nes oedd wedi arwyddo! Yn y modd hwn roedd Capten Warlow'n ei ddiogelu ei hun. Gallai Barti weld trwy'r peth yn hawdd: pe bai unrhyw drwbwl yn codi ynglŷn â'r presio anghyfreithlon yn Nhrefdraeth, gallai'r capten ddangos papur wedi ei arwyddo gan bob un — fod pawb ar ei long ef wedi ymuno o'u gwirfodd!

Meddyliodd ar y dechrau mai gwrthod a wnâi ond wedi ailfeddwl, gwyddai na allai obeithio dial am yr hyn oedd wedi digwydd iddo os oedd yn mynd i farw o newyn a syched. Felly roedd ef, fel pawb arall, wedi arwyddo.

Roedd pob un hefyd wedi cael hamog a blanced, ac roedd y bosn wedi dangos yr orlop iddynt — lle'r oeddynt i gyd i gysgu yn ystod y fordaith. Roedd y morwyr profiadol i gyd yn y ffocsl ac ar wahân yn hollol i'r rhai oedd wedi eu presio. Y dec isaf yn y llong oedd yr orlop — yn union o dan y meindec. Yr oedd yn lle peryglus mewn brwydr ar y môr gan y byddai'r gelyn yn anelu ei ynnau fynychaf at y rhan yma o'r llong. Gan fod rhaid cadw'r portols yn yr orlop ynghau (oni bai ei bod yn dywydd tawel iawn), nid oedd fawr iawn o awyr yn dod i mewn. Dyna pam yr oedd Barti wedi dod i fyny i'r meindec yn hytrach na mynd ar unwaith i'w hamog yn yr orlop, ond yn awr fe deimlai'n flinedig ar ôl ei brofiadau cyffrous. Aeth i lawr y grisiau i'r orlop, ac ar unwaith daeth aroglau anhyfryd i'w ffroenau. Roedd llawer wedi cyfogi ar y dec. Gan nad oedd y rhan fwyaf ohonynt wedi bod ar long erioed, yr oedd sigl y tonnau a rowlio'r *Pembroke* yn ddigon i gynhyrfu stumog pob un ohonynt bron.

Dringodd i'w hamog a oedd yn hongian wrth ddau fachyn yn nho'r orlop. Y diwrnod hwnnw yr oedd wedi cael ei brofiad cyntaf o ddringo'r rigin i ledu hwyliau mawr y *Pembroke*. Yn awr wrth droi a throsi yn ei hamog, meddyliai am y profiad rhyfedd ac ofnadwy hwnnw. Cofiodd amdano'n gorwedd ar y iardarm gyda'r morwyr profiadol eraill â'i ddwy law yn rhydd i ddatod y clymau a ddaliai'r hwyl. Dysgodd orwedd yn ei blyg dros y iardarm i'w gadw ei hunan rhag cwympo'n bendramwnwgl i'r môr neu i'r dec ymhell odano. Cofiodd fel yr oedd y gwynt yn chwiban yn ei glustiau, ac fel yr oedd yr hwyl wedi bolio'n sydyn ar ôl ei rhyddhau. Ond yn bennaf cofiodd y llong yn rowlio o un ochr i'r llall fel rhywbeth meddw. Weithiau, pan edrychai i lawr, roedd y dec odano, a'r morwyr eraill yn edrych yn fychan ac yn ddibwys. Bryd arall roedd y mast wedi goleddu 'mhell, ac ni allai weld dim odano ond y tonnau brigwyn yn aflonyddu, fel pe baent yn disgwyl iddo gwympo i'w gafael. Ond fe gofiai hefyd iddo deimlo rhyw ias yn ei gerdded pan oedd fry ar ben y mast. Fe deimlai fel rhyw frenin fan honno, yn feistr ar y gwynt ac ar y dynion oedd fel morgrug ar y dec odano. O'r fan honno y cafodd gyfle i weld y *Pembroke* yn iawn. Ond sylwodd nad oedd hi'n morio fel y dylai. Roedd ei bow yn isel yn y dŵr, a theimlai Barti'n siŵr y dylai hi fod yn sioncach o dipyn yn marchogaeth y tonnau. Beth oedd yn bod arni? Wrth gwrs, roedd hi'n hen long, nid oedd eisiau dewin i weld hynny.

Fe fentrodd ofyn i'r Sgotyn a oedd gydag ef ar y iardarm pam oedd y bow mor drwm yn y môr. Chwerthin wnaeth hwnnw.

"*Have ye seen a weavilly ship's biscuit, lad?*" gofynnodd. "*Well, that's how the hull of the Pembroke is – crawling with woodworm. It's a wonder she stays afloat!*"

Ond rywfodd, wrth wrando ar sŵn y bow yn torri'r dŵr y funud honno, ni allai Barti ddychmygu'r *Pembroke* yn suddo. Roedd hi mor anferth o fawr, ac onid oedd hi wedi cael ei hadeiladu gan seiri llongau gorau Lloegr?

"Barti!" Clywodd lais yn galw ei enw yn y tywyllwch.

"Pwy sy 'na?" gofynnodd, gan hanner codi ar ei eistedd yn yr hamog.

"Y — fi, Dafy' Rhydlydan sy 'ma," sibrydodd llais yn ei glust.

"Wel, be sy, Dafy'? Mae'n ddrwg gen i'u bod nhw wedi'ch dala chi hefyd!"

"Rown i ar y ffordd adre, fachgen, wedi aros i gael peint neu ddou yn Llwyn-gwair — rwyt ti'n gw'bod fel mae . . . pe bawn i wedi mynd tua thre bum munud neu ddeng munud ynghynt . . . mi faswn i wedi mynd cyn iddyn nhw gyrraedd . . . ond mae'n rhaid i fi fynd 'nôl, Barti!"

"Ie . . . ond . . ."

"Roeddwn i'n wyth a deugain yn priodi ac mae'r plant yn fach — all Ann, druan, wneud dim wrthi'i hunan — ond starfo. A pheth arall . . ."

Ar hyn fe gododd ei law at ei geg. Roedd y llong wedi rowlio tipyn mwy na'r cyffredin y funud honno.

"Dafy'?" meddai Barti.

Yna clywodd ei sŵn yn cyfogi ar y dec, a theimlodd ddicter mawr iawn yn ei galon tuag at y rhai a oedd wedi gorfodi'r ffermwr truenus yma i fod yn forwr.

"Dafy'," meddai wedyn, "ewch 'nôl i'ch hamog nawr, a cheisiwch gysgu. Fe wna i 'ngore — ond . . ."

"Ond, Barti, allan nhw ddim mynd â fi o ddifri i'r Gorllewin . . . ?"

"Rwy'n ofni y gallan nhw, Dafy'."

Yna clywodd sŵn y ffermwr yn cerdded ymaith tuag at ei hamog ei hun, a gwyddai ei fod yn mynd i dreulio'r nos ar ddihun yn meddwl am ei wraig a'i blant a thyddyn bach Rhydlydan, lle'r oedd ei gynefin.

Am amser hir gwrandawodd Barti ar swish y tonnau yn erbyn y *Pembroke* gan feddwl am lawer o bethau. Ond rywbryd cyn y bore fe'i swynwyd i gysgu gan sŵn y gwynt a'r môr, a chan siglo cyson yr hen long wrth hwylio tua'r gorllewin.

MIWTINI

"Show a leg there!" Dihunwyd Barti gan lais cras y bosn yn gweiddi ar lawr yr orlop. Yna teimlodd broc boenus yn ei ben ôl. Roedd y bosn wedi defnyddio'i ffon i'w ddeffro.

"Show a leg there!"

Neidiodd Barti o'i hamog.

"Brecwast, ac yna'r meindec, 'y machgen gwyn i!" meddai'r bosn.

Edrychodd Barti ar ei wyneb coch, mawr ac am foment syllodd llygaid duon Barti i rai gleision y bosn.

"Rwyt ti'n forwr," meddai'r bosn.

"Na, töwr ydw i," atebodd Barti.

"O na, rwyt ti'n forwr reit i wala, paid ti ceisio 'nhwyllo i."

"Beth sy'n gwneud i ti feddwl . . .?"

"Mae'r lleill bron i gyd wedi bod yn chwydu'u perfedd drwy'r nos, ac maen nhw'n dal i wneud hynny — ond — ti — dwyt ti ddim wedi bod yn sâl o gwbwl."

Edrychodd Barti o gwmpas yr orlop ac er nad oedd llawer o olau'n dod trwy'r portols, fe allai weld fod y llawr yn profi'r hyn a ddywedai'r bosn, ond o ran hynny roedd ei drwyn yn ddigon i ddweud wrtho fod salwch môr wedi poeni'r rhan fwyaf o'r rhai a oedd wedi cysgu yn yr orlop y noson gynt. Clywodd y bosn yn chwerthin.

"Fe gân nhw sgrwbio'r orlop yn lân ar ôl brecwast! Mae eisie'u dysgu nhw i chwydu dros yr ochr i'r môr — y moch!"

"Allan nhw ddim help . . ."

Chwarddodd y bosn.

"Mae gyda nhw — a thithe hefyd — lawer i'w ddysgu, cyn byddwn ni wedi dod i ben y fordaith 'ma, rwy'n gweld. Un peth rwy'n mynd i ddysgu i chi i gyd heddi yw mai Mr Pierce yw'n enw i, a phan fyddwch chi'n siarad â fi, fe fydd hi'n talu'r ffordd i chi gofio hynny. Nawr bant â thi i'r gali, neu fe fydd y mêt ar dy war di cyn i ti gael cyfle i gael dy frecwast."

Aeth Barti i fyny'r grisiau i'r meindec. Ar unwaith daeth arogl iachus y môr i'w ffroenau, yn lle aroglau anhyfryd yr orlop.

Roedd hi'n fore braf a'r haul yn disgleirio ar ddeciau'r *Pembroke*. Edrychodd ar y môr. Yr oedd yn cilio a chrynhoi o gwmpas y llong, ac yn byrlymu'n chwareus o bobtu i'r bow. Nid oedd dim i'w weld ond y môr a'r awyr — dim sôn bellach am rimyn o dir yn y pellter yn unman. Am filltiroedd i bob cyfeiriad — y môr aflonydd ac, yng nghanol yr unigedd mawr, y *Pembroke* a rhyw ddau gant o ddynion o bob math ar ei bwrdd.

Aeth Barti'n feddylgar i gyfeiriad y gali. Yr oedd tyrfa yno o'i flaen, a llawer o sŵn a siarad i'w glywed o gwmpas y byrddau. Edrychodd y cwc arno'n wawdlyd â'i un llygad gloyw. Wedi gweld fod rhes o ffiolau pren a bwrdd o flaen y cwc, mentrodd Barti gydio yn un ohonynt, a symud ymlaen at y crochan mawr a oedd yn ffrwtian ar y tân. Trodd y cwc a chydio mewn lletwad fawr o'r bwrdd. Gydag un symudiad sydyn aeth y lletwad i mewn i'r crochan ac allan, a'r eiliad nesaf gwelodd Barti fod ei ffiol yn llawn o ryw gymysgedd llwyd, tebyg i uwd ond ei fod, os rhywbeth, yn fwy gludiog. Cyfeiriodd y cwc â'i fawd at bentwr o lwyau pren ym mhen arall y bwrdd, a deallodd Barti mai dyma'i frecwast a bod y cwc yn ei ffordd ei hun, yn dweud wrtho sut i'w fwyta. Cydiodd mewn llwy ac aeth i eistedd wrth un o'r byrddau hirion yn y gali.

Edrychodd o gwmpas am unrhyw un o'r rhai a oedd wedi bod yn cysgu yn yr orlop gydag ef y noson gynt, ond am amser ni allai weld neb. Rhaid eu bod i gyd yn rhy sâl i fwyta dim. Yna, eisteddodd dyn mawr, cryf yn ei ymyl, gan roi ei ffiol a'i lwy ar y bwrdd o'i flaen. Roedd hwn wedi cysgu yn yr orlop — roedd Barti wedi sylwi arno, oherwydd ei faint, a'r olwg arw ar ei wyneb. Rhoddodd Barti ei lwy yn y ffiol a phrofodd ei frecwast. Yr oedd yn hollol ddi-flas, a glynai wrth daflod ei geg. Tynnodd Barti wyneb heb yn wybod iddo'i hun, a chlywodd y dyn mawr yn ei ymyl yn chwerthin.

"Wyt ti ddim yn hoffi byrgŵ, fachgen?"

"Dyma fe, iefe?" meddai Barti. "Rown i wedi clywed llawer o sôn . . . gan hen forwyr o Drefdraeth . . . 'Nid bara gwyn, ond byrgŵ' . . . mae 'na hen bennill on'd oes?"

"Oes — mwy nag un. Rown i'n meddwl mai un o Drefdraeth oeddet ti. O Abergwaun rwy' i . . ."

"Fuodd y Press yno hefyd, felly?"

"Do, ar ganol dydd, a dim ond fi a rhyw ddwsin arall fuodd yn ddigon twp i gael 'u dal — y nefoedd fawr — rwy'n methu maddau i fi'n hunan! Roeddwn i'n gweld y cwch yn dod i'r lan! Fe allwn i fod filltiroedd i ffwrdd cyn iddyn nhw gyrraedd Abergwaun, ond fe fûm i'n ddigon ffôl i aros i'w herio nhw. Rown i'n meddwl fod gen i ddigon o ffrindie wrth gefn, ond pan gyrhaeddodd y Press fe ddiflannodd pob copa ohonyn nhw fel gwlith y bore. Abram Tomos yw'n enw i, ac rwy'i wedi cael fy ngwneud yn gunner's mêt. Am 'mod i'n ddyn mawr, cryf, gwlei.'

"O? Rwy' inne'n un o'r topmen. Y nefoedd! Mae'r stwff 'ma'n ofnadwy!"

A thaflodd Barti ei lwy ar y bwrdd.

"Fe gawn ni fwyta gwaeth, gei di weld, cyn bydd y fordaith 'ma drosodd."

"Duw a'n helpo ni!"

"Beth oedd dy waith di?"

"Pysgotwr."

"O? Finne hefyd! Beth wyt ti'n feddwl o'r *Pembroke* . . . a phopeth?"

"Fe hoffwn i 'i throi hi'n ôl am Sir Benfro!"

Daeth hanner gwên i wyneb garw Abram Tomos.

"A finne hefyd, fachgen. Ond rwy'n ofni na welwn ni ddim mo Abergwaun na Threfdraeth am amser hir — os o gwbwl."

"Mi fydda i'n gweld Trefdraeth yn siŵr i ti. Mae gen i wraig yno . . . echdoe oedd diwrnod ein priodas ni . . ."

Cododd y dyn mawr ei aeliau, a meddyliodd Barti am

foment ei fod yn mynd i chwerthin, ond ni wnaeth. Pe bai wedi gwneud, meddyliodd, byddai wedi ei daro â'i ddwrn yn y fan a'r lle.

"Efallai y bydd hi'n beth da i ni'n dau fod yn ffrindie," meddai'r dyn mawr yn dawel, "waeth rwy inne wedi penderfynu 'mod i am weld Abergwaun eto hefyd."

"Ahoy there!" gwaeddodd llais o ddrws y gali. *"Topmen aloft! Topmen aloft!"*

Y mêt oedd yno. Cododd y ddau gyda'i gilydd a mynd allan.

"Weli di'r got sy amdano fe?" gofynnodd Barti dan ei anadl. " 'Y nghot briodas i!"

Yna roedden nhw allan ar y meindec unwaith eto. Sylwodd y ddau ar unwaith fod y gwynt wedi newid ei gyfeiriad ac wedi codi'n ogystal. Chwythai yn awr o'r gogledd gan godi gwrychyn y môr nes bod crib o ewyn gwyn ar gopa pob ton. Yr oedd yr awyr las yn dechrau diflannu hefyd gan fod cym-ylau duon, boliog yn dechrau codi o'r un cyfeiriad â'r gwynt.

"Aloft there! Furl the royals!" Llais y mêt a safai wrth fôn y mên mast mawr. Neidiodd Barti i ganol y rigin, a gadael Abram Tomos ar y dec yn edrych i fyny. Yr oedd eraill eisoes fry yn y rigin yn dringo fel mwncïod.

Yn awr yr oedd Barti yn nannedd y gwynt, ac roedd hwnnw'n llaith gan yr ewyn hallt o wyneb y môr. Cyn pen fawr o dro roedd ei ddillad a'i wyneb yn wlyb.

Yn ôl ac ymlaen y siglai'r mast mawr, a theimlai Barti'r byrgŵ a gawsai i frecwast yn aflonyddu yn ei gylla. Yna roedd e allan ar y iardarm. Roedd dau forwr arall yno hefyd. Un ohonynt oedd y Sgotyn y bu Barti'n siarad ag ef y diwrnod cynt. Gwelodd Barti'r Sgotyn yn gorwedd ar y iardarm ar ei fol, gan bwyso 'mlaen. Gwelodd ef yn gollwng ei afael â'i ddwylo a gorwedd ar draws y iardarm heb gydio mewn dim yn y byd! Ac roedd y llong yn rowlio fel dyn meddw! Yn awr roedd ei ddwy law'n rhydd i drin yr hwyl. Cyn bo hir roedd wedi dechrau ei phlygu. Fe wnaeth Barti yr un peth ag ef, a'r tro hwn ni chafodd yntau unrhyw drafferth i orwedd ar draws y iardarm ar ei fol heb ddefnyddio'i ddwylo o gwbl!

Cyn pen fawr o dro roedd y "Royals" i lawr ac roedden nhw'n dechrau eu plygu a'u clymu. Roedd y gwynt o'r gogledd yn oer, ac roedd eu bysedd bron yn ddideimlad wrth blygu a chlymu'r cynfas caled, anystwyth.

"Fe fydd hi'n chwythu gêl gyda hyn," meddai un o'r morwyr.

Edrychodd y Sgotyn ar draws y iardarm a nodiodd.

Ac yn wir, roedd y cymylau yn crynhoi yn y gogledd a'r gwynt yn chwiban yn gwynfannus yn y rigin.

*   *   *

Pan gyrhaeddodd Barti'r dec at Abram Tomos unwaith eto roedd y mêt yn ei ddisgwyl wrth fôn y mast.

"Chi'ch dau," meddai, "dilynwch fi."

Aeth y ddau ar ei ôl. Disgynnodd dros y grisiau, ac i'r orlop. Yn yr hanner tywyllwch yno, gallent weld nifer o ddynion ar eu penliniau yn sgrwbio'r llawr drewllyd. Yr oedd y bosn yno yn gofalu fod pawb yn gwneud ei ran.

"Dau arall i ti, bosn," gwaeddodd y mêt.

"Mae digon o'u hangen nhw hefyd! Mae dau neu dri o'r rhain wedi methu'n barod."

"Wedi methu?"

"Ie. Mae salwch môr wedi mynd yn drech na nhw."

"Nonsens, bosn! Ble maen nhw? Eisie gwaith sy arnyn nhw. Gwaith yw'r peth gore posib i wella anhwylder fel 'na."

"Dyma un fan yma," meddai'r bosn, a gwelodd Barti Dafydd Rhydlydan yn gorwedd yn un o gonglau'r orlop, â'i ben yn pwyso ar un o'r gynnau.

Gwelodd y mêt yn cerdded tuag at y truan ar y llawr. Sylwodd fod Dafy' Rhydlydan yn welw iawn, ac edrychai fel petai wedi mynd yn hen ŵr dros nos.

Estynnodd y mêt gic ddychrynllyd a wnaeth i Dafydd druan hanner codi ar ei draed mewn dychryn a phoen. Ond syrthiodd ei ben yn ôl wedyn yn erbyn metel oer y gwn.

"Ar dy draed!" gwaeddodd y mêt gan ei gicio eto. Daeth rhyw gŵyn dorcalonnus o enau'r dyn ar y llawr, ond ni chododd ar ei draed.

"Y diawl! Cwyd ar dy draed!" gwaeddodd y mêt, a chiciodd y truan eto, nes bod pawb yn clywed y sŵn.

Yna camodd Barti ymlaen.

"Gad lonydd iddo," meddai'n dawel.

"Beth . . . ?" Edrychodd y mêt yn syn dros ei ysgwydd. "Wyt ti'n edrych am drwbwl, was?" gofynnodd. Roedd rhywbeth yn oeraidd a chreulon yn ei lais.

"Mae e'n sâl," meddai Barti, "gad lonydd iddo."

Noethodd y mêt ei ddannedd.

"O! Ti sy'n rhoi gorchmynion ar y llong 'ma nawr, iefe?" Ac ar y gair cododd ei ddwrn a tharo Barti o dan ei ên nes ei fod yn rowlio ar y llawr. Cododd Barti'n araf ar ei draed. Yn sydyn, fe deimlodd yr holl ddicter a oedd wedi bod yn cronni'r tu mewn iddo'n codi i'r wyneb. Camodd yn araf at y mêt a oedd yn sefyll â'i ddwy droed ar led ar lawr yr orlop.

"Gad lonydd iddo fe," meddai Barti rhwng ei ddannedd.

Cododd y mêt ei ddwrn mawr eto, ond cyn iddo ddisgyn roedd Barti wedi neidio o'r neilltu ac wedi taro'r mêt ar ei drwyn nes bod y gwaed yn llifo. Am foment edrychodd y mêt yn syn, fel pe bai'n methu credu fod neb wedi mentro ei daro, ond y foment nesaf roedd dwrn Barti wedi ei daro eto!

Agorodd y mêt ei freichiau i gydio yn Barti. Ond llithrodd hwnnw o'i afael, ac wrth gilio trawodd y mêt eto ar flaen ei drwyn. Daeth ochenaid o boen o enau'r mêt, a gwnaeth ymdrech arall i gydio yn ei wrthwynebydd. Yna llithrodd ar estyll gwlyb yr orlop a chwympo yn ei hyd i'r llawr. Gwnaeth ymdrech i godi ond roedd Barti'n sefyll drosto, a chyn gynted ag y cododd ar ei eistedd fe dderbyniodd ergyd arall gan ddwrn Barti. Yn awr gorweddai'n llonydd ar lawr yr orlop. Yr oedd y lle wedi distewi i gyd a phawb yn gwylio'r hyn oedd yn mynd ymlaen. Yr oedd hanner gwên ar wyneb y bosn, oherwydd nid oedd dim cyfeillgarwch rhyngddo ef a'r mêt.

"Dyna ti wedi'i gwneud hi nawr!" meddai Abram Tomos wrth Barti. Ond nid oedd Barti wedi gorffen eto. Plygodd dros gorff y mêt a chydiodd yng ngholer y got goch. Yna, gydag un plwc anferth, fe rwygodd y coler bron i ffwrdd oddi wrth y gweddill o'r got. Wedi dechrau cael un rhwyg, ni fu fawr o dro yn ei rhwygo'n waeth, a chyn bo hir roedd y got yn rhubanau. Yna unionodd Barti ac edrych o'i gwmpas. Roedd ei wyneb yn welw ond roedd ei lygaid duon yn fflachio. Yna gwelodd

Capten Warlow! Roedd y capten wedi dod i lawr y grisiau heb yn wybod i neb, ac yn awr edrychai ar yr olygfa â gwg ffyrnig ar ei wyneb.

"Bosn!" gwaeddodd ar dop ei lais.

"Syr?"

"Cydiwch yn hwnna! A rhowch heyrn arno fe! Ar unwaith! Neu fe fyddwch chithau mewn heyrn hefyd. Miwtini ar fwrdd y *Pembroke*! Myn — i; dim tra bydda i'n gapten arni!"

Mewn winc roedd y bosn wedi gwneud arwydd ar un neu ddau o'r criw, ac roedden nhw wedi cydio ym mreichiau Barti a mynd ag e i fyny'r grisiau.

Yna cododd y mêt yn araf ar ei draed. Yr oedd golwg ddychrynllyd arno. Roedd y gwaed yn dal i lifo o'i drwyn, ac roedd y got goch yn hongian yn garpiau rhacs amdano.

Y GATH NAW CYNFFON

Gorweddai Barti yn nhywyllwch dudew'r howld. Ni allai ddyfalu pa hyd o amser y bu'n gorwedd yno. Un peth a wyddai — sef nad oedd erioed wedi dioddef y fath boenau am gyfnod mor hir. Fe deimlai ei fod wedi bod yn y tywyllwch fan honno ers blynyddoedd, yn dioddef poenau'r heyrn am ei goesau a'i freichiau a hyd yn oed am ei wddf. Yn ara' bach, fel yr oedd wedi troi ac anesmwytho roedd ymylon miniog yr haearn wedi torri ei groen ac wedi llidio'r cnawd. Yn awr ni allai symud gewyn heb deimlo poen fel byw llygad yn mynd trwyddo. Ond yn waeth hyd yn oed nag arteithiau'r heyrn, oedd y newyn a'r syched a deimlai. Yr oedd ei enau'n grasboeth a chorn ei wddf fel 'sglodyn. Fe roddai'r byd i gyd am allu cysgu. Ond yr oedd heyrn wedi eu gosod arno yn y fath fodd fel na allai orwedd i lawr yn ei hyd o gwbwl.

I fyny ar y dec roedd bore arall wedi gwawrio, a'r *Pembroke* wedi hwylio drwy'r nos ar dac sowestaidd o flaen y gwynt. Roedd hi wedi mynd yn dda yn ystod y nos — wedi hwylio dros drigain not.

Yn y caban mawr o dan y pŵp roedd y capten a'r mêt wedi bod yn dadlau'n ffyrnig y noson gynt. Roedd y mêt wedi taeru mai'r unig beth i'w wneud â Barti oedd ei daflu i'r môr, neu ei saethu, neu ei grogi wrth y iardarm. Hawliai na wnâi unrhyw gosb arall y tro am y trosedd o daro un o brif swyddogion llong ryfel, a oedd dan gomisiwn oddi wrth y Frenhines Anne. Oni wneid esiampl o hwn, meddai, byddai ei ddisgyblaeth ef ar y gweddill o'r criw'n dioddef, a chyn pen fawr o dro byddai eraill yn ymosod ar swyddogion y llong, ac fe fyddai eu bywydau i gyd mewn perygl. Roedd ganddo ef ddigon o brofiad o forwyr, ac fe wyddai mai'r unig ffordd i gadw rheol arnyn nhw oedd trwy fod yn gryf, ac yn ddidrugaredd.

Roedd y capten wedi gwrando'n astud arno, ac roedd e'n cytuno'n llwyr â'r hyn a ddywedai. Roedd yn rhaid cadw disgyblaeth ar long ryfel. Ac roedd y dyn — Roberts — wedi cyflawni gweithred anfaddeuol, a hynny yng ngŵydd llawer o'r criw. Ni fyddai dim yn well gan Capten Warlow na gweld y dyn yn hongian wrth ei wddf wrth y iardarm â'i goesau'n cicio'r awyr. Ond roedd y *Pembroke* yn brin iawn o forwyr, ac fe fyddai'n brinnach eto, oherwydd fe fyddai'r tywydd a'r bwyd ac afiechyd yn hawlio bywydau — fel y gwnaent bob amser ar long ryfel — heb sôn am y rhai a gâi eu lladd mewn brwydrau ar ôl cyrraedd y Gorllewin. Ac roedd Capten Warlow wedi sylwi'n barod fod Roberts yn forwr gwerth ei halen. Roedd e wedi ei weld fry yn y rigin yn trin yr hwyliau gyda'r hen ddwylo, ac roedd Capten Warlow'n adnabod topman da pan welai un, ac i'r *Pembroke* y funud honno roedd topman da'n werth ei bwysau mewn aur.

Am ryw awr, tra bu'r mêt yn dadlau â'r capten yn y caban mawr y noson gynt, fe fu bywyd Barti Roberts yn y fantol. Nid oedd Capten Warlow am ddigio'r mêt am y byd, oherwydd gwyddai y gallai hynny wneud bywyd ar y *Pembroke* yn anodd iawn. Ar y llaw arall fe deimlai'n siŵr na allai fforddio colli cymaint ag un topman — roedden nhw'n rhy brin. A'r diwedd fu — ar ôl i'r ddau wagio potel yn dadlau — i'r mêt fodloni ar y gosb a awgrymodd y capten, sef chwipio'r troseddwr wrth y mast yng ngŵydd criw'r llong i gyd. Ac addawodd y capten y byddai'r "gath-naw-cynffon" yn cael ei defnyddio ddeg gwaith ar hugain ar gefn Barti Roberts.

Galwyd ar bawb i'r meindec, ac am dipyn bu'r bosn yn rhegi a gweiddi i gael y criw cymysg yn rhesi trefnus o gwmpas y dec. Yna anfonwyd tri morwr i gyrchu Barti Roberts i'r dec. Edrychai fel corff pan ddygwyd ef i olau dydd. Roedd yr haul yn brifo'i lygaid ar ôl bod yn y tywyllwch cyhyd.

Tynnwyd yr heyrn oddi amdano, yna tynnodd dwylo trwsgl

ei ddillad ucha oddi amdano. Wedyn clymwyd ei arddyrnau uwchben wrth y mênmast mawr. Yr oedd y mêt wedi gofyn am ganiatâd y capten i ddefnyddio'r chwip, ac er nad oedd yn fodlon iawn i'w roi, roedd wedi cydsynio er mwyn cadw cap y mêt yn gywir. Nid bod Capten Warlow yn teimlo piti dros y troseddwr o gwbwl. I'r gwrthwyneb, roedd e'n edrych ymlaen yn awchus at ei weld yn gwingo dan y chwip. Ond roedd e'n ofni y byddai'r mêt yn ei ddicter yn lladd Roberts wedi'r cyfan. Un peth arall hefyd — roedd y capten yn meddwl yn dawel fach fod y mêt yn ei ddiraddio'i hunan wrth ddefnyddio'r chwip, gwaith a wneid fynychaf gan swyddogion mwyaf dibwys y llong.

Camodd John Davies ymlaen â'r gath-naw-cynffon yn ei law. Yr oedd ei drwyn yn goch ac wedi chwyddo ar ôl y sgarmes yn yr orlop y diwrnod cynt, ac roedd golwg giaidd ar ei wyneb brown.

Gwyliai'r capten yr olygfa o'r pŵp. Gwelodd y mêt yn codi ei law dde. Gwelodd gynffonnau'r chwip fawr yn gwingo fel nadredd yn yr awyr. Yna roedden nhw wedi disgyn ar gefn noeth Barti gyda holl nerth braich y mêt.

Aeth rhyw ias trwy'r dyrfa a oedd yn gwylio wrth weld y gwaed yn tasgu o'r gwrymiau ar gefn llydan Barti, lle'r oedd cynffonnau creulon y chwip wedi disgyn.

Roedd Barti wedi teimlo'n boenus i lawr yn yr howld, ond yr oedd y boen a ddioddefai'n awr yn seithwaith gwaeth. Disgwyliai i'r ergyd nesaf ddisgyn ar ei gefn dolurus. Yna clywodd y cynffonnau'n chwiban drwy'r awyr. Yr eiliad nesaf roedd ei gnawd, a phob nerf yn ei gorff, yn gwingo gan boen yr ail ergyd. Bu'n rhaid iddo gnoi ei dafod rhag gweiddi allan — am drugaredd.

Tair, pedair, pump, chwech, saith — a phob ergyd yn fwy poenus na'r un o'i blaen am fod cynffonnau'r chwip yn awr yn disgyn ar glwyfau agored yn ei gefn, ac nid ar y croen iach, fel ar y dechrau.

Gwyddai na fyddai byth yn anghofio'r poenau ofnadwy hynny tra byddai byw. Fe deimlai fel pe bai ei galon ar fin byrstio, ac i lawr yn ei berfedd yr oedd rhyw deimlad fel pe bai'n cael ei drywanu â chyllell.

41

Yna, pan deimlai fod rhaid iddo weiddi allan, fe ddaeth natur i'w helpu. Fe syrthiodd ei ben cyrliog yn erbyn y mast yn ddiymadferth. Yr oedd wedi llewygu, ar ôl i'r chwip fawr ddisgyn ar ei gefn dros ugain o weithiau.

Ond er nad oedd Barti mwyach yn gallu teimlo'r arteithiau dychrynllyd, fe aeth y chwipio ymlaen o hyd. Os rhywbeth fe ddefnyddiai'r mêt fwy o egni nag o'r blaen yn awr. Deg ar hugain! Ond mynnodd y mêt roi un ergyd fawr dros ben wedyn. Yna taflodd y chwip oddi wrtho, ac edrychodd o gwmpas yr wynebau a oedd yn gylch amdano. Yr oedd y chwys yn rhedeg fel glaw dros ei ruddiau, ac roedd golwg mor anifeilaidd a chreulon arno nes codi ofn ar y rhan fwyaf oedd yn edrych.

Cododd y bosn y chwip. Yr oedd ei chynffonnau'n goch ac yn dripian gwaed.

Pennod 7

HALEN AR GLWYFAU

Oni bai am Abram Tomos, y pysgotwr o Abergwaun, mae'n dra thebyg y byddai Barti wedi marw ar ôl y driniaeth a gafodd gan y mêt.

Yn union ar ôl iddo gael ei dorri'n rhydd, fe aed ag ef — yn hollol anymwybodol — at y meddyg, Mr Wiley, a oedd unwaith wedi bod yn farbwr yn Plymouth, ond a oedd wedi dod —trwy *ymarfer* a *methu* yn ddigon aml — yn brif swyddog meddygol y *Pembroke*. Pan welodd gefn Barti fe ddywedodd wrth ei was am baratoi'r driniaeth arferol, sef rhoi papur llwyd wedi'i wlychu mewn finegr ar y cnawd gwaedlyd.

Er bod Barti'n dal yn anymwybodol, fe aeth rhyw gryndod trwy ei gorff pan roddwyd y papur â'r finegr ar ei gefn. Yr oedd yn ffodus yn wir ei fod mewn llewyg o hyd, oherwydd prin y gallai fod wedi dioddef poen ychwanegol y finegr yn llosgi ei glwyfau.

Wedyn aed ag ef yn ôl i'r orlop ac yno y cymerodd Abram Tomos ofal ohono. Fe'i rhoddwyd i orwedd ar ei wyneb yn ei hamog, gan ofalu ei fod yn medru anadlu'n iawn.

Am ddeuddydd bu ei wres yn uchel, a dim ond ar brydiau yr oedd e'n ymwybodol o'r hyn oedd yn mynd ymlaen o'i gwmpas. Ond bob tro y deuai ato'i hunan, yr oedd Abram Tomos yno, a chanddo ychydig o fwyd neu ddiod iddo. A phob bore a hwyr byddai Abram yn codi bwcedaid o ddŵr hallt o'r môr ac yn golchi ei gefn clwyfedig â hwnnw.

43

Yr oedd Pierce, y bosn garw wedi helpu hefyd. Am ryw reswm roedd e wedi cymryd at Barti — efallai am iddo roi cosfa i'r mêt.

Os oedd asid y finegr wedi serio'r clwyfau ar gefn Barti a chau'r gwythiennau bychain oedd yn gwaedu, fe wnaeth dŵr hallt y môr wyrthiau i wella briwiau'r gath-naw-cynffon. Ar ôl tridiau yr oedden nhw'n dechrau cau a mendio. Erbyn hynny roedd ei wres wedi dod i lawr, ac roedd e'n gallu dod o'i hamog gan bwyll bach a cherdded tipyn ar hyd llawr yr orlop. Ond pan ddeuai Abram Tomos â'r bwcedaid o ddŵr hallt y môr at ei gefn, fe fyddai'n rhaid iddo alw ar ei holl ddewrder i ddioddef y boen. A thrwy'r holl ddyddiau hynny a gymerodd i ddod dros y driniaeth a gafodd gan y mêt, byddai Barti'n breuddwydio am *ddial!* Weithiau breuddwydiai ei fod yn arwain miwtini ar y llong. Gwelai ei hunan ac Abram Tomos yn dwyn y llong oddi ar y capten ac yna'n ei rhoi'n ôl iddo ar un amod, sef fod y mêt yn cael ei glymu wrth y mast a'i chwipio. Ond wedyn teimlai na fyddai hynny'n ddigon rywsut. Wedyn dychmygai ei fod ef a'r mêt ar y meindec, a'r capten yn ei gaban mawr o dan y pŵp. Mae Barti'n estyn sialens i'r mêt ac mae'r ddau'n ymladd hyd angau — heb neb yn ymyrryd. Ac yn y diwedd, ar ôl ennill y frwydr, mae'n taflu'r mêt dros y bwrdd i'r môr. Dyna rai o'r syniadau a'r breuddwydion gwyllt a oedd yn dod iddo pan orweddai o ddydd i ddydd yn ei hamog mewn dirfawr boen, a hiraeth am Drefdraeth a'r un annwyl a oedd yn byw yno.

Ond os oedd Barti'n dal i wella'n gyflym o'r driniaeth a gafodd yr oedd un, o leiaf, o'r trueiniaid yn yr orlop yn gwaethygu bob dydd. Hwnnw oedd y ffermwr — Dafydd Rhydlydan.

Ac yn aml fe anghofiai Barti ei ddoluriau ei hunan wrth weld cyflwr y ffermwr truenus o Sir Benfro, a oedd wedi ei gael ei hunan ar long ryfel ar y môr mawr. Un diwrnod holodd Barti Mr Wiley beth oedd yn bod arno. Gorweddai yn ei hamog yn cwyno'n isel a thorcalonnus ddydd a nos. Cadwai'r lleill ar ddi-hun, a theimlai rhai'n ddig iawn tuag ato am darfu ar eu cwsg.

Ateb y meddyg oedd, "Rwy'i wedi gweld pobol wedi'u

presio'n mynd yn union 'run fath ag e. A does dim y gall unrhyw feddyg ei wneud drostynt."

Gofynnodd Barti, tybed nad oedd y mêt wedi gwneud niwed parhaol iddo wrth ei gicio?

Ond er i'r doctor gyfaddef fod Dafydd yn poeri peth gwaed y diwrnod ar ôl i'r mêt ei gicio, fe deimlai'n siŵr mai wedi torri ei galon yr oedd yr hen ffermwr, wrth hiraethu am dyddyn Rhydlydan a Threfdraeth a'r bobl a'r pethau yr oedd yn gyfarwydd â hwynt. Fel pysgodyn wedi ei godi o'r dŵr, roedd wedi colli'r hyn oedd yn ei gadw'n fyw — sef ei deulu, ei fferm a'r bobl roedd e'n eu nabod.

"Ond mae hynny wedi digwydd i mi hefyd!" meddai Barti. Ond ysgydwodd y meddyg ei ben.

"Na," meddai, "rwyt ti'n gallu gweld ystyr i'r peth. Rwyt ti'n gallu dringo'r mast a thrin yr hwyliau. Fedr hwn ddim — yn wir fedr e ddim gwneud dim byd defnyddiol ar y llong 'ma. A dyna pam y mae e'n dihoeni. A dyna pam y bydd e farw cyn i ni gyrraedd y Gorllewin."

Edrychodd Barti'n syn ar y doctor.

"Dyw e ddim yn mynd i farw!"

Ysgydwodd Mr Wiley ei ben.

"Os na ddaw e allan o'r hamog yna, a dechrau bwyta, a gwneud rhyw waith . . ."

Gadawodd y frawddeg heb ei gorffen ac aeth i fyny'r grisiau o'r orlop, gan adael Barti yn ei hamog, i feddwl am yr hyn yr oedd wedi'i ddweud, ac am yr hyn a adawodd heb ei ddweud.

Ymhen tipyn cododd o'i hamog a mynd ar draws y dec at y fan lle gorweddai Dafydd Rhydlydan.

"Dafy'!" gwaeddodd yn isel.

Dim ateb.

"Dafy'!" gwaeddodd — yn uwch y tro hwn.

Yn araf bach cododd y ffermwr ar ei eistedd.

"Barti? Ti sy 'na?"

Yr oedd ei lais yn wichlyd a gwan, ac fe synnodd Barti at y newid a oedd wedi dod drosto er pan welodd ef gyntaf ar fwrdd y *Pembroke*. Yr oedd fel pe bai wedi mynd yn llai o gorff o lawer. Sylweddolodd Barti mai wedi teneuo yr oedd e. Mae e wedi mynd yn ddim bron, meddyliodd.

"Sut ŷch chi'n teimlo nawr, Dafy'?" gofynnodd.

"O, go lew, 'machgen i." Ond roedd ei lais main mor ddigalon.

"Dŷch chi ddim yn swnio'n galonnog iawn," meddai Barti. "Rhaid i chi beidio bod fel 'na. Dyw'r byd ddim wedi dod i ben, cofiwch, er ein bod ni wedi bod yn ddigon anffodus i gael ein dal gan y Press. Fe gawn ni fynd adre 'to ryw ddiwrnod."

"Barti," meddai'r ffermwr, "rwyt ti wedi bod yn garedig iawn tuag ata i, a hynny pan oedd gen ti ddigon o ofidiau dy hunan. Rwy'n ddiolchgar iawn i ti, fachgen. Ond . . ." Am foment bu distawrwydd rhwng y ddau.

"Ie?" meddai Barti.

"Wel, fachgen, rwy i'n wahanol i ti. Rwyt ti'n ymladdwr . . . fe ddangosaist hynny pan loriaist ti'r mêt ofnadwy 'na. Fedrwn i ddim gwneud peth fel 'na. Dwy'i erioed wedi codi 'nwrn at neb. Wyddost ti nad ydw i erioed wedi cweryla â neb? Mae hynna'n wir i ti. Dwy'i erioed wedi cael achos, a phe bawn i'n cael achos fe fyddai arna i ormod o ofn i daro neb. A dwy'i erioed wedi gwneud unrhyw waith heblaw ffarmio, a does 'na ddim un gwaith y galla i wneud ar y llong 'ma . . ."

Syrthiodd ei ben yn ôl ar ei obennydd bach.

"Ond fe fydde'n well i chi wneud rhyw waith . . ." meddai Barti, "yn lle'ch bod chi'n hel meddyliau fan hyn."

Ni ddaeth unrhyw ateb o'r hamog y tro hwn, ac wedi aros yno am dipyn, aeth Barti yn ôl i'w hamog ei hun.

Y STORM

Roedd y *Pembroke* wedi bod ddeunaw diwrnod ar ei thaith tua'r gorllewin pan beidiodd y gwynt yn sydyn. Gorweddai'r hen "man o' war" yn ei hunfan yn siglo'n araf yn y swel, a'i hwyliau'n llonydd ac yn llipa. Roedd rhyw ddistawrwydd mawr o'i chwmpas ym mhobman, ac fe ellid clywed o'r pŵp y criw'n siarad yn y ffocsl. Nid oedd gwaith trin yr hwyliau yn awr, a rhoddodd Capten Warlow orchymyn i'r topmen a phawb fynd ati i olchi'r deciau a'u sgrwbio nes bod eu coed yn wyn fel carlwm. Yr oedd hi'n gas gan Barti'r gwaith hwnnw, ac fe safai'r mêt heb fod ymhell oddi wrtho bob amser — yn barod i ddisgyn arno pe bai'n codi oddi ar ei liniau.

Yn y prynhawn fe gododd rhyw niwl glas, dieithr o'r gorwel i'r deau o'r llong. Edrychodd Capten Warlow'n hir ar hwnnw. Yna galwodd y mêt i fyny i'r pŵp ato.

Roedd Abram Tomos, a weithiai yn ymyl Barti ar y dec, wedi gweld y niwl glas hefyd.

"Hei, Barti," meddai, "dwy'i ddim yn hoffi golwg hwnna."

Edrychodd Barti tua'r de.

"Y niwl?"

"Ie," atebodd Abram, "rwy'n ofni ein bod ni'n mynd i gael storm."

"A!" meddai Barti. "Fydd hynny ddim yn ddrwg i gyd, sbo. Rwy'i wedi cael llond bol ar sgrwbio'r decie 'ma. Mae'n well gen i fod yn y rigin nag ar y dec, Abram."

Ysgydwodd Abram Tomos ei ben.

"Falle bydd rhaid i ti ddringo 'nghynt nag wyt ti'n feddwl nawr."

Dringodd y niwl glas i'r awyr yn eithriadol o gyflym, ac eto nid oedd awel o wynt yn hwyliau'r llong. Cyn bo hir roedd yr awyr yn dywyll drosti i gyd bron. Ar ddeciau'r *Pembroke* edrychai pawb ar ei gilydd yn awr — roedd rhywbeth mor fygythiol ynghylch y niwl glas.

Yna clywsant sŵn yn y pellter lle'r oedd y düwch yn fwyaf dwfn. Sŵn ofnadwy ydoedd hefyd — sŵn fel growlan a chwyrnu rhyw greaduriaid anferth o'r hen oesoedd. Ac eto, ar y llong ei hun, roedd distawrwydd llethol.

Ond erbyn hyn fe wyddai'r hen forwyr beth oedd ar fin digwydd. Roedd rhai ohonyn nhw wedi clywed sŵn tebyg o'r blaen fwy nag unwaith. Gwyddent mai sŵn y storm yn y pellter ydoedd — yn cyrraedd hyd atynt, cyn i'r storm ei hun ddod.

Yna clywsant sŵn fflip-fflap yr hwyliau llac yn cael eu hysgwyd gan yr awel a oedd wedi cyrraedd o flaen y storm.

Yna gwaeddodd y mêt ar y topmen ac roedd Barti Roberts gyda'r cynta'n dringo ymysg y rhaffau. Gwyddai fod eisiau plygu'r hwyliau ar frys gwyllt. Byddai'n rhy hwyr ar ôl i'r storm eu dal.

Plygwyd un ar ôl y llall o'r hwyliau mawr a'u clymu'n ddiogel. Erbyn hyn roedd yr awyr yn ddu a phobman yn dywyll. O ben y mast fe geisiai Barti edrych i gyfeiriad y sŵn growlan cas, oedd yn dod yn nes ac yn uwch o hyd. Yna o'r tywyllwch, gwelodd don fawr, wen yn codi fel sarff yn barod i daro. Roedd hi'n dod am y llong yn ddychrynllyd o gyflym, a chydiodd Barti yn dynnach yn y rhaff yn ei law. Yr oedd yn dda iddo wneud.

Y gwynt a drawodd y llong gyntaf serch hynny — chwythiad anferth a'i trodd ar ei hochr mewn winciad. Yna llifodd y don fawr drosti. Am ysbaid hir yr oedd pob copa walltog ar y llong o dan y don anferth honno, ac nid oedd ond brig y mast mawr yn y golwg. Am ysbaid hir bu'r *Pembroke* ar ei gorwedd felly. Yna, yn araf, fel hen fuwch flinedig, dyma hi'n troi'n ôl, a'r mastiau'n codi o'r trochion a'r berw gwyn. Dechreuodd yr hen long — fel hen warior — ddod abowt i wynebu gwaetha'r gwynt a'r môr. Ond wrth iddi droi, fe'i daliwyd gan don anferth arall, a bu honno bron â'i suddo.

Yr oedd Barti'n ceisio cropian i lawr y rhaff i'r dec ar y pryd. Gwyddai nad oedd dim rhagor y gallai ef na neb arall ei wneud ynghylch yr hwyliau. Wrth edrych i gyfeiriad y pŵp, gwelodd y don yn mynd dros y starn, yn wyn fel llaeth, a gwelodd hi'n cipio rhywun yn ei dannedd ac yn ei hyrddio dros yr ochr i ganol y berw mawr.

Yr oedd rhai hwyliau ar y misn heb eu clymu. Yn awr aeth y môr a'r gwynt â hwy ymaith fel pe baent yn rhubanau ffair. Yng nghanol y cynnwrf clywodd Barti sŵn brawychus y mast a'u daliai yn cracio dan y straen.

Cyn i'r don fawr nesaf daro'r llong, yr oedd wedi cyrraedd y dec.

O'r fan honno gwelodd y misn yn hollti ac yn syrthio dros yr ochr i'r môr. Edrychodd eilwaith i gyfeiriad y pŵp. Nid oedd sôn am Gapten Warlow na'r mêt yn unman.

Wrth fôn y misn yn awr yr oedd tri neu bedwar o forwyr yn ceisio torri'r rhaffau a oedd yn dal y mast toredig ynghlwm wrth y llong o hyd. Roedd dau ohonynt wedi dod o hyd i fwyelli yn rhywle. Fe geisiodd fynd tuag atynt i'w helpu oherwydd fe wyddai fod y mast, yn hongian dros yr ochr fel yna, yn beryglus iawn. Byddai llawer gwell siawns gan y *Pembroke* pe gellid cael gwared ohono ar unwaith. Pan gyrhaeddodd fôn y misn toredig gwelodd fod Abram Tomos yno o'i flaen. Hwnnw a dorrodd y rhaff olaf a ddaliai'r mast. Llithrodd y pren mawr i'r môr gan lusgo'i raffau ar ei ôl. Tua'r amser yma cyrhaeddodd y storm ei hanterth. Yn awr yr oedd hi'n berygl bywyd i neb fod ar y dec, oherwydd roedd y môr yn cael ei hyrddio dros y *Pembroke* o un pen i'r llall bob munud bron. Ni allai Barti weld fawr o neb o gwmpas y deciau yn unman. Rhaid fod pawb wedi rhedeg am gysgod.

Teimlodd yr hen long yn crynu fel mewn ofn pan aeth y don nesaf drosti, gan sgubo'i deciau'n lân. Roedden nhw'n ddigon glân yn barod, meddyliodd! Onid oedd ef a'r lleill wedi treulio'r bore'n eu sgrwbio?

Teimlodd fel pe bai'r llong yn dringo wedyn, a gwelodd ei bod yn cael ei chodi i'r awyr gan don anferth arall. Am foment safodd y *Pembroke* yn llonydd ar grib creulon y don. Yna dyma hi'n plymio i lawr i'r dyfnderoedd rhyngddi a'r don nesaf. Aeth rhyw boen fel brathiad cleddyf trwy ei berfedd wrth wylio'r llong yn mynd i lawr ac i lawr. Wedyn disgynnodd y don nesaf arni. A oedd hi'n mynd i godi ar grib honno? Neu a oedd hi'n mynd i ildio'r frwydr a suddo?

Na, i fyny y daeth hi eto, ond wrth ddod o'r dŵr fe glywodd Barti sŵn fel ergyd o wn. Heb orfod edrych bron, fe wyddai fod y meinmast mawr wedi hollti. Yn rhyfedd iawn roedd hwnnw wedi hollti i fyny trwy ei ganol fel hollti brwynen. Ond daliai yn ei le o hyd. Fe wyddai Barti a'r lleill, serch hynny, y byddai'r don fawr nesaf yn gorffen y gwaith o'i ddryllio.

Gwelodd wefusau Abram Tomos yn symud a gwyddai ei fod yn gweiddi rhywbeth arno. Ond ni allai glywed yr un gair. Aeth yn nes at ei gyfaill.

"Ble mae'r capten cythraul . . .?" gofynnodd Abram Tomos.

Ysgydwodd Barti ei ben.

"Rhaid i ni dorri'r rhaffe *nawr*," gwaeddodd Abram, "cyn i'r mast ddod lawr!"

Yr oedd yr hen forwyr profiadol hefyd wedi gweld beth oedd rhaid iddynt ei wneud cyn i'r don nesaf dorri'r mast mawr. Ac yn wir, pan ruthrodd ton eto ar draws y *Pembroke* fe dorrodd y meinmast ac fe aeth ef â'r rhaffau a'i daliai i gyd dros y bwrdd heb dynnu'r llong i'r dyfnder gydag ef.

Ni wyddai Barti am ba hyd o amser y buont yn dal eu gafael wrth y rhaffau wrth fôn y meinmast, a oedd yn awr wedi diflannu, ond fe allai feddwl eu bod wedi bod yno am oes. Ni wyddai chwaith sut nad oedd y llong wedi suddo. Roedd hi'n hen, a dau o'i mastiau, a'u hwyliau, wedi mynd. Doedd hi'n ddim ond megis mesen fechan yng nghanol yr holl gynnwrf dychrynllyd. Ac eto roedd hi'n gwrthod ildio. Bron na theimlai Barti ryw barch tuag ati wrth ei gwylio'n codi'n araf o dan bwysau pob ton o hyd. Roedd ei hen ochrau derw yn sgleinio wrth godi o'r dŵr; ac roedden nhw'n dal!

Yna, a hithau'n dechrau nosi, fe ostegodd y storm. Y peth cyntaf y sylwodd Barti arno oedd fod y ffôr-mast yn diflannu'n

50

llai aml o dan y dŵr. Wedyn fe sylwodd nad oedd y pŵp uchel yn mynd o'r golwg dan bob ton a luchiai dros y llong.

Yna fe gododd cynffon y cymylau a daeth peth awyr las i'r golwg. Roedd y *Pembroke* wedi marchogaeth y storm, ond roedd yr ymdrech wedi costio'n ddrud.

Pan ddaeth John Davies y mêt i'r golwg, fe ddaeth trwy ddrws y caban mawr o dan y pŵp. Gwelodd Barti ac Abram ef yn dod. Roedd cadach gwaedlyd wedi ei glymu am ei ben. A'r mêt a dorrodd y newydd syfrdanol fod y *Pembroke* — yn ystod y storm fawr — wedi colli 'i chapten! Roedd Capten Warlow, yn ôl stori'r mêt, wedi cael ei olchi oddi ar y pŵp-dec gan y don fawr gyntaf, pan oedd y mêt ac yntau'n ceisio dianc i lawr y grisiau i'r caban. Yr oedd ef ei hun wedi cael ei daflu oddi ar y grisiau ac wedi taro'i ben yn erbyn rhywbeth — rhywbeth a oedd wedi ei rwystro rhag mynd dros yr ochr gyda'r capten. Dywedodd fod gwas bach y capten wedi cael ei daflu i'r môr gan y don nesaf, tra oedd ef ei hun yn gorwedd wrth waelod grisiau'r pŵp-dec.

Pan glywodd Barti hyn meddyliodd am y plentyn diniwed oedd wedi cael ei ddwyn o ofal ei rieni gan y Press — i farw fel hyn mewn storm ym môr y Gorllewin. Wedi cael amser i gyfri, fe gafwyd fod o leiaf dri morwr arall wedi eu golchi ymaith gan gynddaredd y tonnau. Erbyn hyn chwythai'r gwynt o'r gogledd eto, a chan ei fod yn dal yn gryf, fe hwyliai'r *Pembroke* yn weddol gyflym o'i flaen, er nad oedd arni ond un mast, a charpiau truenus o hwyliau. Ni chafodd fawr neb gwsg ar y *Pembroke* y noson honno. Roedd y môr wedi treiddio i bob cwr o'r llong ac nid oedd yr un gwely na hamog sych yn unman. Rywbryd cyn iddi nosi'n llwyr aeth Barti i lawr i'r orlop, ac at hamog Dafydd Rhydlydan. Roedd yr hamog yn dripian dŵr y môr ac fe siglai'n ôl a blaen gyda symud y llong.

"Dafy'!" meddai Barti. Dim ateb. Yna edrychodd i mewn i'r hamog. Roedd dwy law'r ffermwr wedi eu croesi ar ei fynwes ac yn yr hanner tywyllwch roedd ei wyneb gwyn yn edrych yn dawel a di-boen. Rhoddodd Barti ei law ar ei dalcen. Roedd e wedi hen farw.

*   *   *

Yr *oedd* Barti wedi cysgu ychydig yn ei hamog gwlyb wedi'r cyfan. Er iddo fod ar ddi-hun bron drwy'r nos, roedd cwsg wedi ei ddal yn oriau mân y bore. Ond gyda gwawr y dydd roedd e ar ddi-hun eto. Neidiodd o'i hamog. Roedd e'n wlyb ac yn oer. Edrychodd o gwmpas yr orlop a disgynnodd ei lygaid ar hamog y ffermwr marw. Heddiw, meddyliodd, byddai'n rhaid ei gladdu yn y môr. Tybed a oedd ar y *Pembroke* rywun i ddarllen y gwasanaeth claddu o'r Llyfr Gweddi Cyffredin? Beth bynnag, roedd e'n benderfynol na châi'r creadur ei gladdu fel ci, hyd yn oed pe bai ef ei hun yn gorfod darllen y gwasanaeth.

Meddyliodd eto am ddiwedd sydyn Capten Warlow. Bron na theimlai'n falch fod y môr wedi hawlio'r dihiryn. Piti na fyddai wedi mynd â'r mêt cythraul hefyd, meddyliodd wedyn. Gwnaeth hynny iddo ystyried y sefyllfa newydd ar fwrdd y *Pembroke*. Wrth gwrs, byddai John Davies yn gapten y llong bellach! Gallai hynny wneud ei fywyd ef yn annifyr iawn. A beth am y llong? Doedd hi ddim mewn cyflwr i wynebu'r Sbaenwyr yn y Gorllewin fel yr oedd, ar ôl colli dau fast, heb sôn am ei hwyliau i gyd. Byddai'n rhaid i John Davies geisio ei chael i dir yn rhywle i'w thrwsio. Ac fe gymerai hynny amser. Digon o amser i Barti a'i gyfaill o Abergwaun ddianc a'i gadael am byth. Wedi gadael y *Pembroke* byddai'n rhaid chwilio wedyn am long i'w cludo'n ôl i Gymru.

Dringodd y grisiau i'r meindec. Yr oedd hi'n fore o awyr las a chymylau gwynion, gwlanog, ac awel ysgafn yn chwythu o'r gogledd-ddwyrain. Roedd olion y storm ym mhobman ar y dec.

Yr oedd y ddau fôn mast toredig yn olygfa drist iawn, ac at hynny, roedd darnau o raffau a chlytiau o hwyliau o dan draed ym mhobman.

Ond yn sydyn sylweddolodd Barti fod yna rywbeth mwy na hynny wedyn o'i le ar y *Pembroke*. Am foment ni allai feddwl beth oedd. Yna sylwodd ei bod yn hwylio â'i bow i lawr yn ddwfn yn y dŵr. Cofiodd yn sydyn am eiriau'r hen Sgotyn . . . *"like a weavilly ship's biscuit . . . it's a wonder she stays afloat."*

Doedd hi ddim wedi ennill y frwydr â'r storm wedi'r cyfan. Roedd pren pwdr ei gwaelod wedi ildio yn ystod y nos, ac roedd ei phen blaen yn awr yn llenwi â dŵr. Mewn gair, roedd hi'n suddo.

Daeth y mêt i fyny o'r howld a golwg wyllt arno. Daeth y bosn ar ei ôl.

"All hands to the pumps!" gwaeddodd y mêt dros y lle i gyd. Rhedodd y bosn ar draws y dec i lawr y grisiau i'r orlop i gael pob un oedd yno i fyny. Ar yr un pryd aeth y mêt ymlaen i'r ffocsl i alw'r gweddill o'r criw.

Drwy'r bore hwnnw bu criw'r *Pembroke* yn troi'r pwmp i geisio cael y dŵr allan o'r howld. Ond drwy'r bore fe aeth mwy o ddŵr i mewn nag a ddaeth allan, ac fe âi bow'r llong yn is ac yn is yn y môr.

Erbyn hanner dydd roedd y morwyr i gyd wedi blino'n arw iawn. Ond gyrrai'r mêt hwy'n ddidrugaredd. A dweud y gwir, nid oedd angen eu gyrru, oherwydd fe wyddai pob un ohonynt mai'r pwmp oedd eu hunig obaith yn awr, a phe bai rhywbeth yn digwydd i hwnnw fe ddeuai diwedd y *Pembroke* yn fuan iawn wedyn.

Roedd cwch-hir y llong wedi ei ddwyn ymaith gan y storm y noson gynt, a dim ond un cwch bach oedd yn aros ar y bwrdd, ac roedd hwnnw wedi cael ei niweidio gan y storm.

Gweithiai Abram Tomos wrth y pwmp nes bod y chwys yn llifo dros ei gorff cawraidd. Yn wir, oni bai amdano ef, byddai'r lleill wedi diffygio ers tro.

Ond ar waethaf ymdrechion pawb, suddo a wnâi'r *Pembroke*. Erbyn hanner dydd roedd ei bow mor isel yn y dŵr nes bod ambell don yn llifo i mewn i'r ffocsl. Roedd hynny wedyn yn brysio'i diwedd.

"Sail-ho!"

Am foment, cododd hyd yn oed Abram Tomos ei ben i edrych.

"Starboard bow, syr!" gwaeddodd y lwc-owt. A dyna lle'r oedd hi! Llong fawr dan hwyliau llawn, yn dod yn syth tuag atynt.

Ond roedd hi eto ymhell, ac roedd y *Pembroke* yn suddo'n gyflym.

Yna, am ryw reswm, fe dorrodd y pwmp. Nid oedd dim y

gallai neb ei wneud yn awr ond hoelio'i obaith ar y llong a oedd yn nesáu tuag atynt.

Yn fuan roedd y ffocsl dan ddŵr. Fel yr oedd y bow yn suddo fe godai'r pŵp i fyny. Ciliodd y morwyr tua starn y llong.

"Y gynne!" gwaeddodd Abram Tomos, gan edrych ar y mêt.

"Wel," meddai hwnnw'n sarrug, "beth amdanyn nhw?"

"Rhaid i ni 'u taflu dros y bwrdd neu fydd 'u pwyse wedi'n suddo ni cyn i'r llong 'cw ddod yn agos aton ni."

"Mae'r gynnau'n aros ble maen nhw," meddai'r mêt. "Maen nhw'n eiddo i'r Frenhines, ac fe allan nhw fod o ddefnydd i ymladd y Sbaenwyr . . ."

Collodd Abram Tomos ei dymer.

"Ond ddyn! Mae'r llong yn suddo. A chyn pen hanner awr fe fydd hi a'r gynne — a ninnau wedi mynd i'r gwaelod . . .!"

Dechreuodd y criw furmur i ddangos eu bod yn cytuno ag ef. Edrychodd y mêt yn sarrug o un i'r llall. Gwelodd wrth wynebau'r morwyr eu bod bron i gyd yn cytuno â'r awgrym i daflu'r gynnau.

"O'r gore," meddai, "fe gaiff y gynnau ar y meindec fynd. Ond bob yn un ac un, ac nid gyda'i gilydd."

"Mister Mêt!" gwaeddodd y lwc-out fry yn rigin y ffôrmast. Swniai ei lais yn gynhyrfus iawn.

Edrychodd pawb i fyny i weld beth oedd yn bod. Gwelsant ef yn llithro i lawr ar un o raffau'r rigin i'r dec. Cyn gynted ag y glaniodd ar y dec, rhedodd at y mêt.

"Peiret, Mister Mêt! Mae hi'n dangos y Faner Ddu!"

Edrychodd John Davies yn syn arno, yna troes ei ben i edrych ar y llong, a oedd lawer yn nes atynt erbyn hyn.

Rhedodd i fyny'r grisiau i'r pŵp. Yna, â'i law ar ei aeliau edrychodd yn hir arni. Gwelodd y Faner Ddu ar frig y mast yn glir. Trodd wedyn at y criw a safai ar y meindec, a oedd yn goleddu'n beryglus erbyn hyn. Yr oedd rhyw olwg fel anifail mewn trap ar ei wyneb garw.

"Y gynnau dros y bwrdd bob un!" gwaeddodd.

Ond cyn i long y môr-ladron gyrraedd fe fu'n rhaid gwneud mwy na thaflu'r gynnau i'r môr i gadw'r *Pembroke* uwchlaw'r dŵr. Fe fu'n rhaid torri'r unig fast oedd ar ôl arni hefyd.

Tua thri o'r gloch y prynhawn daeth y ddwy long yn ddigon agos i allu cyfarch ei gilydd. Erbyn hynny roedd y *Pembroke* bron hyd ei gwasg yn y dŵr, ac roedd y criw i gyd wedi gorfod cilio i ben ôl y meindec, a rhai wedi dringo i'r pŵp. Safai Barti ac Abram wrth waelod y grisiau i'r pŵp, yn gwylio'r môr-ladron yn dod yn nes. Roedd eu llong yn un hardd o dan ei gwisg lawn o hwyliau gwynion. Ond roedd morwyr fry yn clymu'r rheini, yn barod i ddwyn y llong along-seid y *Pembroke*.

"Beth wnân nhw â ni, wyt ti'n feddwl, Barti?" gofynnodd Abram.

Ysgydwodd Barti ei ben.

"Dwyn beth bynnag sy o werth ar y *Pembroke* a'n gadael ni i foddi debyg iawn," meddai.

Roedd Abram yn tueddu i gytuno ag ef.

"Y nefoedd!" meddai. "Rwyt ti a fi wedi cael ein siâr o anlwc yn y byd 'ma, Barti!" Roedd ei lais yn chwerw.

"Un peth rwy'n addo i ti, Abram," meddai Barti, a'i lais yn fwy chwerw os rhywbeth nag un ei gyfaill, "os mai boddi sy'n fy aros i, fe fydd y mêt cythraul 'na yn mynd i'r gwaelod o 'mlaen i!"

Yn awr roedd llong y môr-ladron yn ddigon agos i Barti allu darllen ei henw ar y prow. "*Rover*" oedd y gair a ddarllenodd.

Deuai sŵn lleisiau uchel y môr-ladron ar draws y dŵr tuag atynt. Gwelsant gwch-hir y *Rover* yn cael ei ostwng i'r môr a'r môr-ladron yn mynd iddo.

Yna dyma lais mawr yn gweiddi:

"*Ahoy there!* Pwy ydych chi?"

Bu ennyd o ddistawrwydd ar y *Pembroke*. Yna dyma lais y mêt yn ateb:

"Y llong ryfel *Pembroke* o lynges y Frenhines Anne, ar ei ffordd i'r Gorllewin i ymladd y Sbaenwyr . . . !"

"Ar ei ffordd i ble?" gofynnodd y llais mawr. Chwerthin uchel wedyn. "Ar ei ffordd i'r gwaelod faswn i'n ddweud!"

Cyrhaeddodd cwch-hir y môr-ladron along-seid. Gwelodd Barti ac Abram y dyrfa o ddynion mwyaf cymysg a rhyfedd a welsant erioed. Yr oeddynt i gyd yn farfog ac yn frown eu crwyn. Ond roedd amrywiaeth mawr yn eu dillad. Gwisgai rhai ddillad crand iawn ac eraill ryw garpiau bawlyd.

Yna roedd y llais o'r llong arall yn gweiddi eto.

"Mae rhai o 'mechgyn i'n mynd i'ch byrddio chi. Peidiwch â chodi llaw i'w rhwystro, neu fe fydd ar ben arnoch chi bob un!"

Yna roedd y môr-ladron yn dringo o'r cwch fel mwncïod ar fwrdd y *Pembroke*. Yr oeddynt i gyd yn arfog iawn. Roedd dau bistol yng ngwregys pob un, a dwy gyllell hefyd, heb sôn am eu cleddyfau, a oedd yn awr yn noeth yn eu dwylo. Yr oedd llawer o chwerthin i'w glywed yn eu mysg, ond cadwent olwg wyliadwrus ar ddynion y *Pembroke* serch hynny.

"Pwy yw'r capten?" gofynnodd un o'r môr-ladron — dyn tywyll, tal, a edrychai'n hŷn na'r lleill.

"Mae'r capten . . ." dechreuodd y mêt.

"Ie?" meddai'r dyn tal.

"Fe gafodd 'i olchi i'r môr yn ystod y storm neithiwr. Y . . . fi sy yng ngofal y llong."

Edrychodd y dyn tal yn hir arno, â hanner gwên ar ei wyneb.

"Tyrd yma!" meddai wedyn yn sydyn, ac roedd wedi gorffen gwenu.

Daeth y mêt i lawr y grisiau o'r pŵp.

"Penlinia!" meddai'r môr-leidr.

"I beth?" gofynnodd y mêt.

"I ofyn am drugaredd!"

Petrusodd John Davies. Trawodd y môr-leidr ef ar draws ei foch â'i law agored.

"Ar dy benliniau!"

Aeth y mêt ar ei liniau ar lawr y dec serth, a safodd y dyn tal uwch ei ben.

"Nawr 'te! Gweddïa am drugaredd — i ti dy hunan a'r rhain i gyd."

Ond cyn i'r mêt gael cyfle i weddïo — efallai am y tro cyntaf yn ei fywyd — fe dorrodd swn dychrynllyd ar eu clustiau. Roedd yn debyg i swn ochain uchel, ac fe ddeuai o berfeddion yr hen long. Nid oedd Barti wedi clywed swn tebyg erioed o'r blaen, ac eto fe wyddai ar unwaith beth oedd. Gwyddai fod munudau olaf y *Pembroke* wedi cyrraedd. Yr oedd pwysau ychwanegol rhyw ddeg ar hugain o fôr-ladron, pan ddechreuasant gerdded i fyny i gyfeiriad y pŵp, wedi profi'n ddigon iddi. Yn sydyn ac yn ddirybudd bron roedd nifer o'r morwyr a rhai o'r môr-ladron wedi disgyn i'r dŵr. Yna roedd tonnau bach yn chwarae o gwmpas y grisiau a oedd yn arwain i'r pŵp-dec ac yn gwlychu traed Abram a Barti.

"Neidia!" gwaeddodd Abram, ac aeth y ddau dros yr ochr bron gyda'i gilydd. Medrai'r ddau nofio, ac fe wyddent mai gorau i gyd po bellaf oddi wrth yr hen long y gallent gyrraedd cyn iddi suddo, rhag iddynt gael eu sugno i lawr i'r dyfnder-oedd gyda hi.

Ni welodd yr un o'r ddau ddiwedd eithaf y *Pembroke*. Pan drodd y ddau eu pennau i edrych yn ôl, roedd hi wedi diflannu am byth, ac yn awr ar wyneb y dŵr nid oedd ond gwrec mân, a rhai pennau yma a thraw, yn mynd i fyny ac i lawr gyda sigl y môr.

Gwelsant gwch-hir y môr-ladron yn nofio wyneb i waered yn weddol agos atynt, a rhai o'r môr-ladron yn hongian wrtho. Ond trawodd Barti ac Abram yn syth tuag at y *Rover*.

YNG NGAFAEL Y MÔR-LADRON

Gorweddai'r hyn oedd yn weddill o griw'r *Pembroke* wrth fôn ffôr-mast llong y môr-ladron. Edrychodd Barti o'i gwmpas. Yr oedd llawer wedi mynd i'w diwedd gyda'r llong, waeth nid oedd ond rhyw ddeugain o wŷr wedi ymgynnull yno wrth fôn y mast. Cofiodd am Dafydd Rhydlydan a oedd wedi mynd i'w fedd heb i neb ddarllen y gwasanaeth claddu uwch y fan. Ond erbyn hyn roedd ganddo ddigon o gwmni yng ngwaelod y môr. Yr oedd Abram Tomos yn ei ymyl yn fyw ac yn iach. Pwy arall? Gwelodd fod y dyn main a glywsai'n canu'r ffidil droeon ar fwrdd y *Pembroke*, wedi ei achub. Wil Ffidler oedd ei enw, ac yn rhyfedd iawn, roedd ef, rywsut neu'i gilydd, wedi dod â'i ffidil gydag ef yn ddiogel trwy'r cyfan! Roedd John Davies, y mêt, yno hefyd, yn fyw ac yn iach. Ond o'r rhai a oedd wedi eu presio y noson honno yn Nhrefdraeth nid oedd, hyd y gallai weld, neb ond fe'i hunan ar ôl.

Roedd capten y môr-ladron ar y pŵp uwch eu pennau. Dyn cymharol fyr, ond cadarn o gorff ydoedd, a chanddo fwstas du o dan ei drwyn, a oedd, yn amlwg, yn achos cryn falchder iddo, oherwydd roedd wedi ei drwsio a'i iro nes gwneud iddo edrych yn wych dros ben. Yr oedd gwisg y dyn yn drwsiadus hefyd.

Dechreuodd y capten annerch y dynion gwlybion wrth fôn y mast. Siaradai yn Saesneg, ond cyn gynted ag yr agorodd ei geg bron, edrychodd Barti ac Abram Tomos ar ei gilydd mewn syndod.

"Cymro yw e!" sibrydodd Barti.

"O Sir Benfro!" atebodd Abram.

Gwrandawodd pawb yn astud ar yr hyn oedd ganddo i'w ddweud. Dywedodd wrthynt ei fod ef a'i griw wedi mynd yn fôr-ladron am eu bod am ryddid i fyw fel y dymunent. Soniodd fel yr oedd cyfoeth a phethau da'r byd yn eiddo i'r ychydig, tra oedd y mwyafrif yn byw mewn angen o ddydd i ddydd. Yr oedd ef a'i griw wedi penderfynu newid tipyn ar y drefn yma — roedden nhw wedi penderfynu cymryd iddynt eu hunain, yn awr ac yn y man, dipyn o'r cyfoeth a oedd yn nwylo'r ychydig.

Aeth ymlaen wedyn i ddweud ei fod ef a'i fachgen newydd fod mewn sgarmes ar y môr â llong a oedd ar ei ffordd adre i Ffrainc o'r Gorllewin. Roedd y brwydro wedi mynd dipyn yn rhy boeth wrth ei fodd, ac roedd wedi colli nifer o'i wŷr. Yn awr roedd y *Rover* yn brin o ddynion da, parod i ymladd.

Faint o griw'r *Pembroke* oedd yn barod i ymuno ag ef — i fod yn fôr-ladron? Eglurodd y byddai unrhyw drysor yn cael ei rannu'n deg rhyngddynt. Fe ddywedodd, serch hynny, mai bywyd peryglus oedd bywyd y môr-leidr, ond ei fod yn fywyd llawen a diofal. Ar ei long ef, meddai, roedd pawb yn gyfartal, ond bod gair y capten yn ddeddf mewn unrhyw frwydr.

Ar ôl iddo orffen siarad, edrychodd i lawr arnynt i weld sawl un oedd yn barod i ymuno o'i fodd â'r môr-ladron. Ond nid oedd neb yn ymddangos yn awyddus iawn i ymuno ag ef.

Yr oedd Abram a Barti mewn tipyn o gyffro ar ôl deall mai Cymro oedd y capten. A oedd Abram yn iawn pan awgrymodd mai dyn o Sir Benfro oedd e, meddyliodd Barti?

Yna roedd y capten yn siarad — yn Saesneg — unwaith eto. "Wel, pwy sy am ymuno â'r criw?" Syrthiodd ei lygad ar gorff mawr Abram Tomos a Barti yn ei ymyl.

"Beth amdanoch chi'ch dau?" gofynnodd.

"Dim diolch yn fawr, Capten," meddai Barti, yn Gymraeg!

"Wel! Wel! Cymro wyt ti, iefe?" Yntau hefyd yn Gymraeg yn awr.

"Ie," meddai Barti, "dau Gymro — o Sir Benfro."

Agorodd y capten ei lygaid led y pen, a chwaraeai gwên fach o gwmpas ei wefusau.

"Mister Dennis," meddai yn Saesneg, wrth ddyn tew a safai yn ei ymyl, "dewch â'r ddau yna i'r caban." Yna trodd ar ei sawdl a diflannu trwy ddrws y caban mawr o dan y pŵp.

Gwnaeth y dyn tew arwydd ar y ddau gyfaill i'w ddilyn. Pan aethant i mewn ar ei ôl i'r caban gwelsant y capten yn eistedd y tu ôl i fwrdd crwn.

Wedi diolch i Dennis am ddod â nhw, ac ar ôl i hwnnw fynd allan, cododd ar ei draed.

"O ble yn Sir Benfro, gyfeillion?" gofynnodd.

"Rwy'i'n dod yn wreiddiol o Gasnewy' Bach ond yn awr rwy'n byw yn Nhrefdraeth," meddai Barti.

"Wel! Wel!" meddai'r capten gan gydio yn ei law.

"A thithe?" gofynnodd, gan droi at Abram Tomos.

"Abergwaun," meddai hwnnw.

"Abergwaun! Rwy'i wedi bod yno lawer gwaith! Wedi bod yn cerdded lloriau sanctaidd yr hen Eglwys Gadeiriol lawer tro."

"A chi, Capten?" gofynnodd Barti. "Ydych chi'n dod o'r sir?"

"Wrth gwrs! Rwy'n un o fechgyn Milffwrt. Roedd ein teulu ni'n berchen tir y tu allan i Hafan Milffwrt flynyddoedd yn ôl ond erbyn hyn — diolch i'r Saeson cythraul — does gynnon ni ddim." Caledodd ei wyneb wrth ddweud hyn.

"Y . . ." meddai Abram Tomos, "wyddwn ni ddim mo'ch enw chi eto, Capten."

"Hywel Dafydd. Unwaith yn ŵr bonheddig o Sir Benfro, ond yn awr yn gapten y môr-ladron ar y llong *Rover*, at eich gwasanaeth," meddai, gan fowio i'r ddau. "Eisteddwch," meddai wedyn yn gwrtais, "i mi gael tipyn o'ch hanes."

Eisteddodd y ddau i lawr o gwmpas y bwrdd gydag ef, a chyn bo hir roedd Barti ac Abram yn adrodd eu hanes, a hanes eu dal gan y Press, wrth Capten Dafydd.

"Ac rwy'i wedi tyngu llw i ddial," meddai Barti wrth ddod i ben â'i stori ef ei hun, "dial ar bawb fuodd yn gyfrifol am yr hyn ddigwyddodd i fi."

Edrychodd Capten Dafydd yn hir ar ei wyneb lluniaidd, a oedd yn awr yn wgus a phenderfynol.

"Ymuna di â fi, ac fe dy helpa i di i ddial, Barti Roberts," meddai. "Mae dy stori di yn debyg i'm stori i wedi'r cwbwl. A dial ar y Saeson yn bennaf y bydda i wrth ymosod ar longau ar y

môr. O, rwy'n ymosod ar longau gwledydd eraill, mae'n wir
. . . ond pan fydda i'n gweld mai llong o Loegr yw hi, mi fydda
i'n teimlo'n falch . . ."

"Rwy'i eisie mynd adre i Drefdraeth," meddai Barti, "ond
cyn mynd fe garwn i ddial . . . felly . . . am y tro, beth bynnag,
fe ymuna i â chriw'r *Rover*, Capten Dafydd."

Gwenodd Hywel Dafydd. Yna trodd at Abram Tomos.
Edrychodd ar ei gorff mawr gydag edmygedd. Un da fyddai
hwn mewn sgarmes, meddyliodd.

"A beth amdanant ti?" gofynnodd.

Cododd y dyn mawr ei ysgwyddau'n ddihidio.

"Rwy'n meddwl y bydde'n well gen i fod yn beiret o dan
gapten o Gymro nag yn forwr ar y *Pembroke* o dan Capten
Warlow a'r mêt John Davies 'na."

"Da iawn," meddai Capten Dafydd eto. "John Davies,
ddwetsoch chi? Oes gynnon ni Gymro arall o'r *Pembroke*?"

"Cymro di-Gymraeg, Capten," atebodd Abram, "wedi'i
eni a'i fagu yn Llunden rwy'n meddwl . . . a'r dihiryn pennaf
ar fwrdd y *Pembroke*."

"Ie," meddai Barti, "a'r peth cynta fydda i'n 'i wneud —
cyn bydd yr haul wedi machlud heno — fydd setlo hen sgôr â
John Davies. Mae gen i greithiau ar 'y nghefn a fydd gen i am
byth, o'i achos e."

Ysgydwodd Capten Hywel Dafydd ei ben.

"Na," meddai, "mae'n un o reolau'r llong yma nad oes dim
ymladd ar y bwrdd rhwng aelodau o'r criw a'i gilydd. Os bydd
ffrwgwd yn codi, rhaid iddyn nhw aros nes byddwn ni'n
cyrraedd tir, wedyn fe gân nhw ymladd os byddan nhw'n dal i
ddymuno hynny."

"Ond dyw John Davies dim yn aelod o'ch criw chi eto
Capten," meddai Barti.

Gwenodd Capten Dafydd. "Rwyt ti'n iawn. Ond chei di
ddim mo'i ladd e nes bydd e wedi cael cyfle arall i ymuno â'r
criw yma."

"Fedra i ddim gwasanaethu ar yr un llong â'r dihiryn yna."

"Wrth gwrs y medri di. Fydd e ddim yn feistr arnat ti mwy
— un o'r criw fydd e, fel tithe. A fydd dim rhaid i ti aros, ond
hyd nes y cyrhaeddwn ni dir."

Gwelodd Barti ar unwaith nad dyn i ddadlau ag ef oedd Capten Hywel Dafydd.

"Ydych chi'n cael gwaith cadw trefn a disgyblaeth ar long fel hon?" gofynnodd.

Tynnodd Capten Dafydd ei fysedd dros ei fwstas gwych. "Wel," meddai, "gan mai Cymro wyt ti mi ddweda i wrthot ti. Mae yna ddau ddyn peryglus iawn ar fwrdd y *Rover* — efalle y ddau ddyn mwyaf anodd i'w trin yn y Gorllewin i gyd. Ffrancwr yw un a Gwyddel yw'r llall. Am y gweddill, maen nhw bob amser yn barod i 'nilyn i a gwrando arna i. Enw'r Ffrancwr yw Anstis, ac mae'n gampwr gyda'i gleddyf. Ond . . ." ac yma rhoddodd ei law ar garn y cleddyf hardd oedd yn hongian wrth ei wregys, "dyw e ddim cystal campwr â chapten y *Rover*, ac mae ganddo fe graith ar ei foch i brofi hynny. Pan oeddwn i'n llanc ifanc yn Llunden slawer dydd, mi fyddwn i'n mynd yn gyson i stafelloedd y cleddyfwr mawr o Sbaen — De Seda. A hyd y dydd heddiw dwy'i ddim wedi gorfod ildio i 'ngwell mewn gornest gyda'r cleddyf. Dyna sut rwy'n medru rheoli Anstis. Kennedy yw enw'r Gwyddel, a dwy'i ddim wedi gweld dyn dewrach nag e, na dyn mwy twyllodrus, nac mwy ofer. Ond mae e'n hwylio gen i am fy mod i'n gapten llwyddiannus, ac am 'mod i'n ddig wrth y Saeson."

*   *   *

Y noson honno cysgodd Barti ac Abram ar ddec agored y *Rover* fel llawer o'r lleill ac fel rhai o'r môr-ladron eu hunain. Roedd yr hin yn deg a chynnes a sigl y llong yn esmwyth ar y dŵr, a chysgodd y ddau'n dawel drwy'r nos.

Bore trannoeth cawsant gyfle i sylwi'n iawn ar y *Rover*. Roedd hi'n llai o dipyn na'r *Pembroke* ond yn llawer mwy lluniaidd a chyflym o flaen y gwynt serch hynny. Roedd olion hen frwydrau arni yma a thraw, er bod seiri'r llong wedi bod wrthi'n ei hatgyweirio. Hwyliai'n isel yn y dŵr ac ar ei mast mawr roedd y Faner Ddu'n chwifio'n haerllug yn y gwynt.

Roedd llawer o'r môr-ladron yn rhyw orweddiach yn ddiog o gwmpas y lle, ac nid oedd fawr o'r gweithgarwch parhaus a welid ar y *Pembroke* ar y llong yma. Doedd neb chwaith yn dod o gwmpas â ffon yn ei law i roi gorchmynion mewn llais sarrug.

Wrth feddwl am hyn, cofiodd Barti am y bosn. Doedd ef ddim gyda hwy'n awr. Rhaid ei fod yn un o'r rhai a oedd wedi mynd i lawr gyda'r *Pembroke*.

Erbyn hanner dydd y diwrnod hwnnw roedd pob un o forwyr y *Pembroke* wedi cytuno i ymuno â'r môr-ladron. Yn rhyfedd iawn, un o'r cyntaf i wneud hynny oedd y mêt — John Davies.

Ni wyddai Barti sut oedd Capten Dafydd wedi cael gan bob un i ymuno ag ef a'i griw, ond roedd e'n lled gredu fod rhywfaint o fygwth wedi bod cyn y diwedd!

Erbyn diwedd y dydd cyntaf ar fwrdd llong y môr-ladron roedd Barti Roberts wedi sylwi ar lawer o bethau. Yn un peth, roedd y bywyd ar fwrdd y *Rover* yn fywyd diog, hapus, ond roedd hwylio'r llong a gofalu am y gynnau yn cael sylw mawr serch hynny. Byddai'r lwc-owt ar ben y mast yn cael ei newid yn aml, a byddai rhywrai wrthi'n glanhau'r gynnau mawr o hyd. Ar y dec roedd yna lawer o chwarae cardiau a dis yn mynd ymlaen, a llawer o ymgecru a chweryla yn codi o achos hynny. Ond nid oedd hi byth yn mynd yn daro rhyngddynt. Yr oedd nifer ohonynt yn greaduriaid isel a chwbwl ddi-ddysg, ac roedd eu hymddygiad yn aml yn fwy tebyg i anifeiliaid nag i ddynion. Ond nid y rheini oedd yr arweinwyr ymysg y criw. Daeth Barti i adnabod yr arweinwyr yn fuan iawn — Anstis, Kennedy, Ashplant a Dennis oedd y rheini. Yr oedd un arall hefyd — dyn tenau ysgolheigaidd yr olwg, o'r enw Simpson. Ni allai Barti feddwl sut yn y byd roedd dyn fel fe wedi ymuno â llong fôr-ladron.

Cyn mynd i gysgu'r noson honno dechreuodd feddwl am ei gyflwr newydd. Yr oedd hi'n sicr yn well arno nag yr oedd hi ar y *Pembroke*. Ond a oedd yn awr mewn gwell safle i gael llong i'w gludo adre i Drefdraeth? Edrychodd ar draws y dec tua'r fan lle'r eisteddai'r mêt gyda dau neu dri o hen griw'r *Pembroke*. Roedd ei gyfle i dalu'n ôl i'r cythraul hwnnw yn well o dipyn, beth bynnag, meddyliodd. A chyda hynny fe deimlodd ryw lawenydd yn ei galon. Cyn cysgu dechreuodd ddyfalu pa bryd y deuai galw arno ef ac Abram ei gyfaill i ymladd gyda'r môr-ladron? Ai llong o Loegr fyddai hi? Fe'i cafodd ei hun yn dymuno hynny â'i holl galon.

Pennod 10

AR FWRDD Y *ROVER*

Ond fe aeth wythnos heibio ar fwrdd y *Rover* heb i'r un hwyl ymddangos ar orwelion y môr. Yr oedd y tywydd yn dal yn braf a'r gwynt yn ysgafn.

Fel yr âi'r dyddiau heibio fe fynnai Capten Dafydd gael mwy a mwy o gwmni'r ddau Gymro o Sir Benfro. Bob gyda'r nos fe alwai arnynt i'w gaban mawr o dan y pŵp i siarad am Gymru ac am y sir annwyl lle'r oedd y tri ohonynt wedi cael eu geni. Roedd y capten wedi cymryd yn arbennig at Barti Roberts. Dyn distaw, tawedog oedd Abram Tomos fel arfer, ac yn wahanol i Barti, doedd e ddim yn fodlon iawn ei fod wedi troi — heb yn wybod iddo'i hunan bron — yn fôr-leidr.

Ond wedi gwrando ar storïau cyffrous Capten Dafydd am ei anturiaethau ar y môr, ac am fywyd rhamantus y môr-ladron, yr oedd Barti yn llawn brwdfrydedd — yn enwedig wrth feddwl am ymosod ar longau Lloegr, pan gâi ef siawns i ddial am yr hyn oedd wedi digwydd iddo.

Ar furiau caban y capten roedd tua dwsin neu ragor o gleddyfau yn hongain. Un noson wrth weld Barti yn eu llygadu, dywedodd Capten Dafydd,

"Beth wyt ti'n feddwl am 'y nghasgliad i? Mae pob un o'r cleddyfau yma'n werth ei bwysau mewn aur. Cleddyfau o ddur Toledo yw pob un ond un. Does dim curo ar gleddyfau Sbaen, wyddost ti. Maen nhw wedi'u gwneud gan grefftwyr gore'r byd, ac o ddur Toledo, nad oes ei well yn un man. Does gen i fawr o olwg ar bistol, wyddost ti. Mae e mor ansicir yn un peth. Weithie mae e'n tanio, weithie dyw e ddim. Na, llathen o ddur Toledo i fi yn fy llaw bob amser, mewn lle cyfyng, ac rwy'n ddigon bodlon."

"Beth am y cleddyf arall?" holodd Barti.

"A!" meddai'r Capten, gan godi a mynd at fur y caban a thynnu'r cleddyf i lawr. "Mae 'na hanesyn diddorol ynglŷn â'r cleddyf yma," meddai. "Pan own i'n ddyn ifanc yn Llunden, ac yn mynd yn amal i stafelloedd De Seda, fe ddaeth Ffrancwr ifanc i mewn ryw noson. Roedd e wedi'i wisgo'n wych dros ben ac roedd e'n ddyn ffroenuchel iawn. Fe roddodd sialens i De Seda i ymladd â'r cleddyfau. Ond roedd yr athro wedi brifo'i arddwrn wrth ymarfer y noson gynt ac ni allai dderbyn y sialens. Fe awgrymodd fy mod i'n gwneud yn ei le.

"Wel, i dorri'r stori'n fyr, fe dderbyniais i'r sialens. Roedd y Ffrancwr yn gampwr ar drin y cleddyf — fe ddangosodd hynny mewn byr amser. Fe 'mrathodd i yn fy ysgwydd yn fuan iawn, ond doedd y clwyf ddim yn ddigon difrifol i flino llawer arna i ar y pryd. Efalle iddo fynd yn rhy fentrus ar ôl tynnu gwaed, wn i ddim. Beth bynnag, funud yn ddiweddarach fe lwyddais i daflu'r cleddyf o'i law — trwy ddefnyddio tric roedd De Seda wedi'i ddysgu i fi. Wrth gwrs, ar ôl colli'i gleddyf, roedd e ar 'y nhrugaredd i. Yna, gan fowio'n foesgar i fi, dyma fe'n noethi'i frest er mwyn i fi gael ei frathu fe. Ond wnes i ddim byd ond chwerthin ac estyn fy llaw iddo.

"Wedyn dyma fe'n codi'i gleddyf o'r llawr ac yn ei estyn i fi. Pan brotestiais, fe ddwedodd na allai byth ddefnyddio eto gleddyf a oedd wedi'i fradychu yn y fath fodd! Ie — y cleddyf oedd yn cael y bai ganddo. Roedd e'n ormod o ddyn i weld unrhyw fai arno fe'i hunan!"

Tynnodd y cleddyf o'i wain gerfiedig. Sylwodd Barti mai llafn ysgafn cul oedd iddo. Roedd e'n loyw fel swllt.

"Beth wyt ti'n feddwl ohono?" gofynnodd Capten Dafydd, gan ei estyn i Barti. Cydiodd Barti yn y carn hardd. Roedd e'n ffitio'n esmwyth yn ei ddwrn. Ac roedd e'n ysgafn a hawdd ei drin.

"Mae e'n dda . . ." meddai.

"Os caret ti'i gael e, cadw e. Rwy'i wedi'i gadw fe'n ddigon hir. Mae e, fel dwedest ti, yn un da . . . ond braidd yn ysgafn wrth fy modd i. Peth arall, mae gen i hwn." Rhoddodd ei law ar y cleddyf hardd a fyddai bob amser ynghlwm wrth ei wregys.

"Diolch," meddai Barti, gan godi a chlymu'r cleddyf am ei ganol.

"Wyt ti'n medru'i ddefnyddio fe?" gofynnodd Capten Dafydd gyda gwên.

Ysgydwodd Barti ei ben.

"Y — dwy'i ddim wedi cael llawer o ymarfer erioed."

"Naddo wir? Wel, garet ti gael tipyn nawr?"

"Fan yma?"

"Ie, fe wthiwn ni'r bwrdd 'ma yn erbyn y gwely fan'co i ni gael lle."

A'r noson honno cafodd Barti Roberts weld un o gleddyfwyr gorau'r byd — sef Capten Hywel Dafydd — yn dangos ei gampau. Nid oedd Barti erioed wedi meddwl fod yna gynifer o driciau a chymaint o grefft yn perthyn i'r peth. Ac fe welodd Capten Dafydd fod Barti'n awyddus i ddysgu, ac ar lawer noson dawel ar y môr wedi hynny, fe fu'r ddau yn wynebu ei gilydd ar lawr y caban mawr o dan y pŵp â'u cleddyfau yn eu dwylo, a neb ond Abram Tomos yn gwylio. Roedd hwnnw wedi gwrthod y cyfle i ymarfer, am nad oedd ganddo ddiddordeb yn y peth. Roedd ef bob amser wedi ymddiried yn ei ddyrnau a'i gorff mawr, a gwyddai na fyddai byth yn medru trin y cleddyf fel y capten, nac yn wir fel ei ddisgybl newydd, a oedd yn dysgu'n gyflym iawn.

Yn ogystal â chael cleddyf yn anrheg gan Hywel Dafydd, roedd Barti ac Abram wedi cael dillad ganddo hefyd. Yr oedd eu dillad hwy eu hunain wedi mynd yn garpiau truenus erbyn iddynt gael eu tynnu o'r môr ar ôl i'r *Pembroke* suddo. Ond i lawr yn howld llong y môr-ladron roedd yna gistiau o ddillad o bob math — wedi eu dwyn oddi ar long Bortiwgeaidd a oedd ar ei ffordd i'r Gorllewin rai wythnosau ynghynt. Yn un o'r cistiau hynny, fe lwyddodd Barti i gael trowsus, crys a chot grand iawn a'r rheini'n ei ffitio'n berffaith. Nid oedd erioed wedi gwisgo dillad mor gostus, ac fe deimlai'n ddyn newydd ynddynt.

Oherwydd ei faint, ni chafodd Abram druan ddim yn yr un

o'r cistiau ond crys i'w ffitio ef, ac fe fu'n rhaid iddo fenthyca nodwydd ac edau gan un o'r criw er mwyn trwsio tipyn ar y dillad a oedd ganddo.

Yn ystod yr wythnos gyntaf honno yr oedd Barti Roberts wedi dechrau cael blas ar fod yn un o'r môr-ladron, ac roedd yn barod wedi dechrau tynnu sylw — yn ei ddillad crand a'i gleddyf cerfiedig wrth ei wregys. Roedd y lleill wedi sylwi hefyd ei fod yn ffefryn mawr gan y capten.

Ond er bod Barti'n dechrau mwynhau bywyd rhydd a diofal y môr-ladron, nid oedd ei ddicter tuag at y mêt, John Davies, wedi mynd ronyn yn llai. Yn wir roedd yr hen ddigofaint yn ei feddiannu'n llwyr ambell waith a phrin y gallai ei ddal ei hun yn ôl rhag ymosod ar y dihiryn hwnnw er mwyn talu'n ôl iddo am bopeth roedd ef wedi'i ddioddef. Ond gwyddai y byddai Capten Dafydd yn ddig iawn pe bai'n torri un o reolau pendant y llong — sef nad oedd aelodau'r criw i ymladd ymysg ei gilydd tra oeddynt ar fwrdd y llong. Felly, fe fyddai'n rhaid iddo aros nes cyrraedd tir cyn talu ei ddyled drom i'r mêt.

Un waith roedd y ddau elyn wedi dod wyneb yn wyneb â'i gilydd ar y dec. Roedd y ddau wedi sefyll ac wedi edrych — y naill ym myw llygad y llall. Yna roedd y mêt wedi chwerthin yn anesmwyth.

"Rwyt ti'n gwisgo'n grand iawn y dyddiau hyn, Roberts."

"I guddio'r creithiau sy ar 'y nghefn i, Davies," meddai Barti rhwng ei ddannedd. "Aros di nes down ni i dir . . ."

Chwerthin wnaeth y mêt.

"Mi fydda i'n barod amdanat ti!" meddai, gan gerdded heibio i Barti.

Gan ei fod yn treulio cymaint o'i amser ar y pŵp-dec gyda Capten Dafydd fe ddysgodd Barti lawer yn ystod y dyddiau hynny am y grefft o lywio'r llong. Yr oedd eisoes wedi dysgu sut i drin yr hwyliau mawr, pan oedd yn topman ar y *Pembroke* — a chyn hynny, yn wir, pan oedd yn berchen cwch pysgota. Ond yn awr dysgodd sut i osod llong ar gwrs neilltuol a'i chadw ar y cwrs hwnnw.

Gwelodd sut yr oedd Capten Dafydd, Dennis ac Ashplant yn defnyddio mapiau a siartiau, heb sôn am yr haul a'r sêr a'r cwmpawd.

Y FRWYDR

Ar fore'r wythfed dydd ar y *Rover*, roedd Barti ar y pŵp yn fore iawn, cyn i lawer o'r môr-ladron ddeffro o'u cwsg. Roedd hi'n fore teg arall a'r haul yn sgleinio ar y môr.

"*Sail-ho!*" gwaeddodd y gwyliwr ar y mên-mast.

Trodd Barti ei ben a gwelodd hi bron ar unwaith, yn fychan yn y pellter. Ond gwyddai, serch hynny, ei bod hi'n llong fawr. Yna clywodd sŵn traed brysiog ar risiau'r pŵp. Gwelodd Hywel Dafydd, mewn trowsus a chrys yn unig, a'i fwstas heb ei drwsio, yn dod i fyny ato. Roedd ganddo delisgôp pres o dan ei gesail.

"Ble mae hi?" gofynnodd i Barti. Pwyntiodd hwnnw â'i fys. Bu Hywel Dafydd yn edrych yn hir ar y llong bell. Pan dynnodd ei delisgôp oddi wrth ei lygaid, roedd gwên ar ei wyneb.

"Fe gei di ddangos dy fetel cyn nos, fachgen!" meddai, gan daro'i law ar ysgwydd Barti.

"Beth yw hi?"

Estynnodd Hywel Dafydd y telisgôp iddo. Edrychodd Barti drwyddo, a gweld y llong yn awr yn llawer iawn mwy o faint. Gwelodd ei bod yn ei llawn hwyliau a bod baner Lloegr yn chwifio'n falch ar ben y mast.

"Sais!" meddai dan ei anadl. Ond clywodd Hywel Dafydd ef.

"Ie, 'machgen gwyn i! Brigantîn fawr, ar ei ffordd adre i Fryste neu Plymouth neu Lunden. Fe fydd arni ddigon o ynnau, gei di weld. Mae'r rhyfel â Sbaen wedi gorfodi'r Saeson i roi digon o arfau ar eu llongau masnach, hyd yn oed, erbyn hyn."

"Mister Dennis!" Aeth llais Hywel Dafydd ar draws y llong i gyd fel taran. Cododd y môr-ladron a oedd wedi bod yn cysgu ar y dec eu pennau.

Rhedodd y dyn tew — Dennis — at risiau'r pŵp-dec. "Capn?"

"Edrychwch at eich gynnau, Mister Dennis. Rwy'n meddwl y bydd eu hangen nhw cyn bo hir."

"Ai-ai, Capn!" Roedd gwên fawr ar wyneb y dyn tew hefyd erbyn hyn. Yna roedd Capten Dafydd yn gweiddi gorchmynion mor gyflym nes y teimlai Barti bron â drysu wrth wrando arno. Yng nghanol y terfysg gwelodd y Faner Ddu'n dod i lawr o ben y mast, a baner Lloegr yn mynd i fyny yn ei lle. Gwelodd forwyr yn dod i fyny'r grisiau o'r howld â chasgenni powdwr ar eu hysgwyddau. Roedd rhywun wedi cynnau tân ar y dec. Yn sydyn roedd criw diog, diofal y Rover wedi diflannu, ac yn ei le roedd criw o fôr-ladron wedi eu treinio a'u disgyblu i ymladd. Roedd prysurdeb mawr ym mhobman. Gwelodd ddau fôr-leidr yn hogi eu cyllyll a'u cleddyfau ar faen yn ymyl y ffocsl. Ar ôl i'r rheini gael min da ar eu harfau daeth eraill at y maen i hogi.

Yr oedd Barti, am y tro cyntaf erioed, yn gweld llong beiret yn cael ei pharatoi ar gyfer brwydr, ac roedd e'n synnu gweld criw mor wyllt a chymysg yn gweithio mor drefnus gyda'i gilydd yn awr.

Aeth dwy awr heibio. Erbyn hynny roedd y llong wedi dod lawer yn nes atynt. Erbyn hynny hefyd roedd pob un o ynnau'r Rover — deugain ohonynt i gyd — wedi eu gosod yn barod i'r frwydr. Yn eu hymyl gorweddai morwyr, noeth hyd eu hanner, â'u cyrff yn sgleinio gan chwys.

Yr oedd hi'n hanner dydd pan ddaeth y ddwy long yn ddigon agos i allu cyfarch ei gilydd ar draws y dŵr. Ond cyn hynny roedd Capten Dafydd wedi dewis yr aelodau o'r criw fyddai'n byrddio'r llong ddieithr pan ddeuai'r amser. Yr oedd Barti yn un o'r *boarding party*, ac roedd y capten wedi trefnu fod pob un o'r parti hwnnw'n cael dau bistol, dwy gyllell ac un cytlas. Yr oedd Barti wedi gwrthod cytlas, gan ddewis y cleddyf ysgafn a gawsai gan Hywel Dafydd cyn hynny.

Walter Kennedy oedd wedi ei ddewis i arwain y *boarding party*, a chafodd Barti gyfle da i bwyso a mesur y Gwyddel y clywsai gymaint o sôn amdano. Roedd e'n ddyn golygus, â gwallt du fel y frân. Llygaid llwydaidd, oer a dideimlad. Fe gariai fwy o arfau na'r lleill — pedair cyllell wedi eu hogi'n hir ar y maen yn ymyl y ffocsl, cytlas, a phedwar pistol wedyn. Dyn peryglus iawn, iawn, meddyliodd Barti.

Erbyn hyn yr oedd yr haul ar ei anterth bron, a dechreuodd Barti deimlo'r gwres yn ei lethu. Tynnodd ei got las, grand — honno a gawsai gan Capten Dafydd. Yna edrychodd ar ei grys costus, a meddyliodd y byddai'n dda pe bai'n tynnu hwnnw hefyd rhag ofn iddo gael ei rwygo neu ei bardduo yn y frwydr. A chan fod y mwyafrif o'r môr-ladron yn noeth hyd eu hanner, penderfynodd yntau ddilyn eu ffasiwn. Tynnodd ei grys ac aeth ag ef a'r got a'u taflu i mewn i'r caban mawr o dan y pŵp. Wrth daflu ei got a'i grys ymaith roedd wedi anghofio am funud am ei gefn creithiog. Ond fe gofiodd yn fuan iawn pan welodd fod nifer o'r môr-ladron yn edrych yn syn ar y gwrymiau cochion — y rhai y byddai'n rhaid iddo eu cario hyd ei fedd. Yn rhyfedd iawn, ar ôl gweld ei greithiau, fe edrychai'r môr-ladron arno gyda mwy o barch ac edmygedd nag o'r blaen. O'r blaen rhywun cyffredin ydoedd — yn awr yr oedd yn rhywun arbennig — rhywun oedd wedi diodde'r gath-naw-cynffon.

Ond yn fuan iawn yr oedd pob llygad ar y llong fawr a oedd yn nesu tuag atynt. Yr oedd hi'n hardd ac yn urddasol dan siwt lawn o hwyliau. Safai Capten Dafydd yn llonydd ar y pŵp yn awr, â'i gleddyf yn ei law. Yn ei wregys yr oedd dau bistol arian, cerfiedig.

Ymhen munudau bellach byddai'r ddwy long gyferbyn â'i gilydd. Ond ar y funud olaf, dyma hi'n newid ei chwrs yn sydyn. Rhaid bod rhywun llygadog ar ei bwrdd wedi gweld safnau'r gynnau mawr yn y *gunports* agored ar y *Rover* yn barod i danio, neu efallai i'r capten deimlo'n reddfol fod rhywbeth o'i le. Beth bynnag roedd y llong fawr wedi troi ymaith, ac yn awr roedd hi'n ceisio rhoi cymaint o bellter ag a fedrai rhyngddi a llong y môr-ladron.

Rhegodd Capten Dafydd yn uchel. Yna dechreuodd roi rhes

o orchmynion i'r morwyr. Aeth y *Rover* ar ôl y llong arall; ac yn fuan iawn gwelodd Barti pam yr oedd Capten Dafydd wedi ei dewis hi'n llong i'w fôr-ladron. Er nad oedd hi'n ddim ond llong fechan o'i chymharu â'r llall, roedd hi'n dipyn cyflymach a haws ei thrin. Daeth yn amlwg ymhen byr amser nad oedd obaith gan y llong fawr ddianc oddi wrthi, a phob munud a âi heibio fe âi'r pellter rhwng y ddwy yn llai ac yn llai.

Rhaid bod capten y llong fawr wedi sylweddoli erbyn hynny ei fod wedi bod yn ddigon anffodus i gael ei ddal gan long beiret. Roedd e wedi sylweddoli hefyd na thalai iddo geisio ffoi. Felly dyma fe'n newid tac unwaith eto, ac yn penderfynu ymosod yn lle cilio. Wrth droi i wynebu'r *Rover* taniodd ei *bow-chasers* ar y môr-ladron. Ond disgynnodd y pelenni yn y dŵr yn ddigon pell o'r *Rover*. Wrth glywed sŵn y gynnau a gweld y mwg yn codi i'r awyr, dechreuodd y môr-ladron weiddi a sgrechian fel canibaliaid. Aeth rhyw ias trwy gefn Barti wrth glywed y sŵn mileinig.

Pan ddistawodd eco'r gynnau, fe dorrodd llais Capten Dafydd ar draws y sŵn i gyd. Roedd e'n gweiddi ar gapten y llong arall.

"Os ŷch chi'n dymuno cadw'ch bywydau, rhaid i chi beidio tanio un ergyd arall. Ond i chi ildio nawr, rwy'n addo na ddaw dim niwed i'r un ohonoch chi. Os ŷch chi'n benderfynol o ymladd, fydd 'na ddim trugaredd i'r un copa ohonoch chi!"

Am ennyd hir bu distawrwydd rhwng y ddwy long. Roedd y môr-ladron yn dal eu hanadl yn awr. Gwelodd Barti enw'r llong fawr ar draws ei bow — y *Royal Anne*. Roedd hi'n edrych yn newydd ac mewn cyflwr da.

Yna fe ddaeth yr ateb i sialens Capten Dafydd. Yn ystod y foment o ddistawrwydd roedd y *Royal Anne* wedi troi'n araf nes dwyn ei brodseid i wynebu'r *Rover*. Yn awr, gwelodd Barti gymylau o fwg du'n bolio allan o'i *gunports*. Yr eiliad nesaf disgynnodd pelenni mawr yn y môr o gwmpas y *Rover*, ac fe ddisgynnodd dwy belen ar y dec, a lladd un môr-leidr yn y man. Gorweddai yno yn yr haul â'i waed yn cochi'r dec.

"Nawr!" gwaeddodd Capten Dafydd.

Yna, aeth y bechgyn a oedd o gwmpas y gynnau ar y *Rover* at eu gwaith. Tynnodd pob un ohonynt fatsien hir o'r llestr lle'r oeddynt yn mudlosgi. Wedyn chwythu ar y fatsien nes ei bod yn llosgi'n goch — yna ei gwthio i'r twll-tanio ar y gwn. Yr oedd brodseid y *Rover* yn bedwar ar ddeg o ynnau, ac fe daniodd y rheini bron yn union gyda'i gilydd. Yr oedd y sŵn yn fyddarol. Wrth danio tasgai pob gwn yn ôl ar y blociau a'i daliai — fel peth byw.

Gwnaeth y gynnau'n tanio gyda'i gilydd fel yna i'r *Rover* rowlio yn y dŵr, ond gallai Barti weld fod brodseid y môr-ladron wedi achosi tipyn o niwed i'r *Royal Anne* serch hynny. Gwelodd dyllau mawr yn ymddangos yn ei hochr. Yna roedd y mwg o'r gynnau wedi mynd i'w lygaid a gwneud iddynt redeg. Roedd e wedi mynd i'w ffroenau hefyd, ac i'w gorn gwddf, a gwneud iddo beswch yn ddilywodraeth.

Pan gliriodd y mwg dipyn, sychodd ei lygaid a gweld fod y ddwy long wedi drifftio'n nes at ei gilydd. Pan ddigwyddodd edrych i fyny sylwodd fod rhywun wedi codi'r Faner Ddu ar ben y mast unwaith eto.

Roedd bechgyn y gynnau wrthi'n brysur yn ail-lwytho. Fe daniodd gynnau'r ddwy long bron yn union yr un pryd yr eildro. Clywodd Barti sŵn coed yn hollti, a gwyddai fod y *Rover* wedi ei chlwyfo. O bob sŵn, meddyliodd, nid oedd un mor drist â sŵn coed derw, da llong yn cael eu malu gan y pelenni mawr o'r gynnau.

Yn awr gorweddai cwmwl trwchus o fwg o gwmpas y ddwy long ac ni allai'r naill weld y llall drwyddo. Oherwydd hynny nid oedd modd i neb wybod faint o niwed oedd wedi ei wneud gan y gynnau o'r ddwy ochr.

Aeth amser heibio, a thaniodd gynnau'r *Rover* eto. Ond ni ddaeth ateb oddi wrth y *Royal Anne* y tro hwn. Roedd mwg y gynnau wedi cau allan oleuni'r haul, ac roedd pawb ar y *Rover* mewn rhyw hanner-tywyllwch drewllyd, ac roedd llygaid a ffroenau pawb yn ddolurus.

Yna trawodd y ddwy long yn erbyn ei gilydd. Rhaid bod Kennedy wedi bod yn disgwyl i rywbeth tebyg ddigwydd, oherwydd clywodd Barti ef yn gweiddi:

"The grappling hooks, you ——s!"

Taflwyd y bachau haearn ar fwrdd y *Royal Anne* ac roedd y ddwy long ynghlwm wrth ei gilydd yn ddiollwng.

"Board!" gwaeddodd Kennedy, a'r eiliad nesaf roedd e wedi diflannu dros ochr y *Rover* ac i ganol y mwg ar ddec y llong arall. Aeth y lleill hefyd — a Barti gyda nhw — ar ei ôl.

Ni allai Barti byth gofio'n iawn beth ddigwyddodd wedyn.

Roedd y mwg wedi clirio am foment, ac roedd e wedi ei gael ei hun yng nghanol y sgarmes fwyaf gwaedlyd y bu ynddi erioed. Roedd cyllyll a chleddyfau'n fflachio o'i gwmpas ym mhobman. Rhaid bod sgrechfeydd annaearol y môr-ladron wedi dychryn y criw, oherwydd dechreuasant droi a rhedeg i gyfeiriad y starn. Aeth y môr-ladron ar eu hôl, gan danio a brathu'n ddidrugaredd.

Yn ddiweddarach ni allai Barti gofio sawl un roedd e wedi'i frathu â'r cleddyf yn ystod y sgarmes fer honno. Ond pan gliriodd y mwg, a phan oedd y *Royal Anne* yn nwylo'r môr-ladron, gwelodd fod llawer o gyrff yn gorwedd o'i gwmpas ym mhobman. Sylwodd hefyd fod ei gleddyf yn goch.

Gwelodd Kennedy yn tynnu pistol ac yn ei anelu at ddyn a orweddai ar y dec wedi ei glwyfo.

"Kennedy!" gwaeddodd llais y tu ôl iddo. Yr oedd Capten Dafydd wedi croesi i'r *Royal Anne*, ac yn awr safai ar ei dec yn edrych yn wgus ar Kennedy a oedd ar fin saethu'r dyn clwyfedig.

Cododd y Gwyddel ei ben. Am foment bu ef a'r capten yn edrych i lygaid ei gilydd.

"Ie, Capten?" meddai wedyn.

"Gad lonydd iddo."

"Ond . . . fe ddwedest . . . dim trugaredd . . ."

"Mae e wedi cael ei glwyfo . . . gad lonydd iddo." Yr oedd cleddyf Capten Dafydd yn ei law o hyd, a cherddai yn araf tuag at Kennedy. Am foment meddyliodd Barti y byddai'r Gwyddel yn troi'r pistol ar y capten. Ond rhaid ei fod wedi ailfeddwl ynglŷn â gwneud peth felly, oherwydd, cyn i'r capten gyrraedd ato roedd wedi rhoi'r pistol yn ôl yn ei wregys. Ond roedd golwg filain ar ei wyneb serch hynny, a hawdd gweld nad oedd yn fodlon fod Capten Dafydd wedi ymyrryd.

Yr oedd y rhai oedd heb eu lladd neu eu clwyfo o griw'r *Royal Anne* yn awr yn dwr bychan ofnus yn y starn.

"Pwy sydd yng ngofal y llong 'ma?" gofynnodd Capten Dafydd.

Dim ateb o'r starn.

"Pwy yw'r capten?" Cododd Capten Dafydd ei lais y tro hwn.

"Fi!" gwaeddodd dyn tal, barfog, gan gamu o ganol ei forwyr.

Daeth ar draws y dec i gyfarfod â Chapten Dafydd. Gwyliai hwnnw ef yn graff.

"Dy gleddyf!" meddai Hywel Dafydd pan ddaeth hyd ato.

Oedodd y capten am foment, yna tynnodd ei gleddyf a'i estyn — carn yn flaenaf — i'r môr-leidr.

"Dy enw di?"

"Capten Wiliam Baxter, o borthladd Llundain."

"O ble'r wyt ti wedi dod?"

"Jameica."

"A'r cargo?"

Nid atebodd Capten Baxter.

"Arwain y ffordd i'r caban. Rwy'i am weld papurau'r llong a rhestri'r cargo, a'r cyfan." Ni symudodd y capten.

"Tyrd! Paid â threthu'n amynedd i, Baxter, os wyt ti'n gall!"

Yr oedd llais Capten Dafydd fel chwip. Trodd y Sais a mynd o'i flaen tua'r caban. Gwnaeth Capten Dafydd arwydd ar Kennedy a Barti i fynd gydag ef. Agorodd y morwyr lwybr iddynt fynd trwodd. Yr oedd hi'n hawdd gweld wrth eu hwynebau eu bod mewn ofn a dychryn mawr. Yr oedd pob un ohonynt yn credu fod ei awr olaf wedi dod.

Yn y caban o dan y pŵp mynnodd Capten Dafydd weld holl bapurau'r llong. Gwelodd yn fuan iawn ei fod wedi taro ar long gyfoethog. Roedd hi'n cludo cargo o fwydydd a ffrwythau, ac roedd Capten Dafydd yn falch iawn o hynny, gan fod ei stôr ef o fwydydd ar y Rover yn dechrau mynd yn beryglus o isel. Yr oedd gwenith, reis a siwgwr yn dderbyniol dros ben ganddo. Byddai ei griw cymysg yn falch o'r orenau a'r ffrwythau eraill yn yr howld hefyd.

Ond wrth edrych trwy bapurau'r Royal Anne yn fwy manwl, fe gafodd Capten Dafydd y syniad fod yna fwy na bwydydd a ffrwythau arni yn rhywle. Gwelodd fod lòg y llong yn dangos ei bod hi wedi bod yn cludo caethweision o draethau Affrica i'r Gorllewin ers yn agos i flwyddyn a hanner. Fe wyddai Capten Dafydd fod pris da am gaethweision duon yn Jameica, ac os oedd Capten Baxter wedi gwneud dwy neu dair mordaith ar draws Môr Iwerydd â'i howld yn llawn o ddynion a merched duon, rhaid ei fod wedi cael ei dalu'n dda gan wŷr Jameica. Ac os oedd e yn awr ar ei ffordd adre i Lundain, rhaid fod ganddo yn rhywle ar y llong swm da o arian i'r perchenogion yn y brifddinas.

"Ai dyma'r cyfan sy gen ti i' ddangos i ni, Capten?" gofynnodd.

"Ie."

"Ond yr aur . . . ?"

"Aur? Pa aur?"

Chwarddodd Capten Dafydd.

"Ond yr aur gest ti am yr holl gaethweision 'na gludaist ti o Affrica."

"Mae'r cyfan wedi mynd ymlaen ar long arall," meddai'r Sais.

Edrychodd Capten Dafydd yn hir arno. A oedd y gwalch yn dweud y gwir?

"Fe gawn ni weld, Capten Baxter," meddai, gan droi i edrych o gwmpas y caban. Yr oedd e'n lân ac yn daclus, a'i lawr yn sgleinio.

Yna cododd mwstwr mawr y tu allan ar y dec.

"Dewch!" meddai Capten Dafydd, gan arwain y ffordd allan o'r caban. Aeth Barti ar ei ôl. Pan gyrhaeddasant y dec, yr oedd golygfa ddoniol iawn yn eu hwynebu. Yr oedd un o'r môr-ladron, wrth chwilota o gwmpas i weld beth a allai ddarganfod, wedi dod at ryw fath o gut ar y dec. Wrth agor y drws i weld beth oedd ynddo, roedd wedi gadael i'r fuwch oedd yn cael ei chludo ar y *Royal Anne* er mwyn cael llaeth (ac yn ddiweddarach gig ffres) fynd yn rhydd. Ac yn awr roedd hi'n rhedeg yn wyllt o gwmpas y dec, ac yn mynd yn fwy gwallgof bob munud, yn sŵn bloeddiadau'r môr-ladron. Erbyn hyn roedd y creadur yn beryglus, gan ei bod yn ceisio cornio pawb a safai yn ei ffordd. I wneud pethau'n waeth, taniodd rhywun bistol; ond ni lwyddodd ond i'w chlwyfo. Yr oedd pawb yn ceisio dringo oddi ar y dec o afael ei chyrn hirion. Ond methodd un o'r môr-ladron neidio'n ddigon buan. Cafodd y ddau gorn hir afael yn ei bart ôl a'i daflu — yn goesau a breichiau i gyd — i fyny i'r awyr. Disgynnodd ar y dec a gorwedd yn llonydd. Aeth y fuwch amdano eto. Ond camodd y Ffrancwr tywyll — Anstis — allan i lwybr y fuwch. Safodd yn syth o'i blaen â'i gleddyf noeth yn ei law. Gostyngodd y fuwch ei chyrn i'w daro yntau. Ond gydag un brathiad cyflym roedd cleddyf Anstis hyd y carn yng ngwaelod ei gwddf. Syrthiodd y creadur ar unwaith a gorwedd mewn llyn o'i gwaed ei hun. Yr oedd cleddyf Anstis wedi mynd yn syth i'w chalon. Aeth y Ffrancwr ati a thynnu'r cleddyf coch allan. Sychodd y llafn â chlust meddal y fuwch, a cherddodd ymaith fel petai dim wedi digwydd.

Ymhen tipyn cododd y môr-leidr oedd wedi cael ei gornio ar ei draed yn sigledig, gan ddal ei ddwy law ar ei bart ôl dolurus.

Yna rhoddodd Capten Dafydd orchmynion i'w griw i archwilio'r llong yn fanwl ym mhob cwr ohoni, i weld yn union beth oedd ei chargo. Wedyn aeth ef a Barti Roberts yn ôl i'r caban mawr o dan y pŵp.

Safodd y ddau yn stond wrth weld yr olygfa a'u hwynebai yno. Yr oedd y Gwyddel Kennedy yn sefyll uwchben tair cist fahogani ar ganol llawr y caban. Yr oedd un o'r cistiau ar agor, a gallai Barti Roberts weld ei bod hi'n llawn hyd y fyl o ddarnau aur. Ar gadair yng nghornel bellaf y caban eisteddai Capten Baxter. Roedd golwg ryfedd arno. Roedd ei wyneb mor welw â chorff, ond bod gwaed yn llifo i lawr ochr ei ben. Pan aeth Barti a Chapten Dafydd yn nes, gwelsant fod darn o'i glust dde wedi ei dorri ymaith. Edrychodd y ddau yn ôl ar Kennedy. Roedd e'n gwenu ac yn dangos ei ddannedd melyn.

"Roedd yr aur gafodd e am y caethweision ar y llong wedi'r cwbwl, Capten," meddai. "Dim ond cymell tipyn bach oedd eisie i wneud iddo fe ddangos i fi ble'r oedd e."

Am foment edrychodd Capten Dafydd ar y Gwyddel, ac edrychodd Barti ar Gapten Dafydd. Gallai weld fod y capten yn casáu'r dyn â chas perffaith.

"Rhyw ddiwrnod, Kennedy," meddai o'r diwedd, "fe fyddi di'n cymryd yr awdurdod yn dy ddwylo dy hunan unwaith yn ormod . . ."

Daliai'r Gwyddel i wenu.

"Ond, Capten! Rwy'i wedi dod o hyd i'r aur!"

Ysgydwodd Capten Dafydd ei ben. Nid oedd ganddo unrhyw ateb i'w roi i ddadl y Gwyddel.

"Ble'r oedd y cistiau 'ma?"

Chwarddodd Kennedy'n wawdlyd. Gwyddai ei fod wedi cael y gorau o'r ddadl.

"Roedd e wedi'u cuddio nhw'n gyfrwys iawn y tu ôl i'r gwely fan'co. Roedd e wedi adeiladu rhyw bared coed bach o'u cwmpas nhw, fel na fedre neb 'u gweld nhw wrth edrych o dan y gwely. Mae e wedi cyfadde fod yna rhyw ddeng mil ar hugain o sofrins yn y tair cist. Dyna i ni ddiwrnod da o waith, e, Capten?"

"Ie, diwrnod da iawn." Ond nid oedd Capten Dafydd yn swnio'n frwdfrydig.

Aeth Barti draw at Capten Baxter. Edrychai hwnnw fel anifail wedi ei hel i gornel. Yr oedd hi'n amlwg ei fod wedi dychryn am ei fywyd. Yr oedd ei glust yn dal i waedu, a gwyddai Barti y byddai'n rhaid rhwystro'r gwaed neu byddai'n siŵr o farw.

Mewn cist arall yn y caban — a oedd yn llawn cyffuriau a rhwymynnau — daeth o hyd i dipyn o eli a rhwymyn mawr. Clymodd y rhwymyn yn dynn am y clust toredig, ond bron ar unwaith fe ddaeth y gwaed allan trwy'r rhwymyn gwyn. Serch hynny, gwyddai nad oedd ddim mwy y gallai ef ei wneud dros y Sais ar y foment. Yna safodd yn stond. Pam yr oedd ef yn poeni ynghylch y Sais yma, meddyliodd?

*   *   *

Yr oedd yr haul yn machlud yn goch ysblennydd, ac ar fwrdd y *Rover* yr oedd miri mawr. Torrai chwerthin cras a chanu aflafar ar draws distawrwydd y môr maith. Roedd arogl hyfryd cig rhost yn llenwi'r awyr.

Erbyn hyn roedd y *Rover* a'r *Royal Anne* wedi ymbellhau oddi wrth ei gilydd unwaith eto, ac yn awr roedd rhyw filltir o fôr rhwng y ddwy.

Drwy'r prynhawn fe fu'r môr-ladron yn cludo trysorau'r *Royal Anne* i'w llong hwy eu hunain. Reis, gwenith, ffrwythau, cerfluniau prydferth o eboni, y tair cist o aur a deuddeg baril o rym. Roedd y fuwch wedi mynd trosodd i'r *Rover* hefyd, ar ôl ei thorri'n ddarnau, a'i chig hi oedd yn awr yn gwneud gwledd i'r môr-ladron.

Ar ôl cymryd popeth a ffansïai ei wŷr ac yntau o'r *Royal Anne,* roedd Capten Dafydd, ar ôl ymgynghori â Dennis, Anstis, Ashplant, Simpson a Kennedy, wedi caniatáu iddi hi a'i chriw fynd ar eu taith. Yr oedd Anstis a Kennedy dros dorri twll yn ei gwaelod a'i suddo. O wneud hynny, dadleuent, ni fyddai neb yn dyst o'r hyn oedd wedi digwydd iddi. Byddai ei pherchenogion yn credu mai wedi suddo mewn storm yr oedd hi.

Ond aeth Ashplant, Dennis a Chapten Dafydd yn eu herbyn. Ac yn awr roedd y *Royal Anne*, â thyllau erchyll yn ei hochrau lle'r oedd gynnau mawr y *Rover* wedi gwneud eu dinistr, yn myd yn gloff tuag adre. Roedd Capten Dafydd wedi dweud wrth ei chriw, a oedd yn edrych ac yn ymddwyn yn wangalon iawn, y byddai'n rhaid iddynt fynd ati ar unwaith i roi estyll newydd dros y tyllau hynny, neu byddai'r llong yn siŵr o suddo yn y storm gyntaf a ddôi i'w chyfarfod.

Fel yr âi'r haul i lawr, ac fel yr ymbellhâi'r ddwy long oddi wrth ei gilydd, safai Capten Baxter ar y pŵp ar y *Royal Anne* yn edrych yn ôl ar ei elynion, ac yn gwrando ar eu sŵn aflafar. Yr oedd y cadach gwaedlyd am ei ben o hyd ac roedd ei galon yn llawn digofaint tuag at y Gwyddel ofnadwy a oedd wedi torri darn o'i glust ymaith er mwyn ei orfodi i ddweud ble'r oedd e'n cuddio'r aur. Beth ddywedai perchenogion y llong, pe cyrhaeddai Lundain byth? A fyddent yn credu ei stori? Byddai ei hanner clust yn brawf o'r hyn oedd wedi digwydd.

Yn ôl ar y *Rover* yr oedd y môr-ladron yn rhy feddw i wylio prydferthwch yr haul yn machlud. Gorweddai Kennedy yng nghanol rhai o ddynion mwyaf garw'r criw, ac roedd e'n yfed yn drwm o'r gasgen rym. Roedd yna yfed yn y caban mawr hefyd. Yno roedd Capten Dafydd, Ashplant, Anstis, Dennis a

Simpson yn drachtio'i chalon hi ac yn mynd yn fwy llawen o hyd. Yno gyda hwy, yn gwrando ar eu sgwrs, yr oedd Abram Tomos. Ond nid oedd ef yn yfed cymaint â'r lleill.

Ond ble'r oedd Barti Roberts? Nid oedd ef wedi yfed dim. A dweud y gwir yr oedd yn gas ganddo rym, ac ni allai ddioddef ei flas yn ei geg. Fe gerddai ef yn ôl ac ymlaen ar y pŵp-dec wrtho'i hunan. Gwrandawai ar y sŵn o'i gwmpas, a meddyliai am yr hyn oedd wedi digwydd iddo yn ystod y diwrnod hwnnw. Yr oedd wedi byrddio llong fasnach gyda'r môr-ladron eraill ac roedd wedi anafu neu ladd rhai o forwyr y llong honno. Yr oedd e wedi gwneud rhywbeth y gallai gael ei grogi amdano, pe bai'n cael ei ddal. Yn awr yr oedd ef yn un o'r môr-ladron yn ddi-ddadl — wedi eu helpu i gymryd y *Royal Anne*, ac fe fyddai'n derbyn rhan o'r trysor oedd arni. Fe geisiodd ddyfalu a oedd yn edifar ganddo? Nac oedd, meddyliodd. Yn wir, roedd e wedi teimlo rhyw ias — rhyw lawenydd mawr — wrth neidio ar fwrdd y llong fasnach â'i gleddyf yn noeth yn ei law. Gwyddai'r foment honno ei fod, yn dawel bach, yn edrych ymlaen at y tro nesaf y byddai ef yn neidio trwy ganol y mwg ar fwrdd llong arall, â'i gleddyf yn ei law. Meddyliodd am yr amser diofal yr oedd wedi'i dreulio ar y *Rover* er pan gafodd ei achub o'r *Pembroke*. Roedd wedi bod yn fwy hapus yn ystod y dyddiau hynny nag y bu er pan adawodd Drefdraeth.

Edrychodd i lawr dros reilen y pŵp i'r meindec, lle'r oedd yr yfed a'r gwledda'n mynd yn fwy anifeilaidd a swnllyd bob munud. Ai dyma'r math o fywyd a ddymunai ef iddo'i hunan? Na, meddyliodd, ni allai ef byth ymuno yn y math yma o rialtwch ac oferedd. Gwyddai, beth bynnag a ddigwyddai iddo, na fyddai ef byth yn cael ei ddal gan y gyfraith — yn ei feddwdod.

Aeth yr haul i lawr a daeth y tywyllwch yn sydyn dros y môr. Yna roedd yr awyr yn llawn o sêr, â Chroes y Deau yn brydferth yng nghanol y patrwm. Ond arhosodd Barti yno am amser wedyn, yn meddwl ac yn breuddwydio. Arhosodd yno nes i sŵn y gwledda a'r meddwi ddistewi'n araf, fel y syrthiai'r môr-ladron o un i un . . . i gysgu.

DIAL O'R DIWEDD

Yr oedd Capten Dafydd yn nerfus a thipyn yn fyr ei amynedd. Ar ôl y sgarmes â'r brigantîn — y *Royal Anne* — roedd y *Rover* hefyd yn glwyfedig. Roedd tyllau mawr yn ei bow ac o gwmpas y ffocsl, ac er bod saer y llong, Wilson, wedi trwsio tipyn arni dros dro, fe wyddai'r capten y byddai'n rhaid glanio yn rhywle cyn y gellid gwneud y gwaith o atgyweirio'r *Rover* yn iawn. Ofnai y byddai storm yn ei tharo cyn iddo gael cyfle i'w gwneud yn gadarn unwaith eto. Hefyd roedd eisiau glanhau ei gwaelod yn druenus. Roedd e newydd yrru morwr a oedd yn nofiwr da dros yr ochr i'r môr i archwilio ei gwaelod. Daethai hwnnw i fyny â'r newydd ei bod hi'n llusgo llathenni o wymon trwy'r dŵr — gwymon a oedd wedi glynu a gwreiddio ym mhren ei gwaelod. Roedd cannoedd o bryfed a chregyn wedi glynu wrthi hefyd.

Oherwydd fod ei gwaelod yn y fath gyflwr, roedd y *Rover* wedi arafu tipyn, ac nid oedd hi'n awr yn medru llamu o flaen y gwynt fel yr arferai wneud gynt. Ac fe wyddai Capten Dafydd fod perygl yn hyn hefyd. Roedd ei fywyd ef, a'r criw i gyd, yn dibynnu ar gyflymdra'r llong.

Roedden nhw wedi bod yn hwylio'n gyson o flaen y gwynt tua'r de-orllewin, ac roedd Capten Dafydd a'i hen gyfaill Ashplant o'r farn y dylent fod wedi taro ar Ynysoedd Windward erbyn hyn. Ond eto nid oedd dim ond y môr mawr o'u cwmpas ym mhobman. Yna, pan oedd y ddau wedi credu'n siŵr eu bod wedi hwylio heibio i'r ynysoedd heb eu gweld, dyma waedd o ben y mast un bore . . . *"Land-ho!"*

Cyn pen winc roedd Ashplant a'r capten ar y pŵp a'r telisgôp yn cael ei basio o un i'r llall. Yr oedd siarad uchel a chyn-hyrfus o gwmpas y ffocsl a'r meindec, a phawb yn llawen o weld tir yn y golwg. Ond i fôr-ladron roedd yna berygl yn ogystal, fel y gwyddai pob un ohonynt. Onid oedd pawb ym mhobman bron yn elynion iddynt?

"P'un yw hi, gyfaill?" holodd Capten Dafydd i Ashplant, a oedd y foment honno'n dal y telisgôp wrth ei lygad.

Yr oedd y cwestiwn yn un pwysig. Roedd dwy o Ynysoedd Windward yn perthyn i Ffrainc, ac nid oedd Capten Dafydd yn awyddus iawn i lanio ei long ar un o'r rheini.

"Dominica yw hi, rwy'n siŵr," meddai Ashplant o'r diwedd, gan basio'r telisgôp yn ôl i'r capten. Lledodd gwên dros wyneb hwnnw.

"Yn wir? Gobeithio dy fod yn iawn, yr hen gyfaill. Fe wn i am fae bach tawel ar ynys Dominica, lle gallwn ni gael llonydd i drwsio a glanhau'r *Rover* heb ofni cael ein dal gan neb."

"Rwy'n siŵr mai Dominica yw hi," meddai Ashplant wedyn. "Rwy'n nabod y rhes fynyddoedd yna, a'r afonydd gwynion yn rhedeg lawr . . ."

Gwenodd Capten Dafydd. "Ar Ynys Dominica mae ganddyn nhw afon am bob dydd o'r flwyddyn. Ydyn nhw ddim yn dweud hynny?"

"Ydyn. Fe fydd gynnon ni ddigonedd o ddŵr ffres ar ynys Dominica. Ond beth am yr Indiaid, Capten? Maen nhw wedi cael enw drwg iawn yn y gorffennol . . ."

"Ydyn. Maen nhw wedi lladd criw llawer llong sy wedi glanio ar yr ynys. Ond fe fydd yn well gen i gymryd fy siawns gyda nhw na chan y Saeson neu'r Ffrancod."

Erbyn y prynhawn roedd y tir o'u blaen wedi dod lawer iawn yn nes. Gallai'r morwyr weld yr afonydd, fel ffrydiau o laeth yn rhuthro i lawr dros lethrau serth y mynyddoedd.

Cadwai Capten Dafydd ddau ddyn i fyny ar ben y mast yn awr, i gadw llygaid craff am longau eraill o gwmpas yr ynys.

Wedyn daeth y traethau tywod melyn i'r golwg, ac edrychent fel traethau Paradwys i Barti Roberts, ar ôl bod mor hir o olwg tir. Fe deimlai'n gynhyrfus iawn. Ar y tir yma yr oedd ef yn mynd i gael ei gyfle o'r diwedd i ddial ar ei hen elyn —mêt y *Pembroke*.

Ni allai Capten Dafydd na neb ei rwystro unwaith y bydden nhw wedi glanio. Tra oedden nhw'n hwylio'n nes at yr ynys brydferth fe geisiodd benderfynu beth yn hollol roedd e'n ei olygu wrth 'ddial' ar y mêt. Ei gosbi? Ymladd ag ef a'i guro? Gwneud iddo fynd ar ei benliniau i ofyn am faddeuant? Na! Aeth rhyw ias fechan drwyddo wrth sylweddoli ei fod wedi penderfynu ei ladd! Roedd wedi penderfynu hynny ers misoedd. Fe fyddai'n falch pan fyddai'r cyfan drosodd; yna byddai'n gallu cysgu'n fwy esmwyth, ac ni fyddai'r chwerwder oedd y tu mewn iddo'n ei boeni nos a dydd. Byddai'n falch o gael y gwenwyn allan o'i gyfansoddiad.

Daeth y tir hyfryd yn nes ac yn nes. Y tu ôl i'r traethau aur roedd y coed gleision, a'r tu hwnt i'r rheini y mynyddoedd ysgythrog, ac yn gylch am y cwbwl y môr glas, tawel. Oedd, roedd ynys Dominica'n baradwys yn wir. Ond yn nesu tuag ati yn awr yr oedd rhai o ddihirod penna'r Gorllewin — ar fwrdd y *Rover*.

Ond ni laniodd neb ar yr ynys y diwrnod hwnnw. Erbyn i Capten Dafydd ddod o hyd i'r bae bach, diogel hwnnw lle bwriadai drwsio a glanhau ei long, roedd y nos wedi eu dal. Ar ôl bwrw angor i'r môr yn y bae bach, roedd hi'n nosi'n gyflym ac nid oedd neb yn awyddus i lanio ar ynys Dominica yn y tywyllwch.

*   *   *

Yr oedd hi'n brynhawn trannoeth cyn i Barti Roberts gael cyfle i ddod wyneb yn wyneb â'i hen elyn ar draeth Dominica. Roedd pawb wedi bod yn brysur iawn wrth wahanol orchwylion drwy'r dydd. Roedd rhai wedi cael eu danfon i'r tir i weld a oedd hi'n ddiogel i lanio. Eraill wedi bod yn hela, er mwyn cael cig ffres i'w fwyta. Ac, wrth gwrs, roedd eraill wedi bod yn cludo nifer o bethau angenrheidiol, fel gynnau a phowdwr ac offer o bob math, i'r traeth.

Ond yn awr, a hithau'n brynhawn, roedd y môr-ladron wedi cael digon ar waith am un diwrnod. Llosgai tân ar y tywod ac uwchben hwnnw roedd corpws mochyn gwyllt o'r coed yn rhostio'i chalon hi, tra syrthiai'r braster o'i gorff i'r tân a gwneud iddo gynnau'n well fyth.

Chwiliodd Barti'r traeth am John Davies. Ni allai ei weld yn un man. Yn sydyn gwelodd ddau fôr-leidr yn ymyl y tân yn tynnu eu cyllyll ac yn neidio ar eu traed. Ar unwaith roedd hi'n sgarmes rhyngddynt.

Rhaid bod y ddau yma hefyd wrthi'n setlo hen gweryl oedd wedi cychwyn ar y môr, meddyliodd Barti.

Tyrrodd y môr-ladron eraill o gwmpas y ddau ymladdwr ar unwaith, gan ddechrau gweiddi eu cymeradwyaeth, a chwerthin.

Aeth Barti'n nes hefyd. Yr oedd y ddau ymladdwr tua'r un oed a thua'r un faint hyd y gallai farnu. Daeth Abram Tomos ato o rywle ac arhosodd y ddau i wylio'r ymladd. Nid oedd yr un o'r ddau wedi gweld ymladd tebyg o'r blaen. Bron nad oedd gweld yr olwg anifeilaidd a didrugaredd ar wynebau'r ymladdwyr yn ddigon i godi arswyd arnynt. Neidient fel mwncïod i geisio osgoi cyllyll ei gilydd. Unwaith cwympodd y ddau i'r tywod, ac roedd hi'n ddychrynllyd gweld eu hymdrechion ffyrnig i geisio gorffen y frwydr ag un brathiad i'r galon. Ond cododd y ddau wedyn, ac am dipyn buont yn troi o gwmpas ei gilydd yn wyliadwrus, a'r naill a'r llall yn disgwyl ei gyfle i daro.

Yna, llithrodd troed un yn y tywod rhydd, gan ei daflu oddi ar ei echel am eiliad. Bu'r eiliad honno'n ddigon. Ar drawiad roedd cyllell y llall yn ddwfn yn ei wddf. Syrthiodd i'r llawr gydag un ochenaid hir. Pan dynnwyd y gyllell o'i wddf, saethodd y gwaed allan fel ffynnon goch. Roedd e'n farw ymhen ychydig eiliadau. Mor debyg, meddyliodd Barti, oedd ei farwolaeth e i farwolaeth y fuwch ar fwrdd y *Royal Anne*.

Pan gododd Barti ei ben, gwelodd y mêt! Roedd yntau wedi dod o rywle i wylio'r frwydr angheuol rhwng y ddau fôr-leidr.

Ond roedd y cylch o gwmpas yr ymladdwyr wedi torri erbyn hyn, a phawb yn siarad ac yn symud ar draws ei gilydd. Clywodd Barti un o'r môr-ladron yn dweud wrth y llall beth oedd wedi achosi'r cweryl a oedd yn awr wedi gorffen gyda marwolaeth un o'r ddau. Pan oedden nhw'n chwarae ar ddec y *Rover* roedd y dis wedi disgyn mewn hollt yn estyll y dec, ac roedd un wedi mynnu fod y dis yn dangos 5, tra oedd y llall wedi hawlio mai 6 oedd e'n ddangos! Dyna i gyd! Meddyliodd

Barti gymaint mwy o achos oedd ganddo ef dros ymladd â'r mêt.

Pan welodd Barti ei elyn yr ail waith, yr oedd e yn ymyl y gasgen rym â chwpan yn ei law. Aeth yn syth tuag ato. Gwyddai fod y foment y bu'n disgwyl amdani er pan welodd wyneb y mêt gyntaf yn yr ystafell wely ar lofft tafarn Llwyngwair wedi dod.

"Davies!" Roedd llais Barti'n galed.

Trodd y mêt ei ben yn araf, a gwelodd Barti yn ei lygaid ei fod wedi bod yn disgwyl yr alwad yma.

"Mae gynnon ni hen sgôr i'w setlo, Davies," meddai Barti. Er mawr syndod iddo'i hunan roedd e'n teimlo'n dawel a digynnwrf yn awr — fel petai'r ysbryd dial oedd y tu mewn iddo wedi dechrau ymdawelu'n barod.

"Gad i ni anghofio'r gorffennol, Roberts . . ."

Agorodd Barti ei lygaid led y pen. Yna chwarddodd yn gras.

"Anghofio! Anghofio'r hyn rwyt ti wedi'i wneud i fi'r cythraul? O na, tra bydd y creithiau 'ma ar 'y nghefn i, fydda i ddim yn anghofio."

"Ond Capten Warlow ddywedodd . . ."

Gwelodd Barti'n edrych yn syn arno a stopiodd. Yna chwarddodd Barti eto. Roedd e wedi gweld rhywbeth yn llygaid y mêt y foment honno — rhywbeth tebyg iawn i ofn! (Lawer gwaith wedi hynny y gwelodd Barti Roberts yr un peth yn llygaid ei elynion.)

"Dewis dy arfau, Davies," meddai. "Beth yw hi i fod? Cyllyll fel y ddau arall yna? Neu gleddyfau . . . Neu beth?"

"Fe d'ymladda i di â'r cytlas 'ma," meddai John Davies yn swrth. Teimlai Barti'n falch. Gwelodd y mêt yn tynnu'r cytlas o'i wregys, ac ar unwaith tynnodd yntau ei gleddyf ysgafn o'i wain.

Unwaith eto daeth y môr-ladron o gwmpas i weld ysgarmes. Roedden nhw wrth eu bodd. Safodd Barti'n dal o flaen ei elyn yn disgwyl iddo gymryd y cam cyntaf. (Yn ystod gyrfa Barti Roberts, fe sylwodd llawer ar yr hynodrwydd yma yn ei gylch — y gallu i ymestyn yn dal pan fyddai'n paratoi i ymladd.)

Cydiodd John Davies yn y cytlas â'i ddwy law, a daeth gwên

dros wyneb Barti. Roedd y mêt yn mynd i geisio ei dorri i lawr trwy ddefnyddio'r cytlas fel y byddai coediwr yn defnyddio bwyell ac fe deimlai'n siŵr y gallai ef ei drywanu â chleddyf ysgafn y Ffrancwr pryd y mynnai. Roedd Capten Dafydd wedi dangos iddo sut i ddelio â'r math yna o ymladd.

Cododd y mêt y cytlas uwch ei ben. Neidiodd Barti ymlaen ac yn ôl yn gyflym. Ond roedd e wedi brathu'r mêt yn ysgafn ar ei foch - digon i dynnu ffrwd fechan o waed. Nid oedd Barti'n agos pan ddisgynnodd y cleddyf. Yn awr safai yn ei unfan yn gwylio John Davies. Cododd hwnnw un llaw at ei foch. Yna edrychodd arni a gweld gwaed. Yn sydyn dyma fe'n taflu'r cytlas oddi wrtho, a chyn i neb gael amser i'w rwystro roedd wedi torri allan o'r cylch a dechrau rhedeg nerth ei draed am y coed ym mhen ucha'r traeth. Aeth pawb yn fud am foment, gan fod y peth wedi digwydd mor sydyn a dirybudd. Yna dechreuodd y môr-ladron weiddi'n wawdlyd a chwerthin am ben y dyn a oedd wedi troi'n llwfr. Ond dal i redeg a wnâi John Davies, fel pe bai holl ellyllon y fall ar ei ôl. Dechreuodd Barti redeg hefyd, â'i gleddyf yn noeth yn ei law. Nid oedd yn mynd i adael i'r dihiryn ddianc rhagddo nawr, ar ôl aros cyhyd am y cyfle i ddial! Roedd Barti Roberts yn dipyn mwy chwim ar ei draed na'r mêt, ac roedd e'n ennill tir yn gyflym arno. Ond y mêt a gyrhaeddodd y coed gyntaf serch hynny. Nid arafodd Barti Roberts chwaith. Yr eiliad nesaf daeth ar draws y mêt wedi baglu mewn drysïen ac wedi syrthio ar ei wyneb. Safodd Barti'n fygythiol uwch ei ben.

"Cwyd ar dy draed, Davies!" gwaeddodd.

Ond ni symudodd y dyn ar y llawr. Daliai i guddio'i wyneb yn y borfa a'r drysi, a daeth rhyw sŵn tebyg i grio o'i enau. Roedd y bwli mawr — fel pob bwli — *wedi* troi'n llwfr, meddyliodd Barti. Fe wnaeth gweld y mêt yn y cyflwr yma i Barti fynd yn fwy dig fyth.

Torrodd gangen drwchus o un o'r llwyni yn ei ymyl. Yna, yn ddiamynedd tynnodd y dail a'r brigau oddi arni. Wedyn cydiodd yng ngholer crys bawlyd y mêt a'i rwygo oddi ar ei gefn. Daeth croen brown John Davies i'r golwg.

"O'r gore," meddai Barti'n ffyrnig, "os wyt ti'n rhy llwfr i

86

ymladd, fe gei di flas tipyn o'r ffisig roddaist ti i fi ar y *Pembroke*."

Yna dechreuodd labyddio'r mêt yn ddidrugaredd ar draws ei gefn â'r pren. Dechreuodd y dihiryn grio'n uchel yn awr.

Gwelodd Barti'r gwaed yn tasgu o'r clwyfau ar ei gefn, a daeth rhyw wallgofrwydd drosto. Fe deimlodd eto'r boen yn ei gefn ei hun, ac yn ei fol, pan oedd John Davies yn ei chwipio ef â'r gath-naw-cynffon. Dechreuodd siarad ag ef ei hun yn ddistaw.

"Am fentro mewn i stafell wely Megan a finne ar nos ein priodas." Chwip! Chwip! Chwip!

"Am fod yn ddigon haerllug i wisgo 'nghot briodas i . . ." Chwip! Chwip!

"Am fod yn greulon tuag at Dafy' Rhydlydan . . ." Chwip! Chwip!

"Am y creithiau sy ar 'y nghefn i . . ." Chwip! Chwip! Chwip!

Roedd y gwaed yn tasgu o'r clwyfau ar gefn y mêt erbyn hyn ac roedd e wedi distewi.

Yna roedd dwylo mawr wedi cydio yn Barti o'r tu ôl, a rhywun wedi tynnu'r pren o'i law. Trodd i weld wyneb brown, mawr Abram Tomos. Ond nid oedd y gwallgofrwydd wedi gadael Barti eto.

"Gad fi'n rhydd!" gwaeddodd yn ddig. Gadawodd Abram ef yn rhydd. Rhoddodd Barti naid am y pren oedd yn awr ar y llawr. Ond yn sydyn disgynnodd dwrn mawr Abram Tomos ar ei ên nes ei fod yn ei hyd ar y borfa. Ond mewn winc roedd ar ei draed drachefn a'i gleddyf yn ei law.

"Gad lonydd i fi, Abram," meddai rhwng ei ddannedd, "mae gen i waith eisie'i orffen."

"Na, gad ti lonydd i hwn!"

"Dos o'r ffordd, Abram," meddai Barti.

Ond yn lle hynny daeth y dyn mawr tuag ato â'i ddau ddwrn ynghau. Cododd Barti ei gleddyf i'w gadw draw. Ond dod ymlaen a wnâi Abram Tomos. Brathodd Barti ef yn ei goes a gwelodd y gwaed yn llifo trwy'r twll yn ei drowsus. Yna dechreuodd dyrnau Abram ei daro'n ddidrugaredd. Disgynnodd dwrn de'r dyn mawr ar flaen ei ên a theimlodd Barti'r cyfan yn troi o'i gwmpas.

Pan ddaeth ato'i hunan, y peth cyntaf a wnaeth oedd codi ei law at ei ên boenus. Yna edrychodd o'i gwmpas. Gwelodd Abram Tomos yn eistedd yn ei ymyl. Yr oedd wedi rhwygo ei grys oddi ar ei gefn, ac yn awr fe geisiai ei ddefnyddio i rwymo'i goes lle'r oedd cleddyf Barti wedi ei archolli. Yn sydyn cofiodd Barti'r cyfan oedd wedi digwydd. Daeth ton fawr o gywilydd drosto ei fod wedi trywanu ei hen gyfaill. Cododd yn sigledig ar ei draed.

"Abram . . . y . . . mae'n ddrwg gen i . . . ond arnat ti roedd y bai. Pam oeddet ti'n ceisio'n rhwystro i . . ."

Edrychodd y dyn mawr yn ddifrifol arno.

"Wyddost ti, Barti . . . pan ddes i trwy'r llwyni fanna a dy weld di wrthi'n llabyddio'r mêt . . . wyddost ti i bwy roeddet ti'n debyg? Wel, roeddet ti'n edrych yn union fel roedd y mêt yn edrych pan oedd e'n dy chwipio di ar y *Pembroke*. Roedd yr un olwg ar dy wyneb di ag oedd ar 'i wyneb e bryd hynny. Roedd yn gas gen i feddwl fod Barti Roberts o Sir Benfro wedi . . . wedi syrthio mor isel!"

Edrychodd Barti arno'n fud.

"Ble mae e nawr?" gofynnodd ymhen tipyn.

"Mae e wedi rhedeg."

" 'Nôl i'r traeth?"

"Nage, mewn i'r coed. Roedd gormod o ofn arno fe fynd 'nôl i'r traeth, sbo. Nid yn unig dy ofn di chwaith, Barti. Ond ofn y môr-ladron. Fyddan nhw byth yn maddau iddo am droi'n llwfr fel y gwnaeth e."

Cododd Abram ar ei draed a cherdded cam neu ddau i weld sut oedd ei goes yn dal.

"Tyrd, gad i ni fynd; fe fydd yn nos yn fuan iawn nawr."

Aeth y ddau yn herciog ac yn araf yn ôl am y traeth. Yno roedd sŵn bloeddio a chwerthin anwaraidd yn tarfu ar ddistawrwydd yr ynys brydferth.

Ni ddaeth y mêt yn ôl y noson honno. Ni ddaeth trannoeth chwaith. Yn wir, ni welodd neb mohono wedyn. Barnai rhai o'r hen fôr-ladron fod yr Indiaid — Indiaid y Caribî — wedi ei ddal, a dynion creulon iawn oedd y rheini.

* * *

Ar ôl atgyweirio'r *Rover* a glanhau ei gwaelod, hwyliodd y môr-ladron y moroedd unwaith eto. Am fisoedd buont yn hwylio yma a thraw â'r Faner Ddu ar frig y mast, a syrthiodd llawer llong dda a chyfoethog i'w dwylo. Ac fel yr âi'r misoedd heibio dywedir bod Barti Roberts wedi dod i hoffi bywyd diofal y môr-ladron yn fwy o hyd. Ar ôl yr hyn a fu rhyngddo ef a'r mêt ar draeth Dominica dywedir ei fod yn llawer mwy hapus a pharod i chwerthin. Oherwydd hynny fe ddaeth, yn fuan iawn, yn dipyn o ffefryn gan y rhan fwyaf o'r môr-ladron. Yr oedd y capten yn meddwl y byd ohono a threuliai Barti lawer o'i amser yn y caban mawr o dan y pŵp.

Ond heb yn wybod i'r un ohonynt, roedd dyddiau Capten Hywel Dafydd wedi eu rhifo.

Ar ôl bod yn agos i bedwar mis ar y môr — pedwar mis proffidiol iawn i'r môr-ladron — roedd yr amser wedi dod eto i lanio'r *Rover* a'i thrwsio. Y tro hwn penderfynodd Capten Dafydd fynd i dir ar Ynys y Tywysogion ar arfordir Affrica. Roedd yr ynys honno yn eiddo i Portiwgal. Cafodd y capten a'i griw groeso mawr gan y Llywodraethwr a'r bobl i gyd, ac am dair wythnos bu'r môr-ladron yn mwynhau bywyd bras a llawen ar yr ynys. Ond, pan oedden nhw'n barod i hwylio ymaith unwaith eto i geisio'u ffortiwn ar y môr, fe drodd eu cyfaill, y Llywodraethwr, yn fradwr. Un noson roedd y môr-leidr Kennedy, yn ei feddwdod, wedi sarhau ei wraig, ac roedd e'n benderfynol o ddial.

DIWEDD HYWEL DAFYDD

Gorweddai Ynys y Tywysogion yn gysglyd o dan haul canol-dydd. Gan fod y gwres mor llethol nid oedd yna neb na dim yn symud ar y stryd lychlyd a oedd yn arwain i blas y Llywodraethwr. Gorweddai gwartheg a chŵn yn freuddwydiol dan gysgod y coed palm llonydd. Yma a thraw ar ymyl y stryd pwysai dynion a gwragedd yn erbyn muriau'r tai a'u llygaid yn hanner-cau fel pe baent ar fin syrthio i drwmgwsg.

Daeth y cwch-hir o'r *Rover* yn gyflym ar draws y dŵr tua'r cei. Ynddo yr oedd Capten Dafydd a saith o'i wŷr, a Barti yn eu plith. Yr oedden nhw ar eu ffordd i ffarwelio â Don Carlos y Llywodraethwr, ac i ddiolch iddo am ei holl garedigrwydd tuag atynt yn ystod yr wythnosau y bu'r llong ar y traeth yn cael ei glanhau a'i hatgyweirio.

Cyn gynted ag y trawodd y cwch ei drwyn yn wal y cei neidiodd Capten Dafydd yn ystwyth i dir. Gadawyd un morwr o'r enw Pring yng ngofal y cwch. Aeth y lleill gyda'r capten i fyny'r stryd tuag at yr hasienda. Codai llwch crasboeth y stryd o dan eu traed gan adael cwmwl bach o'u hôl. Ond nid oedd dim byd arall yn symud yn y gwres.

Edrychodd Capten Dafydd o'i gwmpas mewn peth syndod. Ble'r oedd y plant a'r gwragedd a arferai eu poeni bob dydd o'u harhosiad ar yr ynys? Dim ond y gwybed a'r cylion oedd yn eu poeni'r prynhawn hwnnw.

Yna daethant at ddrws mawr yr hasienda. Nid oedd enaid

byw o gwmpas yn un man. Trawodd Capten Dafydd y drws â charn ei gleddyf, yna pwysodd ar y mur i sychu'r chwys oddi ar ei wyneb â llawes ei grys gwyn.

"Does neb gartre," meddai Barti.

"Mae'n debyg fod pawb yn cymryd siesta, fachgen," meddai Capten Dafydd. "Mae'n debyg i ni ddod ar amser anffodus. Ac eto fe hoffwn i ddiolch i Don Carlos; efalle y bydd hi'n dda i mi fod ar yr ynys 'ma eto rywbryd."

Curodd eto ar y drws mawr, yn uwch y tro hwn. Ond ni ddaeth neb i'w agor. Roedd pobman fel y bedd, ac yn awr dechreuodd y capten a'i gwmni deimlo'n anesmwyth.

"Dewch!" meddai Capten Dafydd, a dechreuodd gerdded yn frysiog i lawr y grisiau tua'r stryd drachefn.

Roedd pawb yn brysio yn awr a phawb yn awyddus i gyrraedd y cwch unwaith eto.

Yna torrodd sŵn ergyd yn galed ar draws y distawrwydd. Trawodd bwled y wal uchel oedd o gwmpas yr hasienda a syrthiodd darnau mân o blastr i'r llawr.

"Brad!" gwaeddodd Capten Dafydd. Yn awr roedd pawb yn rhedeg i lawr y stryd. Ond ar bob ochr iddynt roedd y dynion llonydd, a bwysai'n ddiog yn erbyn muriau'r tai, wedi deffro ac roedd mwsged yn llaw pob un. Gwyddai'r cwmni bach wedyn eu bod mewn perygl bywyd. Taniai gynnau arnynt o bob ochr y stryd yn awr. Gwelsant y capten yn cloffi ac yna'n mynd i lawr ar un ben-lin. Roedd ergyd wedi ei daro. Ond mewn winc roedd ar ei draed eto â'i bistol mawr yn ei ddwrn. Taniodd at ddyn oedd yn anelu mwsged ato ef, a syrthiodd hwnnw'n farw i'r llawr. Ond yr oedd bwledi'n gwibio o'u cwmpas o bob cyfeiriad. Gwelodd Barti Roberts ddau forwr yn cwympo yn ei ymyl. Gorweddai'r ddau wyneb i waered yn y llwch poeth, ac ni symudodd yr un ohonynt ar ôl cwympo. Yna roedd Hywel Dafydd ar ei liniau rhwng y ddau. Roedd e wedi tynnu dau bistol o wregysau'r ddau, ac yn awr taniodd eto ar y bradwyr a oedd, erbyn hyn, wedi magu digon o ddewrder i glosio ato. Yr eiliad nesaf yr oedd dau ohonynt yn gwingo ar y llawr a'u sgrechfeydd oerllyd yn llond yr awyr.

Roedd dau bistol Barti, hefyd, yn ei ddwylo erbyn hyn.

Gwelodd ben dyn yn un o ffenestri'r tai. Gwyddai ar unwaith fod y dyn yn anelu ei wn ato. Taniodd bistol a gwelodd yr wyneb yn diflannu o'r golwg. Erbyn hyn roedd Hywel Dafydd ar ei draed eto.

"Rhed!" gwaeddodd ar Barti. A'r foment honno sylweddolodd Barti mai dim ond hwy eu dau oedd ar eu traed o'r parti i gyd! Roedd y lleill yn gorwedd yn llonydd yn yr haul ar lawr y stryd fawlyd. Dechreuodd y ddau redeg yn igam-ogam i lawr y stryd, â Barti ar y blaen. Ond yr oedd y bwledi'n sïo heibio ac yn taro'r muriau neu'r ffordd yn ddi-stop yn awr, a meddyliodd Barti ei bod yn rhyfeddod na fyddai ef wedi cael ei daro gan un ohonynt. Yna clywodd Hywel Dafydd yn cwympo i'r llawr. Trodd ei ben a gwelodd y capten ar ei eistedd yn y llwch â'i gefn tuag ato a'i wyneb tuag at ei elynion. Yr oedd dau bistol ar annel yn ei ddwylo o hyd ond ni wyddai Barti a oeddynt wedi eu tanio eisoes ai peidio. Yna clywodd ef yn gweiddi:

"Y carthion bradwrus! Dewch i gael blas y plwm!"

Gyda hynny neidiodd fflam o'r pistol yn ei law dde a gwelodd Barti filwr arall yn cwympo. Rhaid ei fod wedi lladd pedwar neu bump ohonynt, meddyliodd. A rhaid ei fod ef ei hun wedi ei saethu ddwywaith!

Y foment honno trawodd ergyd arall Hywel Dafydd ar ochr ei wyneb nes bod y gwaed yn llifo allan i'r stryd. Gwelodd Barti pwy oedd wedi tanio'r ergyd honno ac anelodd ei bistol ei hun tuag ato. Ond disgynnodd y morthwyl bach gyda chlic fechan. Rhaid ei fod wedi tanio'r pistol heb yn wybod iddo'i hunan neu roedd e wedi gwrthod tanio am fod y powdwr yn llaith neu rywbeth. Roedd y pandemoniwm rhyfeddaf yn y stryd front erbyn hyn a bwledi'n dal i wibio i bob cyfeiriad. Ac eto — yn rhyfedd iawn — nid oedd un wedi cyffwrdd â Barti. Rhaid bod y milwyr wedi dechrau rhyfeddu at hynny hefyd oherwydd gwelodd Barti un ohonynt yn closio ato yn ei gwrcwd er mwyn dod yn ddigon agos ato fel na fyddai siawns iddo fethu ei saethu. Rhoddodd Barti naid sydyn at y milwr a'i daro yn ei wyneb â'i bistol. Roedd yr ergyd yn ddigon i ddryllio'i wyneb. Syrthiodd i'r llawr a'r olwg mwyaf dychrynllyd arno.

Er syndod iddo gwelodd Barti fod Hywel Dafydd wedi codi'n sigledig ar ei draed. Yr oedd golwg ofnadwy arno yntau hefyd a'i wyneb a'i ddillad yn waed coch drostynt i gyd. Tynnodd y capten ei gleddyf a gwelodd Barti ef yn cerdded at y milwyr â'r mwsgedi a oedd wedi dechrau cau amdano. Safodd y rheini mewn syndod ac ofn wrth ei weld yn nesáu tuag atynt, ac yn wir, dechreuodd rhai ohonynt gilio'n ôl o'r ffordd. Yr oedd llygaid pawb ar y capten clwyfedig, a oedd wedi ei saethu gynifer o weithiau, ond a oedd yn dal ar ei draed, ac yn troi i ymosod ar ei elynion. Saethodd rhywun o'r ochr arall i'r stryd ato. Trawodd yr ergyd ei gorff a gwelodd pawb ef yn cloffi eto. Ond wedyn aeth yn ei flaen at y dihirod oedd agosaf ato. Cododd ei gleddyf uwch ei ben — ac yna'n sydyn a dirybudd syrthiodd ar ei wyneb i'r llaid a gorwedd yn llonydd. Roedd Capten Hywel Dafydd, o Milffwrt yn Sir Benfro, wedi marw . . . ond roedd hi wedi cymryd pump o fwledi ei elynion i'w ladd! Wedi gweld y capten yn gelain ar y llawr dechreuodd Barti redeg o ddifri. Ofnai bob eiliad iddo gael ei daro gan fwled yn ei gefn. Ond ychydig o ergydion a oedd i'w clywed y tu ôl iddo'n awr, a gwyddai'r rheswm am hynny. Roedd y mwsgedwyr wedi gwagio'u harfau i geisio saethu Capten Hywel Dafydd, ac yn awr roedd arnynt eisiau amser i ail-lwytho'u gynnau. Ond nid oedd pob gwn yn ddistaw chwaith. Clywodd fwled yn sïo heibio i'w ben ac yn disgyn ym moncyff coeden yn ei ymyl.

Yr oedd yn awr wedi gadael y stryd fawlyd ar ôl ac yn nesáu at y cei lle'r oedd y cwch. A oedd ef yn mynd i gael ei arbed wedi'r cyfan? O'r holl fwledi a oedd wedi gwibio ar draws y stryd fawlyd honno, pam nad oedd yr un wedi ei daro ef?

Cyrhaeddodd y cei. Yno roedd Pring yn sefyll â'i geg ar agor. Roedd e'n edrych ar Barti fel pe bai'n gweld ysbryd. Yna neidiodd y ddau am y cyntaf i'r cwch. Gwthiodd Pring ei rwyf yn brofiadol yn erbyn wal y cei a llithrodd y cwch ymaith o'r lan. Yna roedd y ddau'n rhwyfo fel un, a'r tir yn pellhau oddi wrthynt. Daeth dynion Don Carlos i ben y cei ac anelodd pedwar neu bump eu mwsgedi atynt. Clywsant y bwledi'n disgyn yn y dŵr — plop, plop. Disgynnodd un yn y cwch rhwng y ddau rwyfwr a gwneud twll bach crwn yn y gwaelod.

Sbowtiodd y dŵr brown i fyny fel ffynnon fechan. Ond nid oedd amser i roi sylw i hynny — roedd yn rhaid dal i rwyfo.

Ond erbyn hyn gwyddai Barti ei fod yn ddiogel — ef, yr unig un o'r cwmni a oedd wedi mynd i'r lan i ffarwelio â Don Carlos, y Llywodraethwr. Fe wyddai fod rhyw ffawd wedi trefnu ei fod ef — a dim ond ef — wedi cael byw.

Yn ddiweddarach deallodd pam yr oedd Pring wedi edrych mor syn arno pan gyrhaeddodd y cei wrtho'i hunan. Yr oedd y dyn bach wedi bod yn gwylio'r ymladd ar y stryd. Pan glywodd yr ergyd gyntaf roedd wedi gadael y cwch ac wedi ymguddio y tu ôl i un o'r coed palmwydd lle'r oedd e'n gallu gweld ar hyd y stryd hyd at yr hasienda. Ac roedd wedi synnu gweld Barti'n dal ar ei draed yng nghanol yr holl fwledi oedd yn sgubo'r stryd. Roedd y peth bron yn annaearol, meddai wedi hynny.

A'r diwrnod ofnadwy hwnnw ar Ynys y Tywysogion y cafodd Barti Roberts y ffugenw a fu ganddo tra bu byw. O'r dydd hwnnw galwai'r Saeson ef yn *Pistol-proof*.

* * *

Yr oedd dicter a chwerwder mawr ar fwrdd y *Rover* pan gyrhaeddodd y ddau yn ôl yn ddiogel ar ei bwrdd. Ar ôl iddo adrodd fel yr oedd y capten dewr wedi marw, synnodd Barti weld y dagrau yn powlio dros fochau rhai o'r hen fôr-ladron mwyaf creulon. Yr oeddent i gyd yn parchu ac yn caru Capten Dafydd ac yn barod i'w ddilyn trwy dân uffern pe bai angen. Yr oedd rhai ohonynt am fynd i'r lan ar unwaith i ddial ar Don Carlos. Ond yr oedd y rhai mwyaf pwyllog am benderfynu un peth pwysig yn gyntaf — sef dewis capten newydd yn lle'r hen un oedd wedi cwrdd â'i ddiwedd mor sydyn.

Ond y prynhawn hwnnw tra oedd y *Rover* wrth angor filltir o'r lan ni allai'r rhan fwyaf o'r môr-ladron cyffredin feddwl am ddim ond am eu colled fawr ar ôl Capten Dafydd ac am ymddygiad twyllodrus Don Carlos. Roedd rhyw anesmwyth-yd a rhyw anfodlonrwydd mawr yn berwi drwy'r llong i gyd. Gorweddai rhai yn eu hyd gan daro'r dec â'u dyrnau. Safai eraill yn ddyrrau bychain yma a thraw yn gweiddi a rhegi yn eu dicter tuag at y Llywodraethwr.

Ond yr oedd eraill wedyn — dynion fel Kennedy, Ashplant, Anstis, Dennis a Simpson — a oedd yn meddwl yn barod am swydd capten y môr-ladron. Tomos Ashplant oedd yr unig un a oedd wedi cael profiad o fod yn gapten llong o'r blaen. Yr oedd ef wedi bod yn gapten y brig *Courage* a oedd wedi ei chymryd gan Hywel Dafydd. Roedd y ddau gapten wedi dod yn gymaint o ffrindiau wedyn fel y penderfynodd Ashplant hwylio dan y Faner Ddu gyda Hywel Dafydd. Ond nid oedd Tomos Ashplant cystal dyn am drafod dynion ag oedd am drafod llong, ac nid oedd fawr neb o'r criw yn ei ystyried ef o ddifri fel olynydd i Hywel Dafydd. Simpson oedd y sgolor yn eu mysg — un oedd yn medru siarad a sgrifennu tair iaith — sef Saesneg, Ffrangeg a Sbaeneg. Ef fyddai'n setlo unrhyw ddadleuon ynglŷn â rhannu'r trysor rhwng y criw bob amser. Yr oedd ef yn fawr ei barch gan bawb am ei onestrwydd a'i wybodaeth.

Anstis oedd y môr-leidr mwyaf profiadol. Yr oedd ef wedi hwylio gyda'r enwog Paul Despard, y Ffrancwr, un o'r môr-ladron creulonaf a hwyliodd y moroedd erioed. Byddai Capten Despard yn chwipio aelodau o'i griw bob dydd er mwyn sbort. Yr oedd Anstis yn un o'r saith a blannodd eu cyllyll yn ei galon yn ystod y miwtini yn harbwr Tortuga. Ond dyn distaw, anghyfeillgar oedd Anstis, ac er bod y rhan fwyaf o'r criw yn ei ofni ac yn ei barchu, ychydig iawn oedd yn ei garu.

Yna yr oedd Walter Kennedy. Dyn mentrus, dieflig oedd ef. Nid oedd ei ddewrach ar fwrdd y *Rover* ac roedd dewrder yn cael ei barchu gan y môr-ladron bob un. Ond gwyddai'r rhai mwyaf doeth ymysg dwylo'r *Rover*, mai rôg twyllodrus oedd Kennedy. Hefyd yr oedd yn feddwyn mawr.

Ac yn olaf yr oedd Dennis. Roedd pawb yn parchu Dennis, a phawb yn meddwl amdano fel y nesaf at Capten Dafydd mewn awdurdod pan oedd hwnnw'n fyw. Ac yn awr meddyliai'r rhan fwyaf o'r criw mai ef fyddai'n cymryd lle'r capten. Ond heb yn wybod iddyn nhw i gyd roedd Dennis yn barod yn gofidio y byddai'n rhaid iddo ef fod yng ngofal y llong yn lle Capten Dafydd. Yr oedd ef yn ddigon doeth a hirben i wybod y byddai Kennedy, Anstis a'r lleill yn ddig wrtho, ac yn amau ei awdurdod. Gwyddai Dennis y gallent wneud bywyd yn anodd iawn iddo. Oherwydd hynny roedd e'n ofni'r swydd bwysig oedd wedi dod yn wag mor sydyn.

Fel yr oedd yr haul yn nesu at y gorwel y prynhawn hwnnw roedd berw o siarad a rhegfeydd yn mynd ymlaen a'r criw mewn mŵd peryglus o anesmwyth. Safai Kennedy wrth fôn y mast a thyrfa o'r morwyr o'i gwmpas. Yn sydyn gwaeddodd am gasgen o rym o'r howld a chododd gwaedd o fysg y morwyr i brofi fod yr awgrym wrth eu bodd. Fe glywodd Dennis ac Anstis yr hyn yr oedd Kennedy wedi ei ddweud, ac edrychodd y naill ar y llall. Yr oedd hi'n un o reolau Capten Dafydd na fyddai neb yn yfed diodydd meddwol pan fyddai'r llong mewn unrhyw berygl neu pan fyddai gelynion heb fod ymhell. A dyma Kennedy wedi cymryd y gyfraith i'w ddwylo'i hun ac wedi galw am agor casgen o rym! Edrychodd Anstis ar Dennis fel pe bai'n disgwyl iddo rwystro'r morwyr rhag mynd i mofyn y gasgen i'r dec. Ond trodd Dennis ei wyneb i ffwrdd. Yr oedd ef yn ddigon call i wybod beth fyddai ymateb y criw pe bai'n eu rhwystro ar ôl i Kennedy roi'r gorchymyn. Oedd, meddyliodd, roedd Kennedy wedi dechrau rhoi gorchmynion yn barod. Nid oedd Simpson ar y dec ar y foment, a gwyddai na fyddai Ashplant byth yn debyg o wrthod cyfle i yfed rym!

Ac felly, er bod y llong yn beryglus o agos i'r lan lle'r oedd dynion a oedd yn dymuno niwed iddynt, fe ddaeth y gasgen rym i'r dec, ac fe ddechreuodd noson stwrllyd o yfed a meddwi.

Y tu allan i'r ffocsl, yng nghanol cylch o forwyr meddw, eisteddai Pring, â stenaid o rym yn ei ymyl. Yr oedd y lleuad wedi codi erbyn hyn i oleuo'r deciau a'r môr llonydd. Disgynnai ei golau hefyd ar wynebau brown, creithiog y morwyr garw a oedd yn gwrando ar Pring yn adrodd yr hanes am yr hyn oedd wedi digwydd ar y lan y bore hwnnw.

Soniai fel yr oedd Capten Dafydd wedi codi ar ei draed ar ôl cael ei saethu o hyd ac o hyd, ac adroddai'r hanes mor fyw nes gwneud i'r morwyr guro'u dwylo a gweiddi. Yna aeth ymlaen i sôn am Barti Roberts a'r modd yr oedd wedi cerdded i lawr y stryd gyda'r capten ac wedi ymladd gydag ef hyd y diwedd. Yna, gan ostwng ei lais, dywedodd fel yr oedd wedi mynd trwy'r gawod o fwledi heb i un ohonyn nhw gyffwrdd ag ef. Roedd ofn a syndod yn ei lais wrth adrodd y rhan yma o'r hanes, a syrthiodd rhyw ddistawrwydd syn ar ei wrandawyr. Yna dywedodd ei fod ef o'r farn sicr fod Barti Roberts yn *pistol-proof.*

"*Pistol-proof!*" Aeth yr enw o un i'r llall . . . "*Pistol-proof!*" medden nhw wedyn gyda'i gilydd.

Yr oedd Dennis wedi dod yn agos i wrando ar ddiwedd yr hanes gan Pring a chlywodd yntau'r ffugenw newydd roedd Barti wedi ei ennill y diwrnod hwnnw. Yna dechreuodd feddwl am yr hyn yr oedd Capten Dafydd wedi ei ddweud am Roberts, ". . . wedi ei eni i fynd ymhell . . ." dyna oedd Capten Dafydd wedi'i ddweud. Ac wrth gwrs, roedd Roberts wedi dangos yn ddigon clir ei fod wedi ei eni i arwain ac nid i ddilyn. *Pistol-proof!* Dyna'r math o ddyn oedd eisiau i arwain y môr-ladron — i fod yn gapten y *Rover!* I fod yn gapten y *Rover?* Ond fyddai'r lleill byth yn ei dderbyn! Doedd e ddim wedi bod yn eu mysg yn ddigon hir. Ac eto, meddyliodd, roedd hwn wedi dangos ei fod mor ddewr, os nad yn fwy dewr, na Kennedy. Ond doedd e ddim yn meddwi fel hwnnw; ac fe wyddai Dennis mai meddwi oedd wedi achosi diwedd llawer o'r hen fôr-ladron. Roedd Roberts yn ddigon derbyniol gan bawb o'r criw, er nad oedd yn cymysgu llawer â hwy. Ond roedd hynny'n beth da wedyn, waeth roedd rhaid i gapten beidio â mynd yn rhy gyfeillgar â'i griw. Gwenodd Dennis wrtho'i hunan. Dyma'r ffordd, meddyliodd, iddo fe beidio â chael y swydd a ofnai. A dyma'r ffordd i wneud yn siŵr na châi Kennedy nac un o'r lleill hi. Po fwyaf y meddyliai am y peth, mwya i gyd roedd e'n hoffi'r syniad, a mwya sicr yr oedd e nad oedd yr un o'r lleill yn mynd i lwyddo i wneud cystal capten â Roberts. Ac roedd e'n *pistol-proof!* Ac os oedd e — efallai y byddai ei griw hefyd! Fel y rhan fwyaf o forwyr erioed, yr oedd Dennis yn ddyn ofergoelus.

Y CAPTEN NEWYDD

Bore trannoeth safai Dennis ar y pŵp yn edrych i lawr ar y cyrff llonydd oedd ar hyd y meindec i gyd. Ar ôl bod yn yfed a meddwi hyd oriau mân y bore roedd y môr-ladron wedi syrthio i gysgu yn y fan lle'r oedden nhw; ac nid oeddent eto wedi deffro o'u trwmgwsg. Gallai weld Walter Kennedy yn gorwedd wrth fôn y mast mawr â'i ben yn pwyso ar bentwr o raffau. Yr oedd Ashplant wedi mynd i gysgu i'r caban mawr o dan y pŵp — ar wely Capten Dafydd; ac yn awr gallai Dennis ei glywed yn chwyrnu'n uchel o'r fan lle safai. Ysgydwodd ei ben. A oedd Ashplant yn ei feddwdod neithiwr wedi ei weld ei hunan fel capten y *Rover* yn barod? Roedd hi'n edrych yn debyg gan ei fod wedi mynd i gysgu yng ngwely Capten Dafydd.

Edrychodd i fyny i'r rigin. Nid oedd ond un dyn ar lan, a Barti Roberts oedd hwnnw. Roedd e'n edrych i gyfeiriad yr ynys â'i law yn gwarchod ei lygaid rhag yr haul.

"Roberts!" gwaeddodd Dennis.

Edrychodd Barti i lawr, yna cododd ei law i ddangos ei fod wedi clywed. Cyn pen winc roedd e'n llithro i lawr dros y rigin i'r dec. Cerddodd wedyn i fyny'r grisiau i'r pŵp.

"Diwrnod ar ôl y ffair, Mister Dennis," meddai, gan daflu cip dros ei ysgwydd ar y cyrff ar y dec.

Nid atebodd Dennis ar unwaith — dim ond edrych ar Barti'n hir ac yn graff.

"Doeddet ti ddim yn yfed neithiwr," meddai wedyn.

"Na, does gen i ddim pen — na stumog — at y stwff," atebodd Barti.

"Rwy'i wedi sylwi. Mae Pring wedi bod yn adrodd sut buodd hi ddoe ar y lan . . ."

"Fe fu'r capten farw'n ddewr, Mister Dennis. Pan ddaw'n amser i farw, rwy'n gobeithio y galla i fynd fel y gwnaeth e."

"Dim ond ti ddaeth 'nôl yn fyw! Sut wyt ti'n cyfri am hynny?"

Ysgydwodd Barti ei ben.

"Wn i ddim, Mister Dennis. Mae'n debyg fod y diafol am 'y nghadw i at 'i bwrpas 'i hunan . . ."

Chwarddodd y ddau. Ond sobrodd Dennis wedyn.

"Wyt ti'n gwybod beth mae'r criw yn dy alw di nawr?"

Ysgydwodd Barti ei ben.

"*Pistol-proof.*"

Chwarddodd Barti eto a fflachiodd ei lygaid duon.

"Da iawn," meddai. "Gobeithio'u bod yn dweud y gwir!"

"Roedd gennyt ti feddwl uchel o Gapten Dafydd."

"Wel, oedd. Roedd e'n Gymro o'r un sir â fi. Ac rown i'n 'i edmygu fe fel capten ac fel dyn dewr . . ."

"Pwy wyt ti'n feddwl fydd yn cael ei ddewis yn gapten yn ei le fe?"

Edrychodd Barti i fyw ei lygad.

"Wel — y chi, Mister Dennis. Rwy'n meddwl eich bod chi'n fwy derbyniol gan *bawb* na neb arall."

Ysgydwodd Dennis ei ben.

"Wel, mi ddweda i gyfrinach wrthot ti nawr — dwy'i ddim eisie bod yn gapten."

"Ond, Mister Dennis . . .!"

"Na, gwrando arna i. Fyddai Ashplant nac Anstis ddim yn fodlon cymryd eu hordro gen i. A fedrwn i fyth gadw Kennedy ar ffrwyn — dim byth."

"O — wel — pwy wedyn 'te? Mister Simpson?"

Ysgydwodd Dennis ei ben unwaith eto.

"Nage. Dyw e ddim yn ddigon o forwr. Fedre fe ddim hwylio'r llong 'ma mewn lle cyfyng."

"Falle'ch bod chi'n iawn. Pwy felly 'te?"

"Ti."

"FI?"

"Ie."

Chwarddodd Barti'n uchel.

"Ond, Mister Dennis — fi? Dwy'i ddim wedi bod gyda chi ond rhyw bum mis — na, llai na hynny. Fydde neb yn fodlon ystyried y fath beth!"

"Fe fydd Pring, yn un. Mae e'n meddwl fod Barti Roberts yn *pistol-proof*, cofia. Ac mi fyddwn innau a'r cyfaill yna sy gennyt ti — Abram Tomos."

"Dyna dri, Mister Dennis — dim ond tri."

"Y cwestiwn yw — a fyddet ti'n fodlon derbyn y swydd?"

"Gan 'mod i'n fôr-leidr bellach beth bynnag, hidiwn i ddim bod yn gapten arnyn nhw. Fe garwn i, Mister Dennis, gael cyfle i arwain y bechgyn 'ma yn erbyn Don Carlos."

"Roeddet ti'n meddwl y byd o Capten Dafydd." meddai Dennis eto.

"Mwy nag own i wedi feddwl hyd nes gwelais i e'n gorwedd yn y llwch ar ganol y stryd . . ."

"Roedd gen innau olwg arno hefyd, fachgen. Ac rwyt ti'n debyg iawn iddo fe . . ."

Ysgydwodd Barti ei ben.

"Yr unig beth oedd yn debyg ynon ni oedd y ffaith ein bod ni'n ddau Gymro."

"Fe gawn ni weld a wnei di gystal capten ag e."

"Ond . . ."

"Na, paid â dadlau rhagor nawr. Wyt ti'n gweld, mae Anstis, Ashplant, Simpson a Kennedy yn meddwl efalle y bydd un ohonyn nhw'n cael y cyfle. Ond yr un mae pob un ohonyn nhw'n ofni fwya yw Dennis — fi! Ac yn barod maen nhw'n gwgu arna i ac yn meddwl ym mha ffordd y gallan nhw gael y gore arna i. Maen nhw'n 'y nabod i'n rhy dda, a does yr un ohonyn nhw'n fodlon gwasanaethu odana i fel capten. A dwy'i ddim yn credu chwaith y bydd yr un o'r rhai rwy'i wedi'i enwi yn dderbyniol gan y lleill. Felly yr unig obaith yw cynnig un dierth — a ti yw hwnnw. Falle y byddan nhw'n fodlon ufudd-hau i ti. O leia mae'n werth rhoi cynnig arni."

Erbyn hanner dydd roedd pawb ar y dec wedi dadebru ac wedi cael gwared o'r rhan fwyaf o effeithiau drwg y noson gynt. Casglwyd y criw at ei gilydd ar y meindec a daeth Simpson, Ashplant, Dennis, Anstis a Kennedy ynghyd ar y pŵp-dec uwchben. Fe wyddai pawb beth oedd ar droed, ac roedd chwilfrydedd mawr ymysg aelodau'r criw pwy fyddai'n cael ei ddewis yn gapten arnynt.

Gofynnodd Dennis i Simpson annerch y morwyr o'r pŵp. Camodd hwnnw ymlaen a phwyso ar y reilen, gan edrych i lawr i wasg y llong.

"Frodyr," meddai, "fe wyddoch i gyd erbyn hyn am y trychineb a ddigwyddodd ar y lan fan'co ddoe — trychineb a aeth â bywyd ein capten dewr a phum aelod o'r criw." Cododd rhegfeydd o ddicter o fysg y morwyr.

"Yr oedd pawb yn parchu Capten Dafydd ac yn ei edmygu am ei ddewrder a'i ddoethineb, ond nawr mae'r amser wedi dod i ddewis rhywun i gymryd ei le fel ein harweinydd ac fel capten y *Rover*. Fel y gwyddoch chi i gyd fe wneir hynny trwy bleidlais deg. Cyn i chi benderfynu i bwy i bleidleisio, fe fydd rhaid yn gyntaf enwi'r rhai yn ein mysg ni sy'n fwyaf tebyg o lenwi swydd ein diweddar gapten yn fwyaf addas a theilwng. Fel y gwyddoch chi mae swydd y capten yn un gyfrifol a phwysig ac fe all ein bywydau ni i gyd ddibynnu ar ein dewis heddi. Yn awr fe garwn i chi gynnig enwau os gwelwch yn dda."

Syrthiodd distawrwydd llethol dros y llong i gyd. Safai Barti ac Abram Tomos gyda'i gilydd yn union o dan y pŵp. Rhoddodd Abram broc i Barti, a winc gellweirus arno pan drodd hwnnw ei ben. Ond synnodd weld fod golwg ddifrifol ar wyneb Barti.

"Hei," sibrydodd Abram, "dwyt *ti* ddim yn meddwl am y swydd wyt ti?"

"Pam lai?" oedd yr ateb.

Yna cododd gwaedd o ymyl y mast mawr.

"Rwy'n cynnig ein bod yn enwi'r pum bonheddwr sy ar y pŵp-dec fel y rhai i ni bleidleisio arnyn nhw!"

"Ie! Ie!" gwaeddodd eraill ar unwaith.

Cododd Simpson ei law.

"Gyfeillion," meddai, "rwy'n meddwl i chi ddewis yn ddoeth. Ond cyn i chi ddechrau pleidleisio, rwy'i am ddweud nad ydw i ddim am gael fy ystyried am y swydd. Felly rwy'n awgrymu eich bod yn pleidleisio ar y pedwar sy'n aros yn fy ymyl i fan hyn — Mister Anstis, Mister Kennedy, Mister Dennis a Mister Ashplant."

Aeth murmur trwy'r dorf ar y meindec ar ôl clywed hyn. Ond, a dweud y gwir, nid oedd neb wedi meddwl mai Simpson fyddai'r dewis terfynol i fod yn gapten, hyd yn oed pe bai wedi caniatáu i'w enw fynd ymlaen gyda'r lleill.

"Yn awr," meddai Simpson eto, "rwy'i am roi rhai munudau i chi feddwl o ddifri cyn penderfynu dros pwy y byddwch chi'n bwrw'ch pleidlais. Fe fydda i — gyda'ch caniatâd chi i gyd — yn gyfrifol am gyfri'r dwylo fel y byddwch chi'n 'u codi."

Yna trodd at y lleill ar y pŵp a thorrodd siarad uchel ar y dec.

"Wyt ti am i fi gynnig dy enw di?" gofynnodd Abram Tomos yn hanner cellweirus.

"Na, mae'n rhy hwyr nawr beth bynnag."

"Oeddet ti o ddifri pan ddwedest ti y caret ti fod yn gapten?"

Nid atebodd Barti ar unwaith.

"Wel," meddai ymhen tipyn, "oeddwn. Fe garwn i gael arwain y criw 'ma. Fe ddangoswn i iddyn nhw . . ."

Torrodd llais Simpson ar ei draws.

"Nawr 'te, gyfeillion, rydyn ni wedi penderfynu cynnig yr enwau i chi yn nhrefn yr wyddor — Mister Anstis yn gyntaf. A fyddwch chi cystal â chodi'ch llaw os ydych chi dros Mister Anstis, os gwelwch yn dda?"

Rhifodd Simpson y dwylo'n bwyllog. Ond yr oedd y lleill ar y pŵp yn rhifo hefyd, ac roedd gwg ar wyneb tywyll Anstis pan sylweddolodd mai dim ond ugain oedd rhif y dwylo a godwyd drosto. Ond pan ddaeth tro Ashplant, dim ond deunaw o ddwylo oedd wedi eu codi.

Yna daeth tro Dennis. Roedd hi'n hawdd gweld fod y dwylo'n fwy niferus y tro hwn. Yr oedd dwylo Barti ac Abram yn eu mysg. Pan rifwyd y cyfan fe gafwyd bod deg ar hugain wedi pleidleisio dros Mister Dennis. Ond a oedd deg ar hugain yn ddigon? Roedd nifer fawr ar ôl heb bleidleisio a rhaid bod rheini o blaid yr unig ymgeisydd oedd yn aros — sef Kennedy.

"Pwy sy dros Mister Kennedy?" gwaeddodd Simpson.

Aeth y dwylo i fyny. Dechreuodd y rhifo, ac fe wyddai pawb ei bod yn mynd i fod yn agos iawn rhwng Dennis a Kennedy. Aeth murmur trwy'r dorf o forwyr unwaith eto. Erbyn hyn roedd rhai'n teimlo'n bryderus, oherwydd gwyddent fod Kennedy wedi cael pleidleisiau'r rhai mwyaf anghyfrifol a meddw o'r criw. Ond roedd Simpson yn rhifo . . .

". . . chwech ar hugain, saith ar hugain . . . wyth ar hugain . . . naw ar hugain . . . naw ar hugain . . . felly . . . hyd y gallaf fi weld, mae Mister Dennis wedi ei ddewis, trwy fwyafrif o un, yn gapten newydd y *Rover*."

Gwaeddodd rhai eu cymeradwyaeth. Ond roedd eraill yn murmur ac yn chwyrnu'n anfodlon.

Yna daeth Dennis at reilen y pŵp a chodi ei law am ddistawrwydd.

"Ffrindie!" gwaeddodd, ac aeth ei lais mawr dros y llong i gyd fel chwythad utgorn. "Y . . . diolch i chi am fy newis i — rwy'n ei chyfri'n anrhydedd eich bod chi wedi gweld yn dda i roi cynnig i fi gymryd lle Capten Dafydd. Ond . . ." stopiodd ar y gair, a llifodd distawrwydd o un pen i'r llall o'r *Rover*. Ond beth? oedd y cwestiwn ym meddwl pawb.

"Ond wedi gweld sut y mae'r pleidleisio wedi mynd," meddai Dennis eto, "rwy'i wedi penderfynu na alla i ddim derbyn y swydd."

Torrodd gweiddi a siarad uchel ar ei draws. Roedd y meindec yn un berw gwyllt.

"Ŷch chi'n gweld . . ." Stopiodd Dennis nes oedd y llong yn dawel unwaith eto . . . "Ŷch chi'n gweld, frodyr, rwy'n ofni na fydd llawer o drefn ar bethau pe bawn i'n addo bod yn gapten y *Rover*. Yn un peth, meddyliwch cyn lleied o fwyafrif oedd gen i yn y pleidleisio! Un yn fwy na Mister Kennedy! Ydych chi'n meddwl y byddai Mister Kennedy a'r bechgyn sydd wedi pleidleisio iddo fe, yn fodlon derbyn gorchmynion gen i? Na. A beth am y rhai sy wedi pleidleisio dros Mister Anstis a Mister Ashplant? Gyda'i gilydd mae'r rheini'n fwy o bleidleisiau nag a gefais i i gyd. Ydyn nhw'n mynd i weithio'n ufudd odana i fel capten? A beth am y bechgyn yma sy gen i fan hyn ar y pŵp? Rydyn ni'n pump wedi bod yn gydradd o dan

103

Capten Dafydd — ydych chi'n meddwl y byddan nhw'n gallu ufuddhau i fi nawr ar ôl i fi gael 'y nyrchafu'n uwch na nhw? Na, rŷn ni'n frodyr, wedi bod mewn llawer sgarmes gyda'n gilydd mae'n wir — ond fedra i ddim rhoi gorchmynion i Anstis sy wedi gweld llawer mwy na fi o sgarmesoedd ar y môr; nac i Ashplant sy wedi bod yn gapten ar ei long ei hun."

Yna gan wenu trodd ei ben i wynebu Kennedy.

"A dyna Mister Kennedy," meddai'n hanner cellweirus, "go brin y byddai ef yn gwrando ar orchmynion Capten Dafydd, ac rwy'n berffaith siŵr na fyddai'n gwrando ar fy ngorchmynion i."

Roedd y criw'n gwrando'n awr. Fe wyddai pob un ohonynt fod yr hen Dennis yn dweud calon y gwir. Nid oedd yr un o'r pump ar y pŵp yn fodlon gweld dyrchafu un o'u mysg i fod yn feistr ar y lleill. Ond beth oedd i'w wneud felly! Yna roedd Dennis yn siarad eto.

"Mae gen i awgrym, gyfeillion," meddai, "ac rwy'i am i chi addo peidio â'i daflu o'r naill ochr cyn meddwl o ddifri amdano."

Roedd pawb yn llawn chwilfrydedd yn awr. Beth oedd ei awgrym?

"Rwy'n meddwl eich bod chi lawr fanna, a ninnau fan yma ar y pŵp, wedi sylweddoli erbyn hyn na fyddai dewis unrhyw un o'r pump a enwyd ar y dechrau — ni fan yma — yn debyg o fod yn ddoeth ac yn effeithiol. Beth wnawn ni felly? Rwy'n mynd i gynnig un enw arall i'ch sylw chi — rhywun nad yw e ddim wedi bod yn ein mysg ni'n hir iawn, ond sydd, serch hynny, wedi gwneud enw da iawn iddo'i hunan yn barod. Roedd Capten Dafydd yn meddwl y byd ohono, ac fe'i clywais e'n dweud un noson pan oedden ni ar y lan mai'r un y carai ef ei weld yn cymryd ei le pe bai rhywbeth yn digwydd oedd yr un rwy'n mynd i gynnig i chi nawr fel ein capten newydd ni."

"Roberts! *Pistol-proof!*"

Torrodd llais Pring yn uchel ar draws araith Dennis.

"Ie," meddai'r dyn ar y pŵp, "Barti Roberts! Dyma'r dyn y byddai Capten Dafydd wedi'i ddewis pe bai e yma gyda ni o hyd. Roberts oedd gydag e pan fu e farw, a fe, fel y gwyddoch chi, oedd yr unig un ddaeth yn ôl yn fyw. Mae e'n ddyn lwcus, gyfeillion, — yn *pistol-proof* fel y dywedodd un ohonoch chi nawr. Ac rwy'n meddwl y bydden ni i gyd, y cyfeillion fan yma ar y pŵp — yn fwy bodlon gwasanaethu o dan Roberts nag o dan un ohonon ni'n hunain. Cofiwch, mae'r dewis yn eich dwylo chi o hyd. Os ydych chi'n dal o'r farn — ar ôl yr hyn rwy'i wedi'i ddweud — mai fi sydd i fod yn gapten, yna fe gymeraf y swydd. Ond rwy'n eich cynghori i ddewis Roberts er ein lles ni i gyd, a lles y *Rover*."

Torrodd pandemoniwm allan ar y dec yn awr. Roberts! Dieithryn fel Roberts! Ond wedyn cofiodd y morwyr am yr hyn yr oedd Pring wedi'i ddweud y noson gynt. Ac roedd Dennis wedi dweud hefyd mai ef fyddai dewis Capten Dafydd pe bai'n fyw.

Yna roedd Simpson yn gweiddi am dawelwch eto. Trodd pawb ei wyneb i gyfeiriad y pŵp. Gallent weld wrth yr olwg ar wynebau'r rhai a safai ar y dec uwchben eu bod hwythau hefyd wedi derbyn cynnig Dennis gyda theimladau cymysg iawn. Edrychai Anstis yn ddihidio, fel petai'n dweud, "Gan nad ŷch chi wedi 'newis i — dewiswch pwy bynnag fynnoch chi . . ."

Roedd hanner gwên ar wyneb Ashplant, fel pe bai'n falch nad oedd rhaid iddo wasanaethu dan Kennedy na Dennis, yn ôl pob tebyg.

Ond roedd golwg ffyrnig ar wyneb Kennedy, ac roedd ei lygaid llwydion, caled wedi eu hoelio ar wyneb Barti a safai wrth risiau'r pŵp.

"Nawr 'te!" gwaeddodd Simpson. "Pawb sydd o blaid Roberts i godi'i law!"

Trodd Barti ei ben i edrych yn ôl dros y meindec. Gwelodd nifer anhygoel o ddwylo yn yr awyr. Edrychodd yn ôl i'r pŵp a gweld fod Dennis ac Anstis wedi codi eu llaw drosto.

"Wel, gyfeillion," meddai Simpson â chryndod yn ei lais, "does dim eisie rhifo. Fel y gwelwch chi mae'r gwelliant wedi ei basio â mwyafrif mawr iawn. Felly, gyda'ch caniatâd chi, rwy'n galw ar gapten newydd y *Rover* i ddod i fyny i'r pŵp fan hyn."

Dringodd Barti'r grisiau i'r dec uwchben. Yna trodd i wynebu'r criw. Roedd y rheini'n ddistaw.

"Frodyr," meddai Barti, "nid dyma'r lle na'r amser i wneud araith. Mae'r peth wedi dod fel syndod mawr iawn i fi. Ond rwy'i am ddweud cymaint â hyn — fe fydda i'n ceisio 'ngore glas i wneud eich ffortiwn chi a finne . . ." Torrodd gweiddi uchel ar ei draws. Ar ôl i hynny dawelu, aeth ymlaen.

"Fe fydd y llong yn cael 'i rhedeg fel yr oedd hi o dan Capten Dafydd, ac mi fydda i'n disgwyl yr un ufudd-dod oddi wrthych chi ag yr oedd e'n 'i gael. Ac mae hynna'n dod â fi at waith sy'n ein haros ni nawr ar unwaith — sef dial ar Don Carlos am far-wolaeth Capten Dafydd a'r lleill."

Cododd gwaedd fawr o'r meindec — gwaedd a fyddai wedi gwneud i Don Carlos welwi, pe bai wedi ei chlywed.

Trodd Barti Roberts at y lleill ar y pŵp.

"Gadewch i ni fynd i lawr i'r caban mawr i drefnu sut y gallwn ni gosbi'r Portiwgeaid cythraul 'na." A heb aros i weld sut roedden nhw'n mynd i gymryd ei orchymyn cyntaf ef fel capten aeth i lawr y grisiau i'r caban mawr. Yno eisteddodd y tu ôl i'r bwrdd i ddisgwyl. Dennis oedd y cyntaf i gyrraedd ac yn union ar ei ôl — Simpson. Cynigiodd y capten newydd gadeiriau iddynt ac eisteddodd y ddau i lawr.

"Llongyfarchiadau, Capten Roberts," meddai Simpson, "rwy'n meddwl fod ein cyfaill, Mister Dennis, wedi pwyso a mesur pethau'n iawn ar y pŵp y prynhawn 'ma."

Chwarddodd Barti braidd yn nerfus. Roedd e'n disgwyl y lleill.

"Fe fydd rhaid i mi brofi nawr, mae'n debyg, fod eich dewis chi heddi wedi bod yn un doeth."

Agorodd y drws a daeth Ashplant i mewn.

Cerddodd ar draws y caban nes ei fod yn sefyll o flaen Barti Roberts.

"Roberts," meddai, "doeddwn i ddim drosot ti. Ond roedd gen i olwg fawr ar Hywel Dafydd, ac os yw hi'n wir 'i fod e wedi dweud mai ti fyddai'r dyn i gymryd 'i le . . . wel — rwy'n barod i wneud cymaint ag y galla i . . ."

Gwenodd Barti arno. Fe deimlai ryddhad mawr fod hen gapten y brig *Courage* wedi ei dderbyn. Gwyddai mai dyn annibynnol, anodd ei drin oedd ef; ond hefyd gwyddai ei fod yn forwr heb ei ail, ac y byddai'n rhaid iddo ddibynnu arno'n aml pan oedd hi'n dod yn fater o hwylio'r llong mewn lleoedd anodd.

"Rwy'n ddiolchgar, Mister Ashplant. Roedd gen inne — does dim eisie i fi ddweud — olwg fawr iawn ar Capten Dafydd, ac fe fydda i — gyda'ch help chi i gyd — yn ceisio gwneud popeth fel y bydde fe'n arfer . . ."

Agorodd y drws a daeth Walter Kennedy i mewn. Yr oedd y Gwyddel mewn hwyliau drwg iawn. Am foment safodd ar ganol llawr y caban yn edrych o un i'r llall. Roedd y llygaid llwydion, celyd, fel callestr, a gwyddai Barti ar unwaith nad oedd modd byth gwneud cyfaill ohono, ar ôl yr hyn a oedd wedi digwydd ar y pŵp y prynhawn hwnnw.

"O?" meddai. " Mae'r blydi 'House o' Lords' wedi cwrdd yn barod ydy e? Ewch ymla'n, ewch ymla'n! Peidiwch cymryd sylw ohono i."

"Mae 'na groeso i ti ymuno â ni, Kennedy . . ."

"O, mae Capten blydi Roberts yn estyn croeso i fi nawr ydy e? Gwrando, bejesus — rown i'n dod i'r caban 'ma pryd y mynnwn i pan oedd Capten Dafydd yn fyw . . . ac mi fydda i'n dod 'to os bydda i'n teimlo fel 'ny. Cofia, dwyt ti ddim yn gapten arna i — ti na neb arall."

Gwgodd ar Barti. Yna aeth ymlaen:

"A beth yw hyn amdanat ti'n *pistol-proof*, Roberts, e?"

"Nid fi sy'n dweud hynna," meddai Barti.

"Fe gawn ni weld ryw ddiwrnod pa mor *pistol-proof* wyt ti."

Yna roedd Barti Roberts ar ei draed. Safodd yn dal o'r tu ôl i'r bwrdd.

"Kennedy," meddai'n dawel, "mae croeso i ti, unrhyw amser, geisio rhoi'r peth ar brawf. Unrhyw amser — wyt ti'n clywed?" Yr oedd gan bob un o'r ddau bistol yn ei wregys, a gwyddai'r rhai oedd yn gwylio ac yn gwrando fod bywyd o leiaf un o'r ddau yn y fantol y foment honno.

Yr oedd gwên fileinig ar wyneb y Gwyddel yn awr ond ni symudodd yr un gewyn. Yna dywedodd Barti,

"Wedi dweud hynna, Kennedy, rwy'n gofyn i ti eistedd i lawr gyda ni. Fe fydd arnon ni eisie dy help di os ydyn ni'n mynd i dalu'n dyled i Don Carlos."

Gwelodd y lleill y tensiwn yn mynd allan o Kennedy.

107

Meddyliodd Dennis fod y capten newydd wedi trin y sefyllfa fel hen law. Eisteddodd Kennedy ar gadair ym mhen pellaf y caban mawr, heb ddweud yr un gair pellach.

TALU'N ÔL

Gorweddai'r *Rover* wrth enau'r harbwr a oedd wedi bod yn noddfa iddi am dair wythnos. O'r fan honno roedd hi'n gallu cadw llygad ar unrhyw long oedd yn mynd i mewn ac allan. Ond, a dweud y gwir, roedd Capten Roberts wedi rhoi gorchymyn nad oedd yr un llong yn cael mynd allan o'r harbwr nes byddai ef a'i griw o fôr-ladron wedi delio â Don Carlos a'i ddynion.

Yr oedd tair llong Bortiwgeaidd yn yr harbwr, a llong fechan o Ffrainc a oedd newydd gyrraedd.

Uwchben y lanfa ar Ynys y Tywysogion yr oedd, ac y mae o hyd, gaer neu amddiffynfa ar ben bryn bychan. Yn y gaer yma roedd y Portiwgeaid wedi gosod gynnau mawr i amddiffyn y porthladd a'r ynys rhag ymosodiadau gelynion. Yr oedd Barti Roberts wedi bod yn gwylio'r gaer honno o'r pŵp-dec drwy'r bore. Gwyddai y byddai rhaid tawelu'r gynnau hyn cyn y gallai ef a'i griw obeithio dod yn ddigon agos at y dref a'r hasienda i ddial ar y Portiwgeaid am ladd Capten Dafydd a'r lleill.

Byddai rhaid anfon parti i'r lan i ymosod a chymryd y gaer, a gwyddai'n iawn mai antur enbyd fyddai honno. Byddai gynnau mawr y *Rover* yn gallu helpu, wrth gwrs — ond cyn y gellid dod â'r gaer o fewn cyrraedd gynnau'r llong byddai rhaid mynd â hi'n nes i dir o dipyn. A byddai hynny'n gadael llwybr yn agored i'r llongau Portiwgeaidd ddianc. Gan ei bod newydd gyrraedd yr harbwr, nid oedd y Ffrancwr eto wedi deall y sefyllfa nac yn gwybod mai môr-ladron oedd capten a chriw'r *Rover*. Yna daeth Barti Roberts i lawr y grisiau o'r pŵp. Yr oedd wedi penderfynu.

Gwelodd Kennedy'n sefyll wrtho'i hunan y tu blaen i'r ffocsl ac aeth ato.

"Mister Kennedy," meddai, "mae'n rhaid i ni gymryd y Ffrancwr cyn ymosod ar y gaer, rwy'n meddwl. Rwy'n mynd i anfon cwch i roi gorchymyn i'r capten ddod ar fwrdd y *Rover* ar unwaith."

"I beth? Pam na allwn ni'i byrddio hi?"

"Fedra i ddim sbario'r dynion ar hyn o bryd. Rwy'n meddwl gofyn i ti arwain yr ymosodiad ar y gaer."

"Pam fi?"

"Am fy mod i'n meddwl mai ti sy'n fwya tebyg o lwyddo i gymryd y gaer."

Daeth hanner gwên dros wyneb caled y Gwyddel.

"Fe cym'ra i hi."

"Fel rydyn ni wedi cytuno, fe gei di gymorth gynnau'r *Rover* — ond rwy'i wedi cael syniad newydd erbyn hyn."

Edrychodd y Gwyddel i fyw ei lygad.

"Mae'r dŵr yn rhy fas i ni allu mynd yn agos iawn at y gaer ar yr ochr yna o'r traeth. Ond pe baen ni'n gallu defnyddio llong fach y Ffrancod i gludo rhai o ynnau'r *Rover* yn nes i'r lan fe allen ni roi cymorth i chi. Dyna pam rwy'n mynd i anfon cwch am y capten. Fe all y llong fach hwylio i mewn bron dan gysgod y bryn fan'co."

"Fe gym'ra i'r gaer beth bynnag wnei di," meddai'r Gwyddel, a cherddodd ymaith ar hyd y dec.

"Mae eisie torri crib y ceiliog 'na," meddai Barti dan ei anadl. Yn uchel dywedodd, "Gwell i ti ddewis deg ar hugain o wŷr i fynd gyda ti."

"Ie," meddai Kennedy'n sychlyd dros ei ysgwydd.

Danfonwyd y cwch ar draws y bae at y Ffrancwr a oedd yn gorwedd wrth angor heb fod ymhell o'r lan. Pan ddaeth yn ôl roedd y capten ynddo. Roedd golwg welw ar ei wyneb hefyd, a deallodd Barti ei fod erbyn hyn yn gwybod ei fod yn delio â môr-ladron.

Pan gyrhaeddodd y dec galwodd Barti Roberts ar Anstis i siarad ag ef yn ei iaith ei hunan.

Dywedodd Barti wrtho am ddweud wrth y Ffrancwr na fyddai unrhyw niwed yn digwydd iddo ef a'i long ond iddo addo cydweithio â chriw'r *Rover*. Eglurwyd iddo y byddai angen defnyddio'i long i gludo rhai o ynnau mawr y *Rover* yn nes i dir, fel y gellid tanio ar y gaer yn fwy effeithiol.

Anadlodd y Ffrancwr anadl o ryddhad. Nid oedd pethau cynddrwg ag yr oedd wedi tybio ar y dechrau. Yn awr dywedodd wrth Anstis y byddai ei long at wasanaeth Capten Roberts i wneud beth a fynnai â hi, a'i fod yn ei chyfri'n anrhydedd i fod o unrhyw gymorth i'r môr-ladron. Tynnodd fodrwy brydferth a chostus oddi ar ei fys ac estynnodd hi i Barti Roberts gyda bow foesgar. Derbyniodd Barti'r fodrwy gan wenu. Edrychodd arni a gwelodd y saffir glas yn ei chanol a'r gwaith aur celfydd drosti i gyd.

Fe geisiodd ei rhoi ym mhoced ei got fel pe bai'n ddim o bwys iddo, ond fe deimlai'n falch iawn o'i anrheg serch hynny. Yr oedd pethau tlws, costus wedi apelio'n gryf ato erioed. Y foment honno roedd ef wedi ei wisgo'n fwy gwych na'r un o'r môr-ladron eraill ond pan welodd wisg y Ffrancwr, fe wyddai na allai gystadlu o gwbl! Roedd cot y Ffrancwr o doriad ar-dderchog ac roedd arni waith ffiligrî prydferth iawn. Wrth ei lewys roedd brodwaith gwyn fel ewyn y môr. Roedd ei farf a'i wallt yn ddu ac yn loyw gan olew.

Gadawodd y Ffrancwr y llong er mwyn mynd yn ôl i mofyn ei long ei hun along-seid y *Rover* fel y gellid symud y gynnau o un i'r llall.

Cyn gynted ag yr aeth y Ffrancwr ymaith fe godwyd ychydig hwyliau ar y *Rover* a chodwyd angor. Pan gafodd y gwynt afael yn yr hwyliau, llithrodd y llong yn araf bach yn nes at y lan, ac at y llongau Portiwgeaidd a oedd yn yr harbwr.

Rhaid bod y Portiwgeaid ar fwrdd y tair llong yn gwylio'r *Rover* yn fanwl, oherwydd cyn gynted ag y gwelsant hi'n dechrau nesáu tuag atynt, fe ddechreuodd rhyw brysurdeb mawr ar eu byrddau.

Safai Barti Roberts wrth y ffocsl yn gwylio'r tair llong a cheisiai ddyfalu beth oedd yn mynd ymlaen. Yn sydyn penderfynodd roi tipyn o rybudd i'r Portiwgeaid, rhag ofn eu bod yn cynllwynio rhyw anfadwaith. Rhoddodd orchymyn i'r bechgyn wrth y gynnau danio unwaith arnynt.

"Bŵm!" Aeth eco'r ergyd dros y bae, a chododd pwff o fwg du trwy rigin y *Rover*. Disgynnodd y belen yn y dŵr rhwng dwy o'r llongau Portiwgeaidd — yn ddigon agos i godi dychryn ar y rhai a oedd ar eu byrddau. Ac yn araf bach roedd y *Rover* yn closio atynt.

Yn sydyn gwelodd Barti, a oedd yn gwylio'n astud, gychod yn cael eu gostwng i'r dŵr ar frys gwyllt. Roedden nhw'n mynd i adael y llongau a ffoi i'r lan am ddiogelwch! Chwarddodd yn uchel wrtho'i hunan. Rhoddodd orchymyn i'r morwyr fod yn barod i ollwng yr angor i'r môr unwaith eto.

Cyn pen fawr o dro roedd y cychod yn gadael y tair llong am y lan, yn llawn o ddynion wedi cael llond bol o ofn. Dechreuodd morwyr y *Rover* weiddi arnynt nerth eu cegau am aros i ymladd. Ond roedd y Portiwgeaid yn mynd am y lan, ac am y dref lle'r oedd milwyr a diogelwch.

Yna gollyngwyd angor y *Rover* a phlygwyd yr hwyliau unwaith eto. Erbyn hyn roedd y llong fechan o Ffrainc wedi codi hwyl ac roedd hi'n tacio'n araf tuag at y *Rover*.

Fe deimlai capten newydd y môr-ladron yn hapus iawn. Roedd pethau'n dechrau gweithio o'i blaid. Galwodd am gwchhir y *Rover*, a chyda Dennis, Abram, Ashplant a phymtheg o forwyr, fe hwyliodd i gyfeiriad y llongau oedd newydd gael eu gadael gan y Portiwgeaid. Cyn mynd fe fu'n trafod gydag Anstis beth i'w wneud pan ddeuai'r Ffrancwr along-seid.

Rhwyfodd y morwyr ar draws y môr llonydd oedd rhyngddynt a llongau'r Portiwgeaid. Cadwai Barti lygad ar y gaer uwchben y traeth. Gwyddai fod rhai yno yn gwylio pob symudiad o'u heiddo. Gwenodd eto wrtho'i hunan wrth feddwl am eu penbleth. Ni allent yn hawdd danio arno ef a'i wŷr heb ddinistrio'r llongau. A fyddent yn barod i suddo eu llongau eu hunain, er mwyn ceisio lladd rhai o'i forwyr ef? Dyna'r siawns yr oedd yn rhaid iddo'i chymryd, meddyliodd.

Yna llithrodd y cwch i mewn o dan fow'r llong nesaf atynt. Ar unwaith roedd ei forwyr yn dringo i fyny i'r dec. Yr oedd tri dyn du yn sefyll wrth fôn y mast â'u llygaid yn rowlio yn eu pennau. Ond cyn gynted ag y gwelsant y môr-ladron — rhai ohonynt â chyllyll rhwng eu dannedd — fe neidiodd y tri, un ar ôl y llall, i'r môr a dechrau nofio tua'r lan.

Tair slŵp fechan oedd y tair llong Bortiwgeaidd, ac enw'r un y safai'r môr-ladron ar ei bwrdd yn awr oedd y *Santa Anna*. Nid oedd dim o werth i'r môr-ladron arni, ond nid oedd hynny'n syndod i Barti Roberts. Gwyddai fod y tair wedi dadlwytho'r diwrnod cynt, ac wrth gwrs, fe wyddai'n iawn eu bod wedi gyrru popeth gwerthfawr i'r lan ar ôl deall beth oedd y bobl ar y *Rover*.

Yr oedd ar y *Santa Anna*, fodd bynnag, saith gwn bychan a thipyn o bowdwr a phelenni. Nid oedd gan Barti ddim diddordeb yn y gynnau bach, ond roedd e'n hapus pan welodd e'r powdwr. Rhoddodd orchymyn i osod casgen fechan ohono yn barod i'w danio pan fyddai ef yn rhoi gorchymyn.

Wedyn aeth y môr-ladron ar fwrdd yr ail long. Fe daflai Barti lygad ar y gaer uwchben y traeth yn awr ac yn y man. Fe allai weld pennau'r gwylwyr ar ben y muriau, ond nid oedd yn ymddangos bod neb yn paratoi i danio arnynt.

Enw'r drydedd slŵp oedd y *Santa Gracia* ac ar honno fe ddaeth Barti o hyd i rywbeth a oedd wedi cael ei anghofio gan y capten yn ei frys i ymadael â'i long. Hwnnw oedd cleddyf hardd iawn. Fe'i cafodd y tu ôl i ddrws caban y capten, a bu bron iddo yntau adael y slŵp heb ei weld. Yr oedd gwain gerfiedig i'r cleddyf ac roedd meini gwerthfawr wedi eu gosod yn y carn. Gallai Barti weld fod llafn y cleddyf o'r dur gorau. Fe dynnodd ei gleddyf ei hun a'i roddi i un o'r criw. Yna gwisgodd y cleddyf o Bortiwgal wrth ei wregys. A bu'r cledd hwnnw ganddo hyd ddiwedd ei fywyd.

Pan hwyliodd cwch-hir y *Rover* yn ôl am y llong roedd tân wedi ei gychwyn ym mherfeddion y tair slŵp. Nid oedd mwg y tanau eto wedi dringo i'r awyr agored, fel y gallai pawb ei weld, ond gwyddai'r môr-ladron y byddai'n dod i'r golwg unrhyw funud. Yr oeddynt hwy am fod cyn belled ag y medrent oddi wrthynt erbyn hynny, gan y byddai'r milwyr yn y gaer yn debyg o ddechrau tanio arnynt cyn gynted ag y gwelent fod y môr-ladron wedi tanio'r llongau Portiwgeaidd. Yna gwelodd Barti — a oedd yn eistedd ym mhen blaen y

cwch — golofn o fwg yn dringo o'r slŵp bellaf. Wedyn neid-
iodd fflam felen i'r awyr.

"Rhwyfwch!" gwaeddodd ar y morwyr. Ond roedd y
rheini'n tynnu ar eu heithaf yn barod.

Yna dechreuodd gynnau'r gaer danio. Ond erbyn hynny
roedd hi'n rhy hwyr — roedd y cwch-hir yn pellhau'n gyflym
oddi wrth y lan, ac yn barod yr oedd allan o gyrraedd yr
ergydion o'r gaer ar ben y bryn.

Yn awr yr oedd y tair slŵp ar dân a'r fflamau'n gwingo fel
nadredd byw yn y rigin. Cododd gweiddi a chwerthin o fysg y
criw a oedd ar ôl ar ddec y *Rover*. Yr oedden nhw'n barod wedi
dechrau dial ar Don Carlos a'i fradwyr.

Pan gyrhaeddodd Capten Roberts a'i barti'n ôl ar y bwrdd,
roedd y Ffrancwr yn barod along-seid ac wedi ei chlymu.

Wedyn fe ddechreuodd y gwaith caled o symud rhai o ynnau
mawr y *Rover* i'r llong lai.

Yr oedd hi'n hwyr brynhawn erbyn i'r dasg ddod i ben. Yna
rhyddhawyd y Ffrancwr a drifftiodd y ddwy long oddi wrth ei
gilydd. Ond yn awr yr oedd ugain o griw Barti Roberts ar y
Camelia (enw llong y Ffrancwyr).

Erbyn hyn roedd hi'n dechrau tywyllu ac roedd Walter
Kennedy wedi dewis y dynion a oedd i fynd gydag ef i ymosod
ar y gaer.

Hwyliodd y *Camelia'n* araf tua'r lan, a oedd yn awr yn llwyd
ac aneglur yn y gwyll. Ond fel y deuai tywyllwch nos dros bob
man yr oedd golau'r tanau ar y tair slŵp yn dod yn fwy eglur.
Roedd gynnau mawr y *Rover* wedi eu gosod ar annel i gyfeiriad
y gaer, nad oedd erbyn hyn yn ddim ond cysgod tywyll draw ar
y gorwel.

Yna — mewn dau gwch — gadawodd Walter Kennedy a'i
barti fwrdd y *Rover* a rhwyfo tua'r lan.

Eisteddodd Barti Roberts ar y fainc gul ar y pŵp. Gwyddai
nad oedd dim i'w wneud yn awr ond aros. Yr oedd y tanau ar y
tair slŵp yn dechrau darfod. Roedd eu hwyliau a'u rigin wedi
llosgi allan yn barod. Ond fe wyddai Barti fod y tân yn llosgi fel
ffwrnais o hyd o dan y deciau, ac y byddai yna fflamiau anferth
eto pan fyddai'r gwres wedi difa ochrau'r tair. Ond am y tro
nid oedd ond ambell fflam ysbeidiol yn neidio i'r awyr.

Ond yng ngolau'r rheini gallai weld fod y *Camelia* wedi sleifio'n ddigon agos i'r lan i allu achosi hafog ar y gaer â'r gynnau mawr a oedd yn awr ar ei bwrdd. Ond roedd y ddau gwch wedi mynd o'r golwg yn yr hanner tywyllwch. Am y rheini y meddyliai Barti wrth eistedd yno wrtho'i hunan ar y pŵp. Nid ar chwarae bach y bydden nhw'n llwyddo i gymryd y gaer. Ond roedd Walter Kennedy, fel y gwyddai'n iawn, yn ddyn y tu hwnt i'r cyffredin — mor ddewr â llew ac mor llawn o driciau â llwynog. Nid oedd Barti erioed wedi cwrdd â neb tebyg i'r Gwyddel. Fe allai fod wedi dod yn ddyn enwog pe bai wedi aros yn y fyddin — lle'r oedd o wedi dringo i fod yn *lieutenant* cyn iddo benderfynu gadael a mynd yn fôr-leidr. Ond roedd ganddo ddigon o ddewrder a gallu i arwain, i fod yn gadfridog. Ond wedyn, nid oedd dim onestrwydd na charedigrwydd yn perthyn iddo o gwbwl, ac fe fyddai'n meddwi fel mochyn bob cyfle a gâi. Roedd e'n union, meddyliodd Barti, fel dyn a oedd yn ceisio anghofio rhyw ddigwyddiad annifyr yn ei hanes.

Aeth amser heibio â Barti'n dal i wylio'r bryn am yr arwydd. Roedd Kennedy wedi addo tanio gwn unwaith pan fyddai ef a'i gwmni wedi dringo'n ddigon agos i'r gaer i allu ei chyrraedd ar fyrder, ac yn ddigon pell i beidio â chael eu niweidio pan fyddai'r ddwy long yn dechrau tanio'r gynnau mawr.

Ar draws y dŵr deuai aroglau blodau i ffroenau Barti. Blodau'r baradwys brydferth yn y môr a elwid yn Ynys y Tywysogion! Meddyliodd am yr wythnosau a dreuliodd ef a Hywel Dafydd a'r lleill ar ei glannau hyfryd. Roedd yr hwyl wedi gorffen yn chwerw iawn, gyda marwolaeth y capten gorau yr hwyliodd morwr odano erioed.

Ond yr oedd arogl mwg yn yr awyr hefyd, a chyn bo hir fe fyddai arogl siarp y powdwr du yn boddi pob arogl arall. Yna gwelodd y fflach fan draw ar lethr y bryn — eiliad dda cyn iddo glywed sŵn yr ergyd o wn Kennedy.

Bron ar unwaith ffrwydrodd y gynnau mawr oedd ar fwrdd y *Camelia*. Roedden nhw wedi cytuno mai hi oedd i danio'n gyntaf i weld pa effaith a gâi hynny ar y milwyr yn y gaer. Os byddai gynnau'r gaer yn tanio ar y *Camelia* yna byddai'r *Rover* yn tanio hefyd.

Ar ôl i eco'r ergydion ddistewi fe geisiodd Barti Roberts glustfeinio am unrhyw sŵn dieithr o'r lan. Ond ni chlywai ddim. Nid oedd gynnau'r gaer wedi ateb chwaith. Gwyddai fod y môr-ladron ar y *Camelia* yn brysur yn ail-lwytho'r gynnau mawr, ac roedd y rhai ar y *Rover* yn disgwyl gorchymyn ganddo ef i danio. Yr eiliad nesaf goleuwyd y bryn i gyd gan fflachiadau gynnau'r gaer yn tanio. Yr oedd y gwylwyr wedi deffro o'r diwedd.

"Nawr!" gwaeddodd Barti, a phoerodd gynnau'r *Rover* dân i'r môr. Yn union wedyn taniodd gynnau'r *Camelia* drachefn. Chwarddodd Barti. Rhaid bod y pelenni'n disgyn fel cesair ar y Portiwgeaid.

"Dewch ymlaen, y cythreuliaid twyllodrus!" gwaeddodd. Gwenodd y dynion wrth y gynnau wrth ei glywed yn gweiddi hyn.

Nid oedd un o belenni'r gaer wedi disgyn ar y *Rover*, a thybiodd Barti felly mai at y *Camelia* roedden nhw'n tanio. Rhoddodd orchymyn i'r morwyr danio eto'n ddiymdroi ac yna i aros, gan y byddai Kennedy a'i wŷr, yn unol â'r cytundeb, yn gwneud eu hymosodiad ar y gaer ar ôl yr ail salfo o'r *Rover*.

Taniodd gynnau'r gaer eto, ond nid atebodd yr un o'r ddwy long y tro hwn.

Syrthiodd distawrwydd dros y môr eto, a gwyddai Barti fod Kennedy a'i wŷr yn gwneud eu hymosodiad ar furiau'r gaer yn awr.

Aeth amser heibio — hanner awr bron — ac ni ddaeth rhagor o danio o'r gaer. Yna gwelodd Barti Roberts dân bach sefydlog yn cynnau ar furiau'r gaer. Roedd Kennedy wedi llwyddo! Cododd gwaedd fawr oddi ar fyrddau'r ddwy long wrth weld yr arwydd ar ben y bryn. Yn awr fe gâi'r môrladron gyfle i ddial ar y Portiwgeaid! Yn awr fe gâi Don Carlos dalu am ei frad!

*　　　*　　　*

116

Bore trannoeth safai Barti Roberts ei hunan ar furiau'r gaer ar ben y bryn, yn edrych i gyfeiriad y dref. Nid oedd hi wedi llawn ddyddio eto a chodai niwl tenau o'r coed a'r caeau nes gwneud i Ynys y Tywysogion edrych fel rhyw wlad hud a lledrith.

Roedd llond y gaer o fôr-ladron erbyn hyn a'r rheini'n chwysu i droi gynnau mawr y gaer o gyfeiriad y môr i gyfeiriad y dref fechan yng nghanol y coed. Gwenodd Barti wrth feddwl ei fod yn paratoi i saethu'r Portiwgeaid â'u gynnau eu hunain!

Nid oedd Kennedy wedi cael fawr o drafferth i gymryd y gaer y noson gynt. Roedd un o'r Portiwgeaid wedi mynd allan o'r gaer gyda'r bwriad o redeg i'r dref i ofyn am gymorth rhagor o filwyr. Yn y tywyllwch roedd Kennedy wedi ei ddal a'i orfodi (trwy ei gam-drin yn arw iawn) i fynd gyda hwy yn ôl at borth y gaer. Roedd y truan wedi gweiddi ar y lleill fod help wedi cyrraedd (syniad Kennedy), ac roedd y porth wedi cael ei agor. Roedd Kennedy wedi lladd pob copa walltog oedd y tu mewn cyn cynnau'r tân ar y mur i roi arwydd i'r lleill ei fod wedi llwyddo i gymryd y gaer.

Gorweddai cyrff y Portiwgeaid y tu mewn i'r gaer o hyd. Roedd Barti wedi rhifo tua dau ddwsin ohonynt. Roedden nhw eisoes wedi dial yn ddigonol ar Don Carlos, meddyliodd. Roedd y môr-ladron wedi lladd dau ddwsin tra nad oedd milwyr Don Carlos wedi lladd dim ond chwech o griw'r *Rover*. Ond roedden nhw wedi lladd Capten Dafydd — ac am hynny fe fyddai'n rhaid iddynt dalu mwy eto.

Cyn bo hir roedd yr haul wedi chwalu'r niwl tenau oddi ar yr ynys. Yn awr gallent weld y dref fechan ddi-drefn yn y coed yn ddigon clir. Ychydig yn uwch i fyny ac o'r neilltu yr oedd yr hasienda — yr adeilad mwyaf o ddigon yn y lle i gyd. Roedd e'n fwy o dipyn na'r eglwys hyd yn oed.

Pan ddeallodd fod gynnau'r gaer wedi eu rhoi'n ddiogel ar ben y mur a oedd yn wynebu'r dref, rhoddodd Capten Roberts orchymyn i danio.

Disgynnodd y belen gyntaf yn grwn yng nghanol y tai a gwelsant goed yn cael eu taflu i'r awyr. Roedd y môr-ladron wrth eu bodd. Drwy'r bore bu'r gynnau mawr yn tanio a'r pelenni'n disgyn yn gyson y tu mewn i'r dref. Nid oedd modd i'r môr-ladron wybod faint o hafog a wnâi'r gynnau, ond gwyddent eu bod yn talu'n ôl yn dda am dwyll y Portiwgeaid.

Drwy'r bore fe fu Barti Roberts yn ceisio cael un o'r gynnau mawr i danio ar yr hasienda, ac o'r diwedd fe lwyddodd. O'r pellter gwelsant y belen yn disgyn ar y to ac yn mynd trwyddo. Aeth yr un nesaf trwy un o'r ffenestri mawr, ac roedd llawenydd mawr ymysg y môr-ladron.

Yna, tua hanner dydd fe ddaeth y stôr o bowdwr a phelenni o fewn y gaer i ben. Erbyn hynny roedd Barti Roberts yn barnu fod y Portiwgeaid wedi cael eu talu'n llawn am yr hyn a wnaethant, ac roedd e'n awyddus i fynd i'r môr a gadael Ynys y Tywysogion. Beth oedd Capten Dafydd yn arfer ei ddweud? "Paid aros yn rhy hir yn un man. Paid byth gadael y llong heb ddigon o griw i'w hamddiffyn." Felly roedd hi ar y *Rover* y foment honno — roedd rhai o'i chriw ar y *Camelia* a llawer ar y lan, yn y gaer. Roedd e'n teimlo'n anesmwyth.

Daeth Dennis ato. Roedd wyneb y dyn tew'n ddu gan lwch a chwys. Roedd e wedi bod gyda'r gynnau drwy'r amser. Edrychai'n ddigri iawn â'r chwys wedi gwneud rhigolau ar ei wyneb wrth redeg i lawr drwy'r llwch a'r powdwr du.

"Mae Kennedy a rhai o'r criw am ymosod ar y dre," meddai wrth Barti.

"Rwy'n awyddus i fynd, Mister Dennis. Does yna ddim yn y dre i ni — dim ond perygl. Fe fyddan nhw wedi claddu popeth gwerthfawr cyn down ni'n agos i'r lle . . . ac mae'r coed 'na . . . dwy'i ddim am fentro'r criw yn y fath le . . . fe allwn gael ein lladd fel llygod."

"Mae Kennedy am ben Don Carlos," meddai Dennis.

Yna gwelsant Kennedy'n dod tuag atynt. Roedd golwg hyll, ffyrnig arno, a sylweddolodd Barti nad oedd wedi cysgu dim er y noson gynt.

"Pryd rŷn ni'n mynd?" gofynnodd.

"Mynd i ble?" meddai Barti, er ei fod yn gwybod yn iawn.

"I'r hasienda, wrth gwrs," meddai Kennedy, gan edrych yn wgus arno.

Ysgydwodd Barti ei ben.

"Rwy'i am fynd i'r môr."

"I'r môr! Cyn torri pen Don Carlos?" Chwarddodd yn uchel.

"Ie. Rwy'n meddwl ein bod ni wedi talu'n ôl yn llawn i'r Portiwgeaid — am y tro beth bynnag. Fe gawn ni gyfle eto."

"Dyna dy farn di iefe, Roberts? Wel, nid dyna 'marn i."

"Mae'n ddrwg gen i. Ond rwy'i wedi penderfynu. Does 'na ddim rheswm dros aros rhagor i beryglu'r llong a'r criw."

Chwarddodd Kennedy yn ei ffordd gas, wawdlyd.

"Ti'n penderfynu, Roberts? Mae 'na eraill ohonon ni â hawl i drefnu hefyd. Fel 'ny'r oedd hi yn amser Capten Dafydd beth bynnag. Ond falle dy fod ti'n mynd i redeg pethau'n wahanol . . ."

"Pan oedd hi'n fater o ddiogelwch y llong a'r criw, dim ond gair Capten Dafydd oedd yn cyfri. Fe wyddost ti hynny'n iawn. Ac felly mae hi nawr, ac felly mae'n mynd i fod."

"O ie? Ond dyw'r llong na'r criw ddim mewn perygl, Roberts. Mae'r dre fan'co — a'r ynys i gyd, a dweud y gwir — yn ein dwylo ni. Fe allwn ni aros 'ma am byth os byddwn ni'n dewis."

"Fyddet ti'n hoffi hynny, wrth gwrs, Kennedy," meddai Barti.

Gwelodd lygaid y Gwyddel yn hanner cau, ac fe wyddai fod hynny'n arwydd peryglus.

"Na, faswn i ddim am aros 'ma am *byth*, Capten Roberts . . . dim ond am rai wythnosau . . . nes byddwn i wedi blino ar . . ."

"Ar beth?" gofynnodd Barti er ei fod yn gwybod yn iawn.

"Ar yr hyn sy gan yr ynys i'w gynnig . . ."

Torrodd Dennis i mewn i'r siarad wedyn.

"Rwy'n cytuno â'r Capten, ei bod hi'n beryglus i aros rhagor o gwmpas y lle 'ma, Walter. A pheth arall, mae'r hyn mae e wedi'i ddweud ynglŷn â diogelwch y llong a'r criw yn iawn. Fe sydd â'r gair ola, a does gennyt ti na fi, na neb arall yr hawl i anghytuno ag e. Mae e'n rhan o'r cytundeb oedd yn bod yn amser Capten Dafydd."

"Ba!" meddai Kennedy. "Ydyn ni'n mynd i wastraffu'r fantais rydyn ni wedi'i hennill wrth gymryd y gaer 'ma? Fe allwn ni gymryd y dre nawr yn hawdd . . ."

"Does 'na ddim i ni yn y dre erbyn hyn," meddai Barti.
Chwarddodd Kennedy.

"Dim? Dim, ddwedest ti? Mae 'na bopeth — gwin,
merched, aur . . ."

"Dim aur. Fe fyddan nhw wedi claddu popeth gwerthfawr
sy'n agos i'r lle ymhell cyn i ni gyrraedd . . . ac mae'r morwyr
wedi yfed digon o win am y tro. Am y merched, mae gennyt ti
ddiddordeb arbennig yn un o'r rheini on'd oes e, Kennedy?"

Am foment meddyliodd Barti fod y Gwyddel yn mynd am ei
gleddyf. Ond edrychodd ar Dennis a gwelodd ddwrn mawr
hwnnw ar garn ei bistol. Fe wyddai Kennedy'n iawn mai ar
ochr y capten yr oedd Dennis.

Yn sydyn trodd ar ei sawdl a cherdded ymaith. Ond
gwyddai Barti Roberts, wrth wylio ei gefn yn pellhau oddi
wrtho, nad oedd yr helynt rhyngddo ef a'r Gwyddel wedi dod i
ben o bell ffordd.

*   *   *

Hwyliodd y *Rover* o Ynys y Tywysogion yn hwyr y prynhawn
hwnnw, ar ôl rhoi'r gynnau mawr i gyd yn ôl ar ei bwrdd.

ERGYD SYDYN

Penderfynodd y môr-ladron, ar ôl galw cyfarfod o'r holl ddwylo, eu bod yn hwylio am draethau Brasil, yn Ne America, lle'r oedd gan y Portiwgeaid diroedd helaeth, a lle'r oedd eu llongau yn masnachu llawer. Ar y fordaith honno fe deimlodd Barti Roberts fwy o'r golled ar ôl Capten Dafydd. Fe welai eisiau ei gyngor, ei chwerthin a'i ddewrder. Gwyddai nad oedd ef eto wedi cael ei dderbyn yn llwyr gan bob aelod o'r criw. Roedd Kennedy yn amlwg yn ddig wrtho ac yn barod i wneud unrhyw beth i gael gwared ohono. Nid oedd gan Barti lawer o ffydd yn Anstis chwaith. Roedd y dyn tywyll, distaw hwnnw bob amser yn cadw'i feddyliau iddo'i hunan, ond credai Barti y byddai'n barod i roi cyllell yn ei gefn pe bai'n penderfynu fod angen newid y drefn ar fwrdd y *Rover*. Cofiodd Barti am y stori am lofruddio Capten Despard, a gwyddai y byddai Anstis yn barod i wneud yr un peth eto heb betruso dim.

Felly, wrth hwylio tua'r gorllewin, fe deimlai Barti Roberts dipyn yn anesmwyth yn ei swydd newydd. Ond yr oedd yn gysur iddo wybod fod Dennis o'i blaid. Byddai'r rhan fwyaf o'r criw yn fodlon gwrando ar Henri Dennis. Yna roedd Valentine Ashplant — y dyn garw a arferai regi bron bob yn ail air, ond a oedd mor ddewr â neb ar fwrdd y *Rover*. Fe wyddai Barti na fyddai Ashplant byth yn gwneud dim y tu ôl i'w gefn beth bynnag. Nid dyna natur y dyn o gwbwl, meddyliodd. Fe allai benderfynu'n sydyn ei fod yn mynd i saethu'r capten — ond fe wnâi hynny ar ôl rhoi rhybudd digonol iddo.

Nid oedd Simpson yn debyg o fod yn berygl iddo. Roedd hwnnw wedi gwrthod gadael i'r criw bleidleisio iddo — i fod yn gapten, felly doedd e ddim yn debyg o ddymuno cael gwared ar Barti Roberts.

Na, dau elyn mawr oedd gan y capten newydd ar y bwrdd, a'r rheini oedd Anstis a Kennedy. Ac fe wyddai Barti eu bod yn ddau elyn i'w hofni a'u gwylio'n ofalus.

Ond ymysg holl griw'r *Rover* yr oedd ganddo o leiaf un cyfaill y gallai ymddiried yn llwyr ynddo. Hwnnw oedd Abram Tomos; a'r peth cyntaf a wnaeth oedd gofyn i hwnnw rannu'r caban mawr o dan y pŵp ag ef — fel roedd ef wedi arfer ei wneud gyda Capten Dafydd. O hynny ymlaen fe allai Barti gysgu'n dawelach, o wybod fod y dyn mawr o Aber-gwaun yn ei ymyl. Nid oedd y cweryl a fu rhyngddynt ar Ynys Dominica wedi lleihau'r cyfeillgarwch rhyngddynt o gwbwl.

Ers amser bellach roedd Barti Roberts wedi bod yn cadw barf fechan, ac fel y gwnâi Capten Dafydd o'i flaen, fe roddai dipyn o sylw iddi. Byddai'n treulio tipyn o amser yn ei thrwsio o flaen y drych. Barf ddu fel plu'r frân ydoedd, ac roedd hi'n gyrliog. Gan fod ei wyneb wedi llosgi'n frown-ddu yn haul y trofannau hefyd, fe gafodd yr enw Barti Ddu. Er pan oedd yn llanc ifanc roedd wedi hoffi gwisgo'n wych. Ond yn awr, ar ôl ymuno â'r môr-ladron, roedd wedi dechrau gwisgo dillad costus gwŷr bonheddig — wedi eu dwyn, wrth gwrs. Crysau o'r camrig gorau, gwasgodi o felfed meddal a lliwgar, cotiau costus a brodwaith aur ac arian arnynt. Oedd, roedd Barti Roberts wedi dysgu gan Capten Dafydd sut i fyw fel gŵr bon-heddig. Yr oedd e'n wahanol i'r môr-ladron eraill mewn un peth arall hefyd; doedd e byth yn yfed diodydd meddwol. Felly pan fyddai ei griw yn feddw gaib yn aml iawn, fe fyddai Capten Roberts yn y caban mawr o dan y pŵp yn yfed — te!

Fel yr âi'r dyddiau heibio a'r llong yn hwylio'n gyflym tua'r gorllewin unwaith eto, roedd Barti yn dyheu am weld llong fasnach yn dod i'w cwrdd, fel y gallai ef ymosod arni. Gwyddai mai'r peth gorau i gadw ei griw yn gysurus fyddai dal llong arall a dwyn ei thrysorau. Roedd e'n awyddus hefyd i'w brofi ei hun yn gystal capten â Hywel Dafydd.

Ond ni welsant yr un hwyl ar y gorwel o gwbwl, a chyn bo

hir fe ddechreuodd y criw rwgnach a chweryla ymysg ei gilydd. Aeth rhai mor bell ag awgrymu y byddai Capten Dafydd, pe bai e'n fyw, wedi dod o hyd i dair neu bedair llong erbyn hyn.

Aeth mis heibio. Erbyn hynny roedd eu stôr o rym wedi gorffen a phawb yn ddrwg iawn eu hwyl. Roedd y Gwyddel, Kennedy, yn treulio llawer o'i amser o gwmpas y ffocsl gyda'r criw, ac roedd mwy a mwy o'r rheini yn tyrru o'i gwmpas ef, yn enwedig gyda'r nos pan fyddai pawb yn ymgynnull ar y dec i ganu a chwarae dis.

Un noson olau-leuad safai Barti Roberts ar y pŵp-dec wrtho'i hunan yn edrych i lawr ar wêc arian y llong. Am y tro roedd y criw a phroblemau'r llong yn angof. Roedd ei feddwl wedi hedeg yn ôl i Gymru ac i Drefdraeth. Beth oedd wedi digwydd iddo, meddyliodd? Dyma fe'n gapten y môr-ladron a'i fryd ar ddwyn a lladd a dinistrio! A fyddai siawns fyth ganddo i fynd yn ôl i Drefdraeth at Megan ar ôl hyn? Beth pe bai'n cael ei ddal? Gwyddai na fyddai dim yn ei aros ond cael ei grogi wrth raff. Ysgydwodd ei ben. Na, byddai rhaid iddo adael y môr a'r ffordd yma o fyw *cyn* iddo gael ei ddal. Roedd e'n benderfynol o fynd yn ôl i fyw yn Nhrefdraeth beth bynnag a safai yn ei erbyn. Rhyw ffawd neu lwc a oedd wedi'i wneud yn fôr-leidr, a phan ddeuai'r cyfle, fe fyddai'n dianc yn ôl i Gymru. Ac eto, meddyliodd, roedd bywyd hawdd y môr-ladron yn apelio ato, ni allai wadu hynny.

Yna torrodd sŵn ergyd pistol ar draws ei fyfyrdod, a theimlodd rywbeth yn plycio llawes ei got. Pan deimlodd â'i law arall roedd rhwyg bychan yn y brethyn. Sylweddolodd ar unwaith fod rhywun o wasg y llong wedi ceisio ei saethu.

Am funud fe fu distawrwydd llethol dros y llong i gyd. Yr oedd llygaid y morwyr ar y dec wedi eu hoelio ar y ffigwr tywyll ar y pŵp. Yna roedd Dennis ac Ashplant wedi dod i fyny i'r dec nerth eu traed ac roedd Abram wedi dod allan o'r caban dan y pŵp. Daeth Barti i lawr yn araf dros risiau'r pŵp i'r dec.

"Goleuadau, Mister Dennis," meddai, "ar unwaith os gwelwch chi'n dda."

Aeth hwnnw ar ei union i'r stordy i mofyn canhwyllau. Tra

oedd i ffwrdd aeth Barti ymlaen at y criw ar y dec. Daeth Ashplant ac Abram yn dynn wrth ei sodlau.

Yna roedd Barti'n cyfarch y criw.

"Wel, gyfeillion, o bistol pa un ohonoch chi y daeth yr ergyd yna? Gan 'mod i'n credu nad oes neb o griw'r *Rover* yn ddigon llwfr a thwyllodrus i geisio saethu'r capten yn ei gefn, mae'n rhaid i fi gredu fod y pistol wedi tanio'n ddamweiniol. Efalle fod un ohonoch chi yn 'i lanhau ar y pryd neu rywbeth. Neu efalle i'r morthwyl syrthio wrth daro yn erbyn rhywbeth. Rwy'n siŵr mai rhywbeth fel yna ddigwyddodd. Felly os bydd yr un a daniodd y pistol — ar ddamwain fel yna — cystal â chyfaddef . . . wel . . . fe fydd popeth yn iawn . . . ddweda i ddim rhagor am y peth. Nawr 'te, pistol pwy oedd e?"

Distawrwydd llethol. Yn y golau-leuad gallai Barti weld yr wynebau tywyll wedi eu troi tuag ato. Roedd e'n gwylio'n ofalus am unrhyw symudiad yn eu mysg, oherwydd fe wyddai fod ei fywyd mewn perygl mawr y foment honno. *Pistol-proof* neu beidio, meddyliodd, gallai bwled arall gyrraedd ei galon.

"Dewch," meddai wedyn, "mae damwain yn digwydd ar y gore. Pwy oedd e?"

Dim un gair gan neb. Yna daeth Mister Dennis yn ôl â'r goleuadau.

"O'r gore," meddai Barti, ac roedd ei lais wedi caledu. "Mister Ashplant, Mister Dennis a thithe Abram, rwy am i chi edrych arfau pob un os gwelwch chi'n dda. Fe fydd y gwn daniodd yr ergyd yn boeth."

Aeth ef ei hun at y twr bychan o forwyr a oedd o gwmpas Kennedy wrth fôn y mast. Rhoddodd ei law ar ynnau pob un yn ei dro.

"Mister Kennedy?" meddai pan ddaeth at y Gwyddel. Ni ddywedodd hwnnw air. Rhoddodd Barti ei law ar ei ddau bistol. Roedden nhw'n oer. Ond pan rhoddodd ei law ar rai'r morwr nesaf ato, fe gafodd yr hyn a geisiai — sef pistol â'i faril yn boeth.

"Ar dy draed!" Ni symudodd y morwr. Plygodd Barti a'i dynnu ar ei draed.

"Mister Dennis!" gwaeddodd, "Dyma fe fan yma. Rhowch

heyrn arno a thaflwch e lawr i'r howld. Fe gawn ni lys bore fory i benderfynu beth i' wneud ag e."

Yna roedd y dyn tew — Dennis — wedi cydio yn y morwr, a chyda chymorth Ashplant wedi mynd ag e at ben y grisiau. Ond yn awr cododd Kennedy ar ei draed.

"Gan bwyll!" meddai'n fygythiol. Ond roedd Abram Tomos yn sefyll yn ei ymyl, a chyn i'r Gwyddel allu dweud dim pellach roedd e'n mesur ei hyd ar lawr y dec. Gorweddai yno heb symud. Roedd dwrn mawr Abram Tomos wedi ei daro ar ochr ei gern.

"Lawr i'r howld ag e, Abram," meddai Barti, gan droi i wylio'r criw rhag ofn bod rhai ohonynt yn mynd i amddiffyn cam y Gwyddel. Ond nid oedd neb.

Aeth Barti tua'r caban mawr wedyn. Wrth fynd clywodd lais y dyn bach Pring yn dweud . . . "*Pistol-proof!*"

*   *   *

Bore trannoeth roedd tir Brasil yn y golwg, ac er na wyddai hynny ar y pryd, roedd un o'r anturiaethau mwyaf enwog yn hanes Barti Roberts y môr-leidr ar fin cychwyn.

Pan ddaeth y tir yn nes, fe welsant eu bod yn hwylio i mewn i fae eang, a dywedodd Valentine Ashplant mai Bahia de Todos los Santos (Bae'r Holl Saint) ydoedd. Ond yn fuan iawn fe welsant fod nifer fawr o longau mawr a bach yn yr harbwr yno. Llongau Portiwgal oeddynt, fel y darganfuwyd wedyn, ac roedden nhw'n gorwedd yno yn disgwyl dwy long ryfel fawr i'w hebrwng ar draws y môr yn ddiogel i'w gwlad eu hunain. Roedd y ddwy long ryfel wrth y cei yn cael eu llwytho ar y pryd.

Wedi nesu eto at y lan, fe rifodd Capten Roberts dros ddeugain o longau o fewn y bae â'u hwyliau'n segur.

Daeth Dennis ato gan ysgwyd ei ben.

"Wel, Capten Roberts," meddai, "rŷn ni wedi bod yn dyheu am weld llong ers wythnosau, a dyma ni nawr wedi cael deugain gyda'i gilydd. Dyw ffortiwn ddim yn gwenu arnon ni'r dyddiau 'ma."

Edrychodd Barti ar y dyn tew am dipyn heb ateb. Yna dywedodd yn feddylgar,

"O, wn i ddim, Mister Dennis. Mae gormod yn well na rhy ychydig, cofia."

"Ond fedrwn ni wneud dim byd yn erbyn deugain!"

"Codwch faner Portiwgal i ben y mast!" gwaeddodd Barti. Rhedodd y morwr i wneud yr hyn a geisiai.

"Ond," meddai Dennis wedyn, "rwy'n methu gweld y gallwn ni wneud dim ond mynd oddi yma gynted ag y gallwn i, neu fe fydd ar ben arnon ni."

Daeth Ashplant atynt i'r pŵp-dec, ac yn fuan wedyn, Simpson ac Anstis. Roedd Kennedy yn yr howld o hyd, ac un o broblemau'r capten y foment honno oedd beth i'w wneud â'r Gwyddel ffyrnig hwnnw. Gwyddai na allai yn hawdd iawn ei gadw yn yr howld, gan nad oedd, a dweud y gwir, wedi gwneud dim o'i le. Nid fe oedd wedi tanio'r pistol y noson gynt. Ac wrth ei daflu i'r howld roedd Barti wedi ei sarhau'n ddrwg iawn, a gwyddai na fyddai Kennedy'n maddau byth iddo. Oedd, roedd Kennedy yn un o'i broblemau mawr y bore hwnnw.

"Wel?" meddai Ashplant, "Mae digon o gyfoeth draw fan'co i wneud ffortiwn i bob un ohonon ni. On'd yw hi'n biti fod y llongau pert yna i gyd gyda'i gilydd yn yr un man?"

Rhegodd yn uchel a tharo reilen y pŵp â'i ddwrn yn ei dymer ddrwg.

"Gan bwyll, Mister Ashplant," meddai Barti Roberts, "rwy'n meddwl y gallwn ni edrych ymla'n at dipyn o ffortiwn i ni cyn nos heno."

Edrychodd Ashplant yn syn arno.

"Ond sut yn y byd . . .?"

"Rwy'n meddwl hwylio mewn i' canol nhw."

Edrychodd y lleill arno fel pe bai'n wallgof.

"Mon Dieu, Roberts," meddai Anstis, "wyt ti am ein lladd ni i gyd?"

"Ond mae'r llongau 'ma'n gorwedd fan'na fel hwyaid ar lyn. Does dim hwyliau arnyn nhw. Fe fyddwn ni i mewn ac allan cyn iddyn nhw allu gwneud dim."

"Nonsens! Nonsens!" meddai Anstis. "Rwy'i'n bendant yn

erbyn y fath gynllun ffôl. Fe fyddi di'n siŵr o golli'r llong a'r criw os ei di mewn i'r harbwr."

"Rwy' inne hefyd yn erbyn y syniad, Capten Roberts," meddai Simpson, yn ei ffordd gwrtais, "ac rwy'n ofni y bydd y lleill hefyd yn teimlo'r un fath, felly does dim eisie i ni drafod y mater ymhellach."

"Oes gynnoch chi ffydd yn y *Rover*?" gofynnodd Barti. "Mae hi'n gyflymach na'r un llong sy'n gorwedd fan draw."

"Rwy'n cytuno," meddai Ashplant. "Rwy'n meddwl y gallen ni hwylio i mewn ac allan, efalle. Ond beth gwell fydden ni o hynny . . . mae eisie amser i fyrddio llong a chael y trysor allan o honno a chaet ti ddim amser."

"Ond fe fyddan nhw'n meddwl mai un o'u llongau nhw yw'r *Rover*. Os hwyliwn ni mewn yn hamddenol i'r bae, fe fyddan nhw'n teimlo'n siŵr mai dyna yw hi."

Gwelodd Ashplant yn petruso.

"Ac fe gawn ni amser i fyrddio llong ac allan cyn iddyn nhw godi hwyliau, wyt ti'n feddwl?"

"Yn hollol."

"Wel," meddai Ashplant wedyn, "rwy'i wedi blino ar hwylio o gwmpas y môr heb ddim i'w wneud. Mi ddo i gyda ti."

"Da iawn. Mister Dennis?"

Edrychodd y dyn tew o un i'r llall.

"Wel," meddai, "rwy'i wedi arfer derbyn gair y capten. Felly roedd hi yn amser Capten Dafydd . . ."

"Rwyt ti'n cytuno felly?" gofynnodd Barti.

"Os wyt ti'n dweud . . ."

"Mister Simpson?"

"Rwy'i yn erbyn, Capten Roberts, mae'n ddrwg gen i."

"Anstis?"

"Dim o gwbwl. Os awn ni mewn fan'na fe fyddwn ni i gyd yn gyrff cyn nos heno."

Fel yn amser Capten Dafydd, y bobl yma — Anstis, Ashplant, Dennis, Simpson a Kennedy — oedd y rhai pwysig ar y llong, a hwy, gyda'r capten, oedd yn rheoli'r llong, ac yn penderfynu beth i'w wneud ynglŷn a mater pwysig.

"Dyna ni'n ddau yn erbyn dau," meddai Barti.

"Ond mae Mister Kennedy yn yr howld," meddai Anstis. "Rhaid i ni gael ei farn e. Rwy'n siŵr y bydd e yn erbyn y fath ffolineb."

"Ie, Capten Roberts," meddai Simpson, "rwy'n awgrymu'i fod e'n cael dod i fyny o'r howld i ni gael ei farn e."

Yn sydyn fe deimlodd Barti ryw ddicter mawr yn ei galon. Kennedy eto! Y dihiryn gwyllt! Fe fyddai ef yn siŵr o fynd yn ei erbyn beth bynnag, petai dim ond er mwyn dial arno am ei daflu i'r howld.

"Ewch i' mofyn e, Mister Simpson," meddai.

Aeth Simpson bilô. Safodd y lleill yn ddistaw ar y pŵp. Roedd awel gref yn chwythu o'r gogledd ac roedd y llong yn gorfod tacio i nesáu at y tir. Ond yn awr yr oedd hi yng ngolwg y bobl ar y lan, a oedd wrthi'n brysur yn llwytho'r ddwy long ryfel â bwydydd a phethau angenrheidiol eraill at y fordaith i Portiwgal.

Daeth Kennedy i fyny'r grisiau o flaen Simpson. Yr oedd golwg ddychrynllyd arno. Syrthiai ei wallt du dros ei wyneb yn gudynnau anhrefnus a llosgai ei ddau lygad yn ei ben. Yr oedd yr olwg a daflodd ar Barti yn llawn digofaint ac atgasedd. Yna, roedd ei lygaid wedi symud oddi ar wyneb Barti ac yn awr edrychai'n syn tua'r lan.

"Rwy'i wedi dweud wrtho sut mae pethau, Capten Roberts," meddai Simpson.

"Wel?" gofynnodd Barti. "Wyt ti dros ymosod neu nag wyt ti?"

Am amser hir nid atebodd Kennedy. Edrychodd ar y llongau yn yr harbwr eto, yna yn ôl ar y cwmni ar y pŵp.

"Ymosod wrth gwrs!" meddai.

Edrychodd pawb yn syn arno. Roedd pawb wedi disgwyl y byddai'n mynd yn erbyn y capten.

BARTI DDU — MÔR-LEIDR

O'r diwedd roedd y cyfle wedi dod i Barti Roberts ddangos i griw'r *Rover* eu bod wedi dewis yn ddoeth wrth ei ethol ef yn gapten arnynt ar ôl marwolaeth Capten Dafydd. Tra llithrai'r llong yn hamddenol i mewn i Fae'r Holl Saint â baner Portiwgal yn chwifio ar ben ei mast, rhoddodd Barti orchymyn i'r rhan fwyaf o'r môr-ladron fynd bilô i ymguddio rhag i neb ar y llongau oedd yn yr harbwr amau fod y *Rover* yn ddim ond llong fasnach ddiniwed. Ond i lawr yng ngwasg y llong roedd y môr-ladron yn brysur iawn yn llwytho'u gynnau ac yn hogi'u harfau. Ac ar y dec nid oedd ond rhyw ddyrnaid o forwyr digon parchus yr olwg yn mynd o gwmpas eu gwaith.

Hwyliodd Barti Roberts yn araf i gyfeiriad un o'r llongau llai yn yr harbwr. Gan bwyll bach daeth yn nes ac yn nes ati. Nid oedd yn ymddangos fod y Portiwgeaid yn drwgdybio fod dim o'i le ar y llong a oedd yn awr yn eu mysg, ac nid oedd un-rhyw arwydd fod neb yn paratoi i ymosod arni.

Yna roedd y *Rover* along-seid y llong arall, ac roedd ei gynnau mawr yn ei bygwth. Roedd y môr-ladron hefyd wedi sleifio i'r dec, a gwelodd y Portiwgeaid eu gynnau a'u cleddyfau'n fflachio yn yr haul.

Yna roedd Simpson yn eu cyfarch yn Sbaeneg:

"Llong beiret yw hon, ac mae'r capten — Capten Bartholo-mew Roberts — yn rhoi gorchymyn i'ch capten chi ddod dros-odd i'r *Rover*. Os daw e'n dawel, heb geisio rhybuddio'r llongau eraill, fydd dim niwed yn digwydd iddo."

Am funud roedd y Portiwgeaid yn methu'n lân â choelio eu clustiau. Llong beiret yng nghanol confoi mawr o longau Portiwgal? Roedd y peth yn anhygoel. Ond os oedd hi'n anodd coelio eu clustiau, roedd eu llygaid yn dangos yn glir iddynt fod y peth yn wir!

"Mae Capten Roberts yn ddyn byr ei amynedd!" gwaeddodd Simpson. "Ydych chi am fynd i'r gwaelod bob un?"

Cyn hir, roedd cwch bach yn cael ei ollwng i'r dŵr, ac ymhen deng munud wedyn roedd capten y llong Bortiwgeaidd yn dringo i ddec y *Rover*. Aed ag ef ar unwaith i'r caban mawr o dan y pŵp. Eisteddai Capten Roberts yn ei ddillad gorau. Roedd ei farf a'i wallt wedi eu trwsio'n ofalus, ac edrychai'n fwy tebyg i dywosog nag i fôr-leidr. Cododd ar ei draed ac estynnodd ei law yn gyfeillgar i'r Portiwgead. Bowiodd hwnnw'n grynedig iddo.

"Gofyn iddo p'un yw'r llong fwyaf cyfoethog yn yr harbwr," meddai Barti wrth Simpson.

Edrychodd y dyn yn syn pan ddeallodd beth oedd y cwestiwn. Edrychodd o un i'r llall yn ofnus.

"Y *Familia Sagrada*," meddai o'r diwedd.

Aeth Barti at y drws a gwnaeth arwydd ar Simpson i ddod â'r capten gydag ef. Ar ôl cyrraedd y dec gofynnwyd i'r dyn ddangos y llong honno i'r môr-ladron. Cyfeiriodd â'i fys at long fawr a orweddai heb fod ymhell oddi wrthynt.

Bowiodd Barti i'r dieithryn a dywedodd wrtho y byddai'n dda ganddo pe bai'n gallu rhoi pryd o fwyd a glasiaid o win iddo, ond gan ei fod yn mynd i fod yn brysur am dipyn bach o amser, ofnai y byddai rhaid iddo adael i'w ymwelydd ddychwelyd i'w long ei hun heb fwyd na diod. "Gobeithio," meddai, trwy Simpson, "y caf fi gyfle rywbryd eto i wneud iawn am fy anghwrteisi!"

Ond, wrth gwrs, roedd y capten druan yn falch o'r cyfle i gael mynd yn groeniach yn ôl i'w long ei hun — heb fwyd na diod.

Yna hwyliodd y *Rover* yn araf bach, fel heliwr ar drywydd carw ofnus, tuag at y *Familia Sagrada* (y "Teulu Sanctaidd"). Roedd popeth yn barod bellach ar ei bwrdd — y gynnau mawr wedi'u llwytho ac yn disgwyl y fflam yn y powdwr, y criw wedi'u harfogi ac yn disgwyl y gorchymyn i fyrddio.

Safai Barti Roberts yn ei ddillad crand yn y bow yn awr, yn gwylio pob symudiad o'i gwmpas ym mhobman. Nid oedd unrhyw gynnwrf yn y bae cysglyd. Yr unig fynd a dod a welai oedd ar fwrdd y ddwy long ryfel a oedd yn llwytho wrth y cei. Roedd Ashplant wrth y llyw, a'i law gyfarwydd yn dwyn y ddwy long yn nes ac yn nes at ei gilydd.

Gwelodd Barti fod y *Familia Sagrada* yn gorwedd yn isel yn y dŵr. Golygai hynny — fel y gwyddai — ei bod hi wedi ei llwytho'n drwm.

Yna roedd y ddwy long yn ymyl ei gilydd.

Unwaith eto fe waeddodd Simpson ar draws y dŵr fod y peiret, Capten Bartholomew Roberts, yn rhoi gorchymyn i'r capten ddod ar fwrdd y *Rover* os oedd yn parchu ei fywyd ef ei hun a'i griw. Yr un distawrwydd syn eto. Ond yn wahanol i'r hyn a ddigwyddodd y tro o'r blaen, fe sylwodd y môr-ladron craff fod yna dipyn o brysurdeb yn mynd ymlaen ar y *Familia Sagrada*. Gwnaeth Barti arwydd ar Ashplant a throdd y *Rover* nes bod ei frod-seid yn wynebu'r Portiwgeaid.

Arwydd arall i'r bechgyn wrth y gynnau, a ffrwydrodd y distawrwydd yn sydyn. Gan fod y ddwy long mor agos at ei gilydd yr oedd y dinistr a achoswyd gan ynnau mawr y *Rover* ar y llong arall yn ddifrifol iawn. Cododd sgrechfeydd oerllyd o ganol y mwg a oedd yn awr o gwmpas y ddwy long. Mewn amrantiad roedd y môr-ladron yn byrddio. Sylwodd Barti mai Kennedy oedd yn arwain. Edrychai fel y diafol ei hun yng nghanol y mwg â gwên ddieflig ar ei wyneb.

Daeth Simpson ato ar frys o rywle.

"Maen nhw'n ildio ac yn gofyn am 'u bywydau, Capten Roberts," meddai'n wyllt.

Roedd y ddwy long ynghlwm yn awr, a chamodd Barti o'r naill i'r llall. Roedd wedi tynnu ei gleddyf rhag ofn. Ond pan gamodd ar ddec y *Familia Sagrada* fe welodd fod y cyfan drosodd. Roedd dynion yn rhedeg nerth eu traed yma ac acw a Kennedy yn eu herlid â dwy gyllell waedlyd, un ym mhob llaw. Gwelodd Barti ef yn brathu un morwr a oedd yn ceisio dianc o'i afael.

"Kennedy!" gwaeddodd Barti. Ni chymerodd y Gwyddel unrhyw sylw. Brathodd forwr arall yn y man.

"Kennedy!" meddai Barti eto, a'r tro hwn roedd rhywbeth yn ei lais a wnaeth i'r Gwyddel stopio.

"Maen nhw wedi ildio," meddai Barti, "ac maen nhw'n gofyn am drugaredd."

"Trugaredd? I Bortiwgeaid?" gofynnodd y Gwyddel.

"Rwyt ti'n gwastraffu amser," meddai Barti. "Rwy'i am i ti gymryd gofal o hon a'i hwylio am y môr agored. Os awn ni i ddechre'i dadlwytho hi nawr, fe fydd y lleill ar ein pennau ni . . ."

Derbyniodd y Gwyddel yr awgrym yma heb ddadlau dim. Yr oedd Barti mewn tipyn o benbleth yn awr beth i'w wneud â'r Portiwgeaid a oedd ar y *Familia Sagrada*. Nid oedd am fynd â hwy i'r môr gydag ef. Ni fyddent yn ddim ond rhwystr iddo. Hefyd fe fyddai Kennedy a'i ffrindiau yn awyddus iawn i'w cam-drin a'u taflu i'r môr gan eu bod mor ddig wrthynt ar ôl yr hyn a ddigwyddodd ar Ynys y Tywysogion. Roedd dau gwch ar y llong — sef cwch-hir ac un cwch llai. Rhoddodd orchymyn yn awr iddynt ollwng y cychod hyn i'r môr a mynd iddyn nhw gyda'r brys mwyaf posibl. Nid oedd angen dweud ddwywaith wrthynt. Wedi eu rhifo, fe gafwyd bod cant ac ugain o ddynion ar ôl yn fyw arni. Roedd deg ar hugain wedi eu lladd. Taflwyd cyrff y rheini dros yr ochr yn ddiseremoni. Yr oedd y ddau gwch yn orlawn yn fuan iawn, ond bu rhaid i'r lleill neidio i'r môr a hongian wrth ochrau'r cychod neu wrth ddwylo'u cyfeillion.

Wedyn gosododd Barti griw o'r môr-ladron ar y llong i helpu Kennedy i'w hwylio am y môr. Codwyd hwyliau arni gyda'r brys mwyaf, ac aeth Barti a'r gweddill o'i griw yn ôl i'r *Rover*.

Yn awr cafodd y capten gyfle i edrych o gwmpas yr harbwr. Gwelodd fod y lle wedi deffro i gyd. Roedd prysurdeb mawr i'w weld ar ddeciau'r llongau i gyd a gwyddai eu bod yn paratoi i ymosod arno. Gwyddai hefyd fod y rhan fwyaf anodd o'r fenter eto ar ôl. Byddai'n rhaid iddo gadw'r gelyn draw nes y byddai Kennedy wedi cyrraedd y môr agored. Edrychodd i weld sut oedd Kennedy a'i griw yn dod ymlaen. Gwelodd mai araf iawn oedd y llong fawr yn dod abowt i ddal y gwynt. Fe wyddai wrth ei siâp mai hwylreg araf fyddai hi beth bynnag, hyd yn oed heb ei llwyth trwm.

O'r diwedd roedd hi'n symud yn falwodaidd tuag at enau'r harbwr. Ond yr oedd un o longau mwyaf y Portiwgeaid yn dod tuag atynt at draws y bae. Ciliodd y *Rover* gyda'r *Familia Sagrada* am enau'r harbwr.

Wedi cyrraedd yno a gweld Kennedy a'i long yn mynd am y môr, trodd Barti Roberts y *Rover* i wynebu'r llong a oedd yn dod tuag ato. Wedi edrych yn fanwl ar gyfeiriad y gwynt, rhoddodd orchymyn i Ashplant i lywio'n syth amdani. Sylwodd fod Dennis wrthi'n edrych dros y gynnau mawr i wneud yn siŵr fod pob un wedi ei ail-lwytho ac yn barod i danio.

"Gwaeddwch!" meddai Barti wrth y criw. "Gadewch i ni gael clywed eich lleisiau peraidd chi bob un!"

Daeth gwên dros wyneb crwn Dennis. Roedd y capten newydd yn gwybod ei waith, meddyliodd.

Yn awr, dechreuodd y criw cymysg weiddi a sgrechian fel haid o wrachod.

"Chwarddwch!" gwaeddodd Barti Roberts.

Yna torrodd chwerthin gwallgof ar draws y bae. Syrthiodd y sŵn ar glustiau'r Portiwgeaid. Ar yr un pryd roedd y *Rover* yn nesáu'n gyflym ac yn fygythiol tuag atynt.

Rhoddodd Barti ei delisgôp wrth ei lygad. A oedd y llong fawr yn arafu? A oedd sgrechfeydd a chwerthin y môr-ladron wedi codi ofn yng nghalonnau'r Portiwgeaid?

Oedd! O'r braidd y gallai goelio ei lygaid pan welodd y llong fawr yn troi ymaith. Roedd hi wedi dychryn!

Trodd Ashplant ei ben i edrych ar Barti Roberts i weld beth yr oedd am wneud.

"Ar 'i hôl hi, Mister Ashplant!" gwaeddodd.

Ysgydwodd Ashplant ei ben, ond yr oedd gwên ar ei wyneb garw serch hynny.

Yr oedd y *Rover* yn nesáu'n gyflym at y llong fawr. Cyn bo hir fe fyddai'r môr-ladron yn ddigon agos i danio arni.

Ond roedd rhai o longau eraill y Portiwgeaid yn dod tuag

atynt erbyn hyn, a chyn bo hir fe fyddai'r *Rover* yng nghanol llongau'r gelyn.

"Mister Dennis!" gwaeddodd Barti. "Y *Bow-chasers!*"

Y gynnau ym mhen blaen y llong oedd y rheini, a'r unig rai a allai obeithio cael ergyd ar y llong oedd yn ceisio dianc. Ffrwydrodd y gynnau yn y bow a sïodd y pelenni ar draws y dŵr. Trwy 'i delisgôp gwelodd Barti un ergyd yn unig yn taro'r llong, roedd pob un arall wedi disgyn yn y dŵr. Ond yr oedd yr un ergyd honno wedi dryllio ffenest y caban o dan y pŵp. Gwenodd Barti wrth feddwl am y llanast a wnaeth yr un ergyd honno yng nghaban y capten!

Ond yn awr yr oedd rhaid iddo wylio'r bae i gyd i weld pa longau a oedd agosaf at y *Rover* ac yn debyg o wneud niwed iddi. Yr oedd un peth sicr, nid oedd yn mynd i allu dilyn ar ôl y llong a oedd wedi ymosod gyntaf arno. Roedd honno'n awr yng nghanol llongau eraill, ac felly'n ddiogel.

Taflodd Barti lygad tua'r cei lle'r oedd y ddwy long ryfel. Chwarddodd yn uchel wrth weld nad oedd yr un ohonynt wedi symud eto! Doedd y Portiwgeaid ddim yn awyddus iawn i ymladd, meddyliodd.

Gwelodd Ashplant yn edrych arno, a gwyddai ei fod yn disgwyl gorchymyn i newid cwrs, gan fod y *Rover* yn dal i fynd yn ei blaen i ganol llongau'r gelyn. Taflodd Barti lygad dros ei ysgwydd i weld ble'r oedd y *Familia Sagrada* arni. Gwgodd wrth weld mai ychydig o bellter oedd hi o'r tir o hyd.

Yna trodd yn ôl at Ashplant ac ysgydwodd ei ben arno, gan wenu yr un pryd.

Mewn syndod a dychryn gwelodd y Portiwgeaid y *Rover* yn hwylio i mewn i'w canol ac — er mawr gywilydd iddynt — yn lle aros i ymladd fe drodd llawer ohonynt o'r ffordd i geisio osgoi dialedd y môr-ladron. Chwarae teg iddynt, yr oeddynt yn disgwyl cymorth y ddwy long ryfel wrth y cei. Ond nid oedd y rheini'n brysio i ddod i'w helpu.

Roedd llawer o'r llongau Portiwgeaidd yn tanio'u gynnau erbyn hyn, ond tanio i geisio dychryn y môr-ladron a wnaent yn bennaf, ac ni ddisgynnodd cymaint ag un ergyd ar y *Rover*. Ond wrth hwylio ymysg y llongau, roedd Dennis a'i wŷr yn tanio hefyd, ac yn cael gwell hwyl o lawer arni. Â'r prynhawn yn dirwyn i ben, roedd y pandemoniwn rhyfeddaf ym Mae yr Holl Saint — gynnau'n tanio'n ddi-stop, gweiddi a sgrechian y môr-ladron a bloeddiadau'r Portiwgeaid am gymorth o rywle.

A'r prynhawn hwnnw yr enillodd Barti Roberts iddo'i hunan enw nas anghofir byth.

Pan edrychodd dros ei ysgwydd nesaf gwelodd fod y *Familia Sagrada* ymhell allan yn y môr.

"Abowt! Mister Ashplant!" gwaeddodd.

Anwesodd Ashplant y llyw yn dyner a daeth y *Rover* abowt yn ufudd. Yn awr hwyliodd yn gylch mawr o gwmpas y bae, ond daliodd i danio ar y Portiwgeaid wrth basio.

Yna roedd genau'r bae o'i blaen eto, ac nid oedd dim rhyngddi a'r môr mawr. Torrodd chwerthin llawen allan ar ei bwrdd. Yr oedd y *Rover* wedi mynd i ganol deugain o longau Portiwgal ac wedi dwyn y mwyaf cyfoethog ohonyn nhw, a dianc yn ddianaf. A'r hyn oedd wedi gwneud y wyrth yna'n bosibl oedd y capten newydd — Barti Roberts o Gasnewy' Bach!

Rhoddodd Ashplant y llyw i un o'r morwyr ac aeth ef a Barti i lawr i'r caban mawr. Cyn bo hir daeth Dennis ac Abram Tomos atynt. Roedd Dennis ac Ashplant yn wên o glust i glust. Oedd, roedd y capten newydd yn drech gŵr hyd yn oed na Chapten Dafydd. A'r tu allan ar y dec, roedd y criw yn siarad amdano gydag edmygedd mawr. Fe wyddai pob un ohonynt eu bod, y diwrnod hwnnw, wedi cyflawni gweithred y byddai sôn amdani'n mynd ar draws y byd i gyd. Ac nid oedd neb yn eu mysg y prynhawn hwnnw na fyddai'n barod i roi ei fywyd dros Capten Roberts.

Dim ond Abram Tomos oedd yn feddylgar ac yn ddistaw. Roedd ef yn ceisio dyfalu sut y gallai Barti fynd yn ôl i Dref-draeth ar ôl yr hyn oedd wedi digwydd.

BRAD

Yr oedd hi'n nosi'n gyflym pan ddaeth y ddwy long — y *Rover* a'r *Familia Sagrada* — at ei gilydd eto. Nid oedd sôn fod y Portiwgeaid yn dod ar eu hôl, o leiaf nid oedd hwyl i'w weld ar y gorwel yn un man, a gwyddai'r môr-ladron na fyddai ganddynt unrhyw obaith i ddod o hyd iddynt ar ôl iddi dywyllu.

Wedi clymu'r *Rover* a'r *Familia Sagrada* wrth ei gilydd, nid oedd ond prin digon o amser i symud trysorau'r llong Bortiwgeaidd i'w llong eu hunain cyn i'r nos ddisgyn ar eu pennau. Yr oedd Kennedy a'i griw wedi dod o hyd i bum cist gerfiedig; ac fe aeth y rheini nawr drosodd i'r *Rover* i Capten Roberts gael eu harchwilio. Aed â hwy ar unwaith i'r caban mawr, ac wedi tynnu'r llenni dros y ffenestri, a chynnau'r lamp, fe aethpwyd ati i'w hagor.

Yr oedd Dennis yno, Ashplant a Simpson, a Barti ac Abram. Yr oedd Kennedy wedi dod o hyd i faril o win ac roedd ef yn rhy brysur neu yn rhy feddw i fod gyda'r cwmni.

Yng ngolau'r lantarn a oedd yn siglo'n ôl a blaen wrth do'r caban, fe aeth Abram Tomos ati i agor y gist gyntaf. Roedd Dennis wedi estyn haearn bachu (*grappling iron*) iddo, a chyda hwnnw a nerth ei ddwylo mawr ei hunan, ni fu'n hir yn rhwygo'r caead ymaith.

Edrychodd y cwmni'n syn ar gynnwys y gist. Ni allai neb ddweud dim gair am foment. Ashplant oedd y cyntaf i dorri'r distawrwydd.

"*Moidores!*' meddai, ac am unwaith roedd ei lais yn isel.

Cododd Barti Roberts ddyrnaid o'r darnau aur melyn a oedd

yn llanw'r gist, yna gadawodd iddynt lithro rhwng ei fysedd yn ôl ar ben y pentwr unwaith eto.

Ond roedd Abram wrthi'n ceisio agor cist arall, a chyn bo hir roedd clawr honno i ffwrdd hefyd. Yr un oedd cynnwys honno wedyn — miloedd o'r darnau aur, melyn, gloyw yn wincio yng ngolau pŵl y lantarn. Roedd pedair o'r cistiau'n llawn o'r darnau aur hyn.

"Sawl moidôr sy yma i gyd ddwedech chi, Mister Simpson?" gofynnodd Barti gan wenu.

Ysgydwodd Simpson ei ben. "Dim llai na hanner can mil, faswn i'n dweud, Capten Roberts. Mae yna ddigon i'n gwneud ni i gyd yn gyfoethog . . . am amser hir, beth bynnag."

Ond roedd y gist fwyaf ar ôl heb ei hagor. Pan dynnwyd y caead oddi ar honno, edrychodd y cwmni i lawr ar groesau, breichledau, coronau, cadwyni a modrwyau aur ac arian. Roedd llawer ohonynt wedi eu haddurno â gemau, ac edrychent yn hardd ac yn wych iawn. Yr oedd ar wyneb y gist ddau beth eithriadol o dlws. Un oedd croes fechan a gemau drosti i gyd. Roedd hi wedi ei cherfio'n gywrain dros ben. Cododd Barti Roberts hi yn ei law a'i dal i fyny i'r lleill gael ei gweld. Winciai'r gemau drudfawr yn y golau gwan fel pethau byw.

Roedd y darn arall yn fwy o faint ac yn fwy drudfawr fyth. Coron gul ydoedd — coron a allai fod wedi addurno pen un o dywysogesau'r Incas yn y gorffennol pell. Yr oedd hyd yn oed y môr-ladron garw yn y caban mawr y funud honno yn dal eu hanadl wrth edrych ar ryfeddod y cerfio ac ar ysblander y gemau.

*   *   *

Ar ôl i'r lleill fynd fe fu Barti Roberts ac Abram ar eu traed yn hwyr yn siarad am lawer o bethau. Roedd y cistiau wedi eu gadael yn y caban mawr dros nos. Bore trannoeth byddai Mister Simpson, yn ei ffordd ofalus, yn rhannu'r trysor rhwng holl ddwylo'r llong.

Daliai Barti'r groes a'r goron yn ei ddwylo o hyd, gan edrych yn feddylgar arnynt.

"Fe allwn i brynu Plas Cilmaen, a'r holl dir sy'n perthyn iddo, â'r ddwy yma, Abram," meddai. Ni ddywedodd Abram ddim.

"Wedyn mae'n debyg y byddwn i'n ddyn mawr gyda Wiliam Ifan, Llwyn-y-gwair."

Meddyliodd Abram — Mae hynna'n ei boeni o hyd . . .

Yna meddai'n uchel, "Fe wnest ti orchestion mawr heddi, Barti. Fe fydd sôn amdanat ti."

"Ba! Wnes i ddim byd anodd iawn."

"Ddim byd anodd? Ond fe arweiniest ti gant ac ugain o ddynion yn erbyn . . . faint? Pedair mil? O leia bedair mil, o ddynion."

Chwarddodd Barti Roberts. "Na, pedair mil o *Bortiwgeaid*, Abram."

Tynnodd ei fysedd yn dyner dros gerfwaith prydferth y goron aur.

"Beth wyt ti am wneud â'r aur fydd yn cael 'i rannu fory, Abram?"

Ysgydwodd y dyn mawr ei ben.

"Fe gaen nhw gadw'n rhan i ohono fe, pe bawn i'n cael mynd adre . . ."

Edrychodd Barti arno. "Fe gawn ni fynd ryw ddiwrnod, gei di weld."

"Mae ein siawns ni'n mynd yn llai o hyd, rwy'n ofni," atebodd Abram.

"Na, na, rwy'n addo i ti, os cawn ni fyw, y byddwn ni'n mynd yn ôl. Gyda'r aur 'ma, fe allwn ni fynd yn fuan iawn. Fe all yr aur ein helpu ni . . ."

"Hy! Aur rhywun arall . . ." Ni orffennodd Abram y frawddeg.

"Pa waeth am hynny. Trwy ddwyn a lladd a sbeilio mae'r gwŷr bonheddig mwya yn y byd wedi dod yn gyfoethog, Abram. Rydyn ni wedi ennill yr aur 'ma mewn brwydr deg . . ."

Ond nid oedd Abram Tomos yn gwrando. Roedd e wedi blino, ac yn awr roedd e'n paratoi i fynd i'w wely.

*   *   *

Trannoeth fe fu Simpson wrthi'n rhannu'r ysglyfaeth a gawsant o'r llong Bortiwgeaidd. Ar ôl rhannu'r aur roedd rhaid edrych ar y cargo i gyd i weld faint o hwnnw y gellid ei rannu hefyd. Er mwyn gweld drosto'i hunan beth oedd yn howld y llong, fe aeth Capten Roberts ei hun drosodd i'r *Familia Sagrada*, ac Abram gydag ef.

Yr oedd y *Familia Sagrada'n* llong hardd iawn drwyddi, ac roedd llawer o waith coed cerfiedig o gwmpas ei starn. Roedd caban y capten yn lle moethus iawn, a'r muriau wedi eu gorchuddio â thapestri cywrain.

Cafwyd bod yr howld yn llawn siwgwr, crwyn, tybaco a bwydydd o bob math. Rhoddodd Barti Roberts orchymyn i'r bwydydd gael eu symud i'r *Rover* yn gyntaf. Wedi'r cyfan roedd bwyd cyn bwysiced â'r aur. Pan oedd ef a thua deugain o'i wŷr yn clirio howld y *Familia Sagrada*, gwaeddodd un o'r morwyr a oedd ar y lwc-owt, "*Sail-ho!*"

Rhuthrodd Barti i'r dec gan feddwl yn siŵr fod y Portiwgeaid wedi dod ar eu hôl. Ond gwelodd yn fuan mai un llong yn unig oedd yn y golwg — yn hwylio'n hamddenol ar draws y starbord bow. Llong fasnach oedd hi hefyd, yn ôl pob golwg, ac ar unwaith, meddyliodd Barti y byddai'n beth da i'w chymryd hi.

Felly, yn lle gwastraffu amser trwy fynd yn ôl ar fwrdd y *Rover*, fe roddodd orchymyn i godi hwyliau ar y *Familia Sagrada*. Ni fyddai'r llong arall yn amau dim wrth weld un o longau Portiwgal yn hwylio tuag ati. Cyn pen fawr o dro, roedd y *Familia Sagrada* o dan gynfas yn hwylio ar ôl y llong fasnach. Roedd Barti wedi meddwl y byddai'n ei dal mewn byr amser, ond yn awr fe sylweddolodd hwylreg mor sâl oedd y *Familia Sagrada*, ac ni allai lai na hiraethu na fyddai deciau'r *Rover* o dan ei draed y funud honno. Pe bai hi'n dilyn y llong ddieithr y funud honno, gwyddai y byddai yn awr ar ei gwarthaf.

Safai gydag Ashplant, Dennis ac Abram yn y bow.

"Ydyn ni'n ennill arni?" gofynnodd.

"Yn araf iawn, Capten Roberts," meddai Dennis. Er buddugoliaeth y diwrnod cynt roedd Dennis wedi dechrau galw "Capten Roberts" arno, 'run fath â Simpson.

"Rhaid i ni gael rhagor o hwyliau ar hon, Mister Ashplant,"

meddai. Ond er iddynt godi ychwaneg o gynfas arni, diog iawn oedd y *Familia Sagrada* o hyd. Cnodd Barti ei wefus mewn tymer ddrwg. Ni allai droi'n ôl i'r *Rover* yn llaw-wag, neu fe fyddai Kennedy yn siŵr o gael sbort am ei ben. Ond yr oedden nhw'n prysur fynd o olwg y *Rover* a dechreuodd Barti ofidio ei fod wedi mentro ar siwrnai ffôl iawn.

Pe bai wedi troi yn ei ôl bryd hynny, a gadael i'r llong ddieithr fynd yn ddianaf ar ei thaith, byddai wedi bod yn ddoeth. Awgrymodd Ashplant ei fod yn gwneud hynny, ond am unwaith gwrthododd Barti gyngor yr hen gapten profiadol. Bu'n edifar ganddo ganwaith.

Erbyn hyn roedd hwylbrenni'r *Rover* wedi suddo i'r môr yn y starn. Ond roedd y llong ddieithr yn y golwg o hyd. A oedd hi rywfaint yn nes atynt yn awr? Ni allai Barti fod yn siŵr.

Roedd hi'n brynhawn pan ildiodd Barti i gyngor Ashplant mai gwell fyddai troi'n ôl at y *Rover*.

Ond erbyn hynny roedd hi'n rhy hwyr. Yr oedd y ffawd a oedd wedi gwenu ar Barti y diwrnod cynt yn awr wedi troi yn ei erbyn. Fe newidiodd cyfeiriad y gwynt yn sydyn, ac yn awr roedd e'n eu chwythu i ffwrdd oddi wrth y *Rover*. Ond meddyliodd Barti y byddai Ashplant â'i brofiad mawr yn siŵr o allu defnyddio hyd yn oed croeswynt i'w cael yn ôl at y *Rover*. Ond roedd y llong yma'n ddieithr i Ashplant a phawb, a chafwyd ei bod hi'n anodd iawn ei thrin pan fyddai'r gwynt yn ei herbyn. Fe geisiodd Ashplant newid tac yn aml er mwyn ceisio ennill peth môr. Ond yn ofer. Yna darganfu fod yna gerrynt yn y môr yn eu rhwystro, ac yn wir, yn eu tynnu i'r cyfeiriad arall.

Daeth y nos a barnai Ashplant eu bod filltiroedd lawer oddi wrth y *Rover*. Er i Barti Roberts ac Abram gysgu yng nghaban gwych y *Familia Sagrada*, ni chafodd yr un o'r ddau lawer o gwsg esmwyth. Pan ddaeth gwawr bore trannoeth, gwelsant fod y llong wedi drifftio'n araf yn ystod y nos i olwg tir Brasil. Roedd y gwynt yn dal o'r un cyfeiriad anffafriol o hyd. Rhoddodd Barti Roberts orchymyn ar unwaith i fwrw angor, rhag i'r gwynt a'r cerrynt eu gyrru ar y lan.

Fel roedd hi'n digwydd, roedd y cwch a ddefnyddiodd Capten Roberts i fynd ar fwrdd y *Familia Sagrada* y diwrnod cynt, gyda nhw o hyd. Ac yn awr fe benderfynodd yrru wyth o'i ddynion yn y cwch hwnnw i roi gwybod i'r lleill ar y *Rover* ble'r oeddynt a beth oedd eu cyflwr.

Nid oedd neb yn awyddus iawn i fynd ar siwrnai mor beryglus. Ond ar ôl i Abram Tomos ddod ymlaen i'w gynnig ei hun, fe gafwyd saith arall i fynd gydag ef. Fe lwyddodd y cwch a'r rhwyfau lle y methodd y llong a'r hwyliau, a chyn bo hir nid oedd y cwch yn ddim ond smotyn bach ar y gorwel fan draw.

Aeth deuddydd arall heibio a'r llong wrth angor yng ngolwg y tir. Ni allent symud ymhell yn awr rhag ofn y byddai'r *Rover* yn methu dod o hyd iddynt.

Yna daeth Dennis at y capten a dweud fod y dŵr ar y llong wedi gorffen. Drwy'r dydd hwnnw fe fu'r morwyr yn dioddef syched heb achwyn dim. Ond erbyn bore trannoeth roeddent yn dioddef yn arw iawn, ac roedd rhyw ddiflastod mawr wedi disgyn ar bawb. I wneud pethau'n waeth, roedden nhw'n gallu gweld dŵr grisial yn rhedeg i lawr dros ochr hen graig serth ar y lan. Edrychai pawb at y capten am ymwared.

Tua hanner dydd y diwrnod hwnnw, rhoddodd Barti orchymyn i'r morwyr godi estyll dec y *Familia Sagrada* i wneud rafft (gan nad oedd ganddynt yn awr enw o gwch ar ôl). Tra oedd rhai'n codi'r coed, roedd eraill wrthi yn eu clymu â rhaffau. O'r diwedd yr oedd ganddynt rafft, ddigon anniogel, i fynd â nhw i dir i mofyn dŵr, ac efallai gig ffres. Ond serch hynny, nid aeth neb i dir y diwrnod hwnnw gan ei bod wedi mynd yn hwyr erbyn gorffen y rafft. Trwy'r nos ofnadwy honno buont i gyd yn diodde syched difrifol, ac nid aeth fawr neb i gysgu. Yna pan dorrodd y wawr gollyngwyd y rafft wan i'r môr, a rhwyfwyd yn araf tua'r lan. Pedwar dyn oedd arni, ac roedd Dennis yn un ohonynt.

Llwyddasant i ddod yn ôl yn ddiogel ymhen hir a hwyr, a dŵr ffres o'r nant gyda nhw. Wedyn fe aeth y rafft i dir eto, a llwyddwyd i gael tipyn o gig ffres trwy hela. Nid oedd enaid byw i'w weld yn unman ar y tir anghysbell hwnnw. Ond gwyddent y gallai'r Indiaid fod yn llercian yn y coed ac yn eu gwylio.

Yr oedd Barti Roberts fel llew mewn caets. Fe gerddai'r dec

yn ôl ac ymlaen drwy'r dydd bron. Roedd e'n disgwyl gweld hwyliau'r *Rover* yn dod i'r golwg ar y gorwel.

Ar yr wythfed diwrnod ar ôl iddo gychwyn allan, daeth y cwch yn ôl. Yr oedd y morwyr ynddo mewn cyflwr ofnadwy, a dim ond Abram Tomos oedd yn ddigon cryf i rwyfo pan ddaeth y cwch along-seid. Roedd y trueiniaid wedi bod ddyddiau heb fwyd na dŵr, a phan godwyd hwy i'r dec edrychent fel sgerbydau bob un. Roedd ganddynt stori ofnadwy i'w hadrodd. Roedd Kennedy wedi hwylio ymaith â'r *Rover*, a'r holl drysor ynddi, a gadael y capten a'r deugain o wŷr oedd ar y *Familia Sagrada* i'w dyfeisiau eu hunain.

Fe welwodd grudd Barti Roberts pan glywodd hyn. Cydiodd yn reilen y pŵp a gwasgu mor galed nes bod ei gymalau'n wyn. Yr oedd rhegfeydd Valentine Ashplant yn ofnadwy i'w clywed, ac roedd amryw o'r morwyr yn llefain yn eu dicter tuag at y bradwr — Kennedy — a oedd wedi eu gadael yn y fath gyflwr truenus. Daeth Barti i lawr o'r pŵp atynt. Safodd yn eu canol a dywedodd, "Gyfeillion, rydyn ni wedi cael ein bradychu'n arw iawn gan Walter Kennedy a'r gweddill o griw'r *Rover*, ac mae'n edrych yn dywyll iawn arnon ni ar hyn o bryd. Ond rwy'i am i chi fod yn galonnog oherwydd rwy'n bwriadu'ch arwain chi o'r lle 'ma, ac rwy'n addo i chi . . . os byth y dof fi ar draws Walter Kennedy eto, fe fydd e'n gorfod talu'n llawn am y niwed y mae e wedi'i achosi i bob un ohonon ni."

Torrodd gwaedd fawr ar ei draws pan ddywedodd hyn — gwaedd a oedd yn llawn o ddicter tuag at y dyn a oedd wedi eu bradychu.

Bore trannoeth symudodd y gwynt i'r de, a chyn hanner dydd roedd e'n chwythu'n gryf o'r cyfeiriad hwnnw. Codwyd hwyliau ar y *Familia Sagrada*, a dechreuodd symud tua'r gogledd unwaith eto.

Erbyn hyn yr oedd yn gas gan Barti Roberts y llong yma. Roedd hi mor araf ac mor anodd ei thrin mewn tywydd dipyn yn arw, fel y dyheai bob awr bron am y *Rover* a oedd yn llong mor ardderchog. Ond yr oedd honno yn nwylo Kennedy, ynghyd â'r holl gyfoeth. Na, nid yr holl gyfoeth chwaith, meddyliodd, gan roi ei law ym mhoced ei got. Tynnodd allan y

groes fechan â'r gemau drosti i gyd. Yr oedd ef wedi rhoi
honno yn ei boced heb sylweddoli ei fod yn gwneud hynny —
ac yn awr fe deimlai'n falch ei fod wedi achub cymaint â hynny
rhag syrthio i ddwylo'r Gwyddel.

Y GREYHOUND

Aeth wythnosau heibio, a'r *Familia Sagrada*'n llusgo'i ffordd i fyny gydag arfordir Brasil. Yr oedd hi'n daith bell, a phob yn awr ac yn y man byddai'n rhaid glanio mewn rhyw fae bach tawel i gael dŵr a bwyd ffres i'r criw.

Aethant heibio i enau'r afon anferth honno — yr Amason — a chael eu cludo dipyn allan i'r môr gan ei llif nerthol.

Ar ôl deufis barnai Ashplant eu bod yn nesáu at Trinidad ac Ynysoedd Windward unwaith eto.

Yna pan gododd Capten Roberts un bore a dringo i'r pŵp-dec, gwelodd long yn ymyl y *Familia Sagrada*, yn hwylio i'r un cyfeiriad â hi. Yr oedd y ddwy long wedi closio at ei gilydd yn ystod y nos, heb yn wybod i'r naill na'r llall.

Rhoddodd y capten ei delisgôp wrth ei lygad. Roedd hi'n ddigon agos iddo allu gweld ei henw ar y bow. *Greyhound, Bristol* oedd y geiriau a ddarllenodd. Daeth Ashplant i fyny'r grisiau. Roedd yntau hefyd wedi gweld y llong. Yna trodd Barti Roberts ei delisgôp ar y dec. Yno gwelodd olygfa ryfedd iawn. Roedd y dec yn ddu i gyd, fel pe bai miloedd o chwilod yn ei cherdded. Estynnodd y telisgôp i Ashplant.

"Caethweision!" meddai hwnnw ar unwaith. "Slefer yw hi!"

Nid oedd Barti Roberts heb wybod am y llongau dychryn-llyd hyn. Byddai eu capteiniaid yn mynd i draethau Affrica i brynu neu i ddwyn, trwy dreisio, ddynion, merched a phlant, i'w gwerthu eilwaith am bris uchel yn y Gorllewin, lle'r oedd angen caethweision i weithio dros y meistri gwynion. Byddai capteiniaid y llongau hyn yn gyrru cannoedd o'r dynion duon anffodus i lawr i howld eu llongau, a'u cau yno mewn lle cyfyng le na chaent fawr o olau nac awyr iach. Ac wrth gwrs, byddai llawer o'r caethweision yn marw cyn cyrraedd y Byd Newydd.

Teimlodd Barti ei waed yn berwi wrth feddwl am gyflwr truenus y caethweision hyn. Yr oedd yr hyn a oedd yn digwydd iddyn nhw wedi digwydd iddo yntau.

Erbyn hyn roedd ei ddeugain morwr i gyd ar y bwrdd yn gwylio'r llong ddieithr.

"Mister Dennis!" gwaeddodd Barti. "Y gynnau!"

"Ai-ai!" gwaeddodd yr hen Dennis. Roedd e'n falch o gael gwneud rhywbeth o'r diwedd.

"Maen nhw'n gyrru'r dynion duon bilô, Capten Roberts. Maen nhw wedi dechrau'n hamau ni rwy'n meddwl . . . ydyn! Maen nhw'n gosod rhagor o hwyliau!"

Fe gymerodd amser i ryddhau'r gynnau o'u blociau, ac i gludo'r powdwr i'r dec. Yr oedd deg gwn ar hugain ar y *Familia Sagrada*, ond gynnau dieithr oedden nhw, ac nid gynnau cyfarwydd y *Rover*.

"Taniwch un ergyd ar draws 'i bow, Mister Dennis!" gwaeddodd Barti, wrth weld y llong yn dechrau gadael y *Familia Sagrada* ar ôl. Roedd e'n gobeithio y byddai hynny'n ddigon i godi ofn arnyn nhw a gwneud iddyn nhw ildio.

Fe daniodd y gwn, ond dal i hwylio'n gyflym oddi wrthynt a wnâi'r slefer. Yn fuan iawn roedd hi allan o gyrraedd yr un gwn.

"*Greyhound* yw 'i henw hi, a greyhownd yw hi hefyd! Mae hi gymaint arall ynghynt na'r hen dwba 'ma!" Ciciodd Barti reilen y pŵp yn ei dymer ddrwg.

Erbyn hanner dydd roedd y *Greyhound* wedi diflannu o'u golwg. Tua dau o'r gloch y prynhawn hwnnw fe gododd cymylau duon yn y dwyrain, a chododd y gwynt. Cyn bo hir roedd hi'n chwythu gêl lawn, a chodai ambell don fawr a golchi dros ddec y *Familia Sagrada*. Rowliai'r hen long afrosgo yn y môr fel dyn meddw, ond o'r diwedd roedd hi'n mynd o flaen y gwynt yn weddol gyflym beth bynnag — roedd hi'n gorfod!

Ond roedd y gwynt yn codi o hyd a'r llong yn rowlio'n beryglus. Yn waeth na dim roedd y nos yn agosáu, a phe bai'r storm yn parhau drwy'r nos fe allai'r llong gael ei chwythu i'r lan yn y tywyllwch.

Ar ôl trafod gydag Ashplant a Dennis beth oedd orau i'w wneud, penderfynodd Capten Roberts eu bod yn chwilio am le i gysgodi nes byddai'r gwynt wedi gostegu. Felly fe adawodd i'r *Familia Sagrada* ddrifftio i olwg y tir, fel y gallent chwilio am gilfach neu fae bychan i droi iddo dros nos.

Buont yn ffodus. Cyn iddi nosi'n llwyr fe welsant enau bae bychan o'u blaenau, ac aeth y *Familia Sagrada* yn syth amdano.

Yr oedd hi'n nos dywyll erbyn iddynt lithro i mewn i'r bae cysgodol, ond fe wyddent eu bod wedi ei gyrraedd wrth deimlo'r hen long yn ymlonyddu.

Gan na wyddai Barti Roberts ym mhle'r oeddynt na phwy oedd o gwmpas y bae bach hwnnw, fe roddodd orchymyn na fyddai'r llong yn dangos golau o gwbwl y noson honno. Felly, ar ôl bwrw angor, a rhoi pedwar morwr ar lwc-owt, fe aeth y lleill i gysgu.

*   *   *

"Capten Roberts!" Trodd Barti yn ei wely ac agorodd ei lygaid. Gwelodd y morwr bach, Pring, wrth ymyl ei wely.

"Beth sy?" gofynnodd.

"Y llong . . . y slefer . . ."

"Beth amdani?"

"Mae hi yma."

Neidiodd Barti Roberts i'w ddillad a rhuthro i fyny i'r dec. Nid oedd hi eto wedi dyddio'n iawn. Gorweddai niwl tenau'r wawr dros bob man. Pwyntiodd Pring trwy'r niwl, ac edrychodd Barti i'r cyfeiriad hwnnw. Gwelodd gysgod llwyd llong yn gorwedd heb fod ymhell oddi wrthynt. Yna daeth sŵn lleisiau uchel ar draws y dŵr i'w glustiau. Gallai glywed rheg-feydd uchel, a dynion yn siarad Saesneg. Yn amlwg, meddyl-iodd, nid oedd y llong arall eto wedi darganfod fod cwmni ganddi yn y fan honno. Fe deimlodd ias yn ei gerdded! Roedd yr hen *Familia Sagrada* wedi angori wrth enau'r bae, ac felly roedd hi rhwng y llong yma a'r môr agored. Ni thalai ei chyflymder ddim iddi nawr — roedd hi mewn trap!

Rhoddodd orchymyn i Pring ddihuno'r lleill, heb gadw dim swn o gwbwl.

Cyn bo hir roedd morwyr y *Familia Sagrada* i gyd ar eu traed. Aeth Mister Dennis â'r rhan fwyaf o'r dwylo at y gynnau mawr. Roedd yn rhaid eu hail-lwytho i gyd, gan fod y storm y noson gynt wedi gwlychu'r powdwr yn eu barilau. Gweithiai pawb yn ddistaw fel llygod. Yna fe yrrwyd dwylo i'r rigin i godi'r mensl yn unig. Roedd awel fach ysgafn yn chwythu o'r tir.

Yna torrodd gwaedd fawr o ddec y llong arall. Nid oedd angen dyfalu beth oedd wedi digwydd — roedden nhw wedi gweld y *Familia Sagrada*.

Nid oedd galw am fod yn ddistaw bellach. Rhoddodd Barti orchymyn i godi'r angor, ac aeth swn grwgnachlyd y gadwyn rydlyd ar draws y bae i gyd.

Daeth yr hen long abowt yn ddiog, ac yn awr roedd ei brodseid tuag at y slefer. Gyda hynny torrodd yr haul drwy'r niwl, gan ei chwalu'n gyflym.

Cyn pen fawr o dro wedyn roedd y ddwy long yn glir yng ngolwg ei gilydd a gallai Barti Roberts rifo'r pennau ar y dec. Nid oedd ond rhyw hanner dwsin ohonynt yn rhai duon; rhaid bod y caethweision i gyd wedi eu cau bilô.

Meddyliodd Barti eto am y trueiniaid a oedd i lawr yn yr howld heb olau nac awyr iach, efallai yn marw wrth y dwsinau.

Daeth Dennis ato i ddweud fod y gynnau i gyd wedi eu llwytho.

"Sawl gwn sy arni, Mister Dennis?" gofynnodd Barti, gan gyfeirio at y slefer.

Edrychodd yr hen beiret profiadol ar draws y dŵr ar y *Greyhound*.

"Deg neu ddeuddeg, os nad yw hi'n cuddio rhai, Capten Roberts," meddai.

Teimlodd Barti'n llawen iawn. Deg neu ddeuddeg yn erbyn deg ar hugain! Dringodd i ben ffocsl uchel yr hen long Bortiwgeaidd, a gwaeddodd ar draws y bae.

"*Ahoy there!*" Distawrwydd llethol wedyn rhwng y ddwy long. Gwaeddodd Barti eto: "Mae Capten Bartholomew Roberts yn cyfarch capten y *Greyhound* ac yn gofyn am ei bresenoldeb ar fwrdd y *Familia Sagrada* ar unwaith."

Dim ateb o fwrdd y *Greyhound*.

Roedd tân Mister Dennis yn mygu yn y badell, a'r ffaglau'n mudlosgi. Gwgodd Barti Roberts mewn petruster. Pam na fuasen nhw'n gwneud rhywbeth? Nid oedd ef am danio ar y *Greyhound* pe bai modd ei chael heb ei niweidio. Os byddai'n rhaid tanio, yna byddai'n rhaid anelu at y mastiau a'r rigin. Fe allai gollwng brodseid i gorff y llong wneud llanast mawr iawn ymysg y caethweision duon.

"Rwy'n rhoi pum munud i chi!" gwaeddodd eto ar draws y dŵr.

Yna poerodd gynnau'r *Greyhound* dân a mwg. Disgynnodd y pelenni mawr yn ystlys y *Familia Sagrada*, a chlywodd pawb sŵn ei choed yn rhwygo ac yn hollti. Yn y distawrwydd a ddaeth wedyn, clywodd Barti sŵn y dŵr yn rhuthro i mewn i howld y llong. Roedd hi wedi ei thyllu yn agos i wyneb y môr. Yna clywodd sŵn bloeddio a chrio gwallgof yn dod o'r llong arall. Ni chlywsai erioed y fath sŵn â hwnnw — fel sŵn anifeiliaid gwylltion mewn poen.

Edrychodd Dennis i fyny ar y capten. Yr oedd yn disgwyl arwydd i danio'n ôl. Ond ni chafodd arwydd gan Barti Roberts. Roedd hwnnw'n edrych fel pe bai'n methu'n lân â phenderfynu beth i'w wneud. Roedd e'n gwylio'r *Greyhound* yn ofalus, ac yn gwrando ar y sŵn annaearol a ddeuai o'i pherfeddion.

Yna gwelodd olygfa a wnaeth i'w galon lamu. Yn sydyn fe lifodd afon o chwilod duon ar draws dec y *Greyhound*, ac ar unwaith fe wyddai beth oedd wedi digwydd. Roedd y caethweision wedi torri'n rhydd!

Roedden nhw wedi bod yn gaeth yn y tywyllwch a'r afiechyd yn yr howld mor hir nes eu gyrru bron yn wallgof. Ond pan daniodd gynnau mawr y *Greyhound* roedden nhw wedi gwallgofi'n llwyr. Ac yn awr nid oedd chwip y capten a'i griw gwyn yn mynd i'w rhwystro ddim. Rywfodd neu'i gilydd fe dorrwyd yr hats oedd wedi ei chau arnynt. Gwelodd Barti'r criw'n ceisio'u hamddiffyn eu hunain â chleddyfau. Clywodd hwy'n tanio'u gynnau i ganol y dorf fawr ddu oedd yn cau amdanynt. Ond byddai cystal iddynt geisio rhwystro llanw'r môr â rhwystro'r llif du hwnnw. Gwelodd Barti trwy ei delisgôp ddynion gwynion yn cael eu taflu i'r môr. Yna roedd y dynion duon yn y môr hefyd, ugeiniau os nad cannoedd ohonynt, a'r rheini'n nofio'n gyflym tua'r lan.

Edrychodd i lawr ar Dennis a oedd yn gorwedd yn ymyl un o'r gynnau mawr. Roedd llygaid hwnnw'n grwn gan syndod a dychryn. Gwelsant y don ddu yn symud yn araf tuag at y lan. Roedd hi'n amlwg fod y rhan fwyaf o'r caethweision yn gallu nofio. Ond rhaid bod nifer dda ohonynt wedi boddi serch hynny, oherwydd fe welodd Barti sawl un yn ymdrybaeddu ac yn suddo yn y dŵr.

"Y cwch i'r dŵr!" gwaeddodd Barti. Yna roedd Abram Tomos a dau neu dri arall yn gollwng y cwch dros yr ochr. Barti oedd y cyntaf yn mynd iddo. Aeth dwsin o wŷr arfog ar ei ôl, yn cynnwys Ashplant ac Abram Tomos. Aeth y cwch heibio i nifer o gyrff morwyr gwynion yn fflotio yn y dŵr. Gwelsant rai a oedd yn fyw hefyd. Roedd y rheini'n nofio o gwmpas y *Greyhound*. Ond cyrff y bobl dduon oedd yn fwyaf niferus yn y môr serch hynny. Wrth geisio'u rhifo fe welodd Barti faint oedd y weithred o ddianc o'r howld wedi ei gostio iddynt.

Dringo i ddec y slefer. Nid oedd enaid yn symud yn un man. Cyrff du a gwyn eto — yn gorwedd yn gymysg o gwmpas y dec. Deuai aroglau anhyfryd iawn i fyny o'r howld trwy'r hats agored, a theimlai nifer o'r môr-ladron fel cyfogi.

Cerddodd y cwmni at ddrws y caban mawr o dan y pŵp. Yr oedd y drws ynghau.

Fe geisiodd Barti ei agor, ond roedd e'n ymddangos fel pe bai wedi ei gloi. Yna taflodd Abram Tomos ei ysgwydd fawr yn erbyn y drws. Torrodd y glicied gyda chlec uchel. Rhuthrodd y môr-ladron i mewn. Yno roedd rhyw ddeg neu ddeuddeg o ddynion yn dwr bychan ym mhen pella'r caban. Aelodau o griw'r *Greyhound* oedden nhw, wedi eu cloi eu hunain i mewn yn y caban pan welsant fod y caethweision wedi torri allan o'r howld.

Roedd cleddyf Barti Roberts yn ei law.

"P'un ohonoch chi yw'r capten?" gofynnodd yn gwta.

"Fi," meddai dyn tew, a chot las seimllyd amdano. "Capten Fox o Fryste, ac rwy'i am eich rhybuddio chi, syr . . ."

"Cau dy geg!" meddai Barti. "Wel, Capten Fox," meddai wedyn, "mae arna i eisie'r llong 'ma. Ond rwy'i 'i heisie hi'n lân, wyt ti'n deall?"

Edrychodd y capten yn syn arno.

"Ond does gen i ddim dwylo . . ." dechreuodd.

"Rwyt ti'n un," meddai Barti, gan edrych yn ddig arno.

"Ond, Capten . . . y . . . rwy'i wedi anghofio'r enw . . ."

"Bartholomew Roberts. Wyt ti'n drwm dy glyw, dwêd?" Nid oedd neb o'r môr-ladron wedi gweld Barti mor sarrug ac anghwrtais. Roedd hi'n hawdd gweld ei bod yn gas ganddo'r dynion yma, sef y capten a rhai o ddwylo'r slefer, a oedd wedi cam-drin y caethweision duon.

"Dewch â nhw allan i'r dec," meddai wrth Abram ac Ashplant a'r lleill. Yr oedd dau bistol mawr ar annel yn nwylo Ashplant, a gwnaeth arwydd ar y dwsin o ddwylo'r *Greyhound* i fynd allan i'r dec. Fe aethant heb brotestio dim. Yr oedd hi'n amlwg eu bod yn disgwyl y byddent yn cael eu cam-drin ac efallai eu lladd gan y dyn ifanc sarrug a oedd wedi cymryd eu llong.

"I lawr i'r howld, Capten Fox," meddai Barti.

Yr oedd llygaid hwnnw'n fawr gan ofn.

"Na! Na! Capten Roberts . . . y . . . mae'n afiach iawn lawr fan 'na . . . mae nifer o'r caethweision wedi marw lawr fan 'na . . ."

Gwenodd Barti Roberts fel y gŵr drwg ei hunan.

"Ydy, mae'n afiach lawr fan 'na, Capten; mae'r aroglau annifyr sy'n dod i fyny yn ddigon i brofi hynny. Ond mae'n rhaid i fi gael y llong wedi 'i glanhau, syr. Dyw hi'n werth dim i mi fel y mae. Felly i lawr â chi. Chi sy'n gyfrifol 'i bod hi yn y fath gyflwr, Capten Fox. Dŷch chi ddim yn disgwyl i ni 'i glanhau hi, ydych chi?"

"Taech chi'n gallu dal rhai o'r dynion duon, Capten Roberts . . ."

Ni chafodd orffen. Yr oedd Barti wedi cydio yn ei

150

ysgwyddau a'i wthio'n sydyn i lawr y twll i'r howld drewllyd. Clywsant dipyn o glindarddach, yna gwaedd fawr wrth iddo gyrraedd y gwaelod.

Trodd Barti at y lleill.

"Ydych chi'n mynd yn dawel . . . neu ydych chi am i fi a'r bechgyn 'ma eich gorfodi chi?"

O un i un aeth y morwyr ar ôl eu capten i lawr i'r twll tywyll.

"Fe fyddwn ni'n estyn bwcedi'n llawn o ddŵr y môr i chi. Rwy am i'r lle yna edrych fel parlwr y Frenhines pan ddo i lawr i weld eich gwaith chi."

Yna llais Capten Fox yn gweiddi o'r dyfnderoedd,

"Y . . . Capten Roberts, syr . . . y . . . mae yma ryw ugain o gyrff . . ."

"Wel, dewch â nhw i fyny'r grisiau, Capten, i chi gael 'u claddu nhw'n barchus yn y môr . . ."

Erbyn hynny roedd tri arall o griw'r *Greyhound* wedi dod i fyny o'r môr. Y rheini oedd y rhai a welsai Barti a'r lleill yn nofio o gwmpas y llong pan oedden nhw'n croesi i'r *Greyhound*.

Rhoddodd Barti'r rhain ar waith i estyn bwcedi'n llawn o ddŵr hallt i'r rhai a oedd yn gweithio yn yr howld. Yr oeddynt wrthi â'u holl egni yn y dyfnder drewllyd, nid am eu bod yn mofyn plesio Capten Roberts, ond yn bennaf er mwyn cael gorffen a dod i fyny i'r awyr iach.

O hirbell gwyliodd Barti Roberts y cyrff distaw yn dod i fyny o'r howld, ac yn cael eu taflu dros yr ochr i'r môr. Yr oedd hi'n hen bryd i rai ohonyn nhw gael eu rhoi o olwg dynion hefyd, meddyliodd.

Cododd gwaedd o fwrdd y *Familia Sagrada*. Pan edrychodd Barti gwelodd un o'r morwyr yn ceisio gwneud arwyddion gwyllt arno. O'r diwedd deallodd y neges. Roedd yr hen long yn suddo! Gwenodd wrtho'i hunan. Oedd, roedd hi'n suddo'n ara' bach, ac nid oedd yn edifar ganddo am hynny. Nid oedd wedi hoffi'r *Familia Sagrada* er pan roddodd droed gyntaf ar ei dec. Byddai'n dda ganddo ei gweld yn mynd dan y dŵr, oher-wydd fe deimlai mai hi oedd wedi bod yn gyfrifol am yr holl droeon anffodus a oedd wedi dod i'w ran er pan gafodd y gorau ar y Portiwgeaid ym Mae'r Holl Saint.

Gwnaeth drefniadau ag Ashplant i gael y criw i gyd oddi ar ei bwrdd ac ar y *Greyhound*. Wedyn fe gâi suddo yn ei hamser ei hun — yr hen fuwch ddiog â hi, meddai wrtho'i hunan.

Fe gadwodd Barti Roberts y pymtheg aelod o griw'r *Greyhound* wrth eu gwaith o lanhau'r howld am bum awr. Yna roedd Mister Dennis wedi mynd i lawr a chyhoeddi fod y lle'n lân unwaith eto. Roedd golwg ryfedd ar y pymtheg pan adawyd iddynt ddod i fyny i awyr iach y dec unwaith eto. Roedd eu dillad yn fudreddi i gyd a'u hwynebau bron cyn dduad â'r rhai a oedd wedi bod yn yr howld o'u blaenau. Yr oeddynt yn arogli'n gas bob un.

Daliodd Barti Roberts ei drwyn rhwng ei fys a'i fawd a thynnodd wynebau arnynt.

"Mae tipyn o ddrewdod ar ôl ar y llong 'ma o hyd, Mister Dennis," meddai, gan edrych yn wgus ar y pymtheg yn sefyll ar y dec.

"Oes, Capten Roberts," meddai Dennis.

"Wel, rhaid i ni gael gwared arno, Mister Dennis."

"Yn wir, Capten. Y . . . beth fyddech chi'n awgrymu . . ."

"Y môr, Mister Dennis? Mae dŵr hallt yn gallu gwneud gwyrthiau i gael gwared ar ddrewdod.

Yr oedd y gweddill o'r môr-ladron yn gwenu wrth wrando ar y chwarae yma'n mynd ymlaen rhwng Dennis a'r capten.

Aeth Dennis yn nes at gapten y slefer a'i griw.

"Mae'r capten yn awgrymu eich bod chi'n mynd i'r môr i lanhau'ch hunen . . ."

"A . . . Capten Fox," gwaeddodd Barti, "ar ôl i chi fynd i'r môr, fydd 'na ddim croeso i chi ar fwrdd y *Greyhound*. Dwy'i ddim eisie'ch gweld chi ar y bwrdd byth ragor, ffrindie. Y!" Gan ddal ei drwyn unwaith eto.

Yr oedd dychryn yn amlwg ar wynebau'r pymtheg.

"Trugaredd er mwyn y nefoedd, Capten Roberts!" gwaeddodd Capten Fox.

"Trugaredd!" meddai Barti'n wawdlyd. "Chi sy'n sôn am drugaredd? Faint o drugaredd ddangosoch chi tuag at y dynion duon oedd wedi'u cau fel anifeiliaid yn yr howld? Ond fe gewch chi drugaredd gen i, Capten Fox. Fe ddylswn eich crogi wrth y iardarm fan hyn, ond wna i ddim. Na, fe gewch chi'ch bywydau gen i. Ond nawr — dros yr ochor i'r môr. Mae'r lan yn ymyl a does dim angen i'r un ohonoch chi foddi . . ."

"Y lan, Capten Roberts! Ond mae'r caethweision ar y lan!"

"Wel?"

"Wel, fe gawn ein lladd bob un!"

Trodd Barti ei ben fel pe bai'n gwrthod dadlau rhagor.

"Dros yr ochor â nhw, Mister Dennis," meddai'n derfynol.

Tynnodd Dennis ei gytlas.

"Does gan y capten ddim rhagor i'w ddweud. P'un ohonoch chi sy'n mynd gynta?"

Nid oedd yn ymddangos fod un ohonynt yn barod i fynd.

"Oes rhaid i ni osod y planc?" gofynnodd Dennis. Neidiodd un o'r pymtheg i'r dŵr. Fe wyddai'n iawn beth oedd y planc, ac nid oedd am aros rhagor. Aeth un arall ar ei ôl. Yna aeth Capten Fox i'r dŵr. Pwysai Barti Roberts ar reilen y pŵp yn eu gwylio'n taro am y traeth. Fe deimlai'n falch fod pob un yn gallu nofio. Ni symudodd o'r fan lle y safai nes gweld y pymtheg yn cyrraedd y traeth bach, melyn. Wedyn bu'n chwilio'r lan am ryw arwydd o'r dynion duon a oedd wedi dianc i'r coed. Ond er iddo edrych yn fanwl trwy delisgôp, ni welodd unrhyw arwydd ohonynt. Roedd y trueiniaid wedi mynd mor bell ag y gallent oddi wrth y llong a'r lan, meddyliodd.

Y noson honno fe fu brwmstan yn mygu drwy'r nos yn howld y *Greyhound*. Brwmstan a ddefnyddiai capten pob slefer i buro'r howld ar ôl cael gwared o'i lwyth o gaethweision.

Cyn i'r *Familia Sagrada* suddo, fe lwyddwyd i symud ugain o'i gynnau mawr i'r *Greyhound*. Yr oedd honno yn awr yn llong o ddeg ar hugain o ynnau. Roedd hi'n llong dda iawn hefyd, a theimlai'r môr-ladron yn llawen iawn eu bod unwaith eto â'u traed ar ddec llong gyflym, gadarn. Pan dorrodd y wawr drannoeth, roedd yr hen *Familia Sagrada* wedi suddo o'r golwg.

Paratôdd Barti i hwylio allan o'r bae bach, cysgodol hwnnw. Ar y funud olaf fe drugarhaodd wrth y pymtheg dyn gwyn ar y lan, ac fe adawodd un o gychod yr hen long Bortiwgeaidd i ddrifftio tua'r tir. Yna codwyd hwyl ar y *Greyhound* a hwyliodd allan i'r môr agored.

Ar ôl cynnal cyfarfod o'r criw, fe benderfynwyd newid ei henw. Yn y diwedd cytunwyd mai y *Royal Fortune* fyddai ei henw o hynny ymlaen. Ac fel y *Royal Fortune* y daeth hi'n enwog drwy'r byd i gyd fel llong Barti Roberts y môr-leidr.

TORTUGA

Yn ystod y misoedd nesaf, hwyliodd y *Royal Fortune* y moroedd yn llwyddiannus iawn. Fe gymerwyd nifer dda o longau masnach, ac unwaith eto roedd coffrau'r môr-ladron yn llanw'n gyflym. Fel yr oedd Barti Roberts wedi tybio, fe brofodd y llong newydd ei hun yn ddelfrydol. Roedd hi'n gyflym, ac yn hawdd ei thrin mewn unrhyw dywydd. Fel yr âi amser heibio fe aeth Barti Roberts i feddwl mwy a mwy ohoni o hyd. Mentrodd Abram Tomos ofyn iddo ryw noson a oedd e'n meddwl mwy o'r *Royal Fortune* na dim byd arall yn y byd?

Edrychodd Barti yn hir ac yn syn ar ei gyfaill, heb ddweud yr un gair.

Ond yn ddiweddarach y noson honno aeth y ddau i siarad am fynd adre i Sir Benfro.

"Beth sy'n ein rhwystro ni?" gofynnodd Barti. Nid atebodd ei gyfaill, er ei fod yn gwybod yn iawn. Roedd Barti yn mwynhau bywyd môr-leidr ac roedd wrth ei fodd yn cael bod yn gapten arnyn nhw. Roedd e'n mwynhau gwisgo'n wych a thrafod yr aur â'i ddwylo. Ac roedd e'n caru'r *Royal Fortune*. Ond a oedd e'n caru'r llong a'r ffordd newydd o fyw yn fwy na'r ferch yr oedd wedi ei gadael ar ôl yn Nhrefdraeth? Ni chymerai Abram y byd am ofyn y cwestiwn hwnnw'n blwmp ac yn blaen iddo. Na, meddyliodd, roedd Barti wedi tyngu llw y byddai'n mynd yn ôl, ac fe fyddai'n siŵr o gadw at ei air. Un felly oedd e.

Yr oedd Barti Roberts wedi tyngu llw hefyd i ddial ar

Walter Kennedy am ei fradychu ef a'r lleill. Ac fel yr âi'r dyddiau heibio disgwyliai weld mastiau'r *Rover* yn codi yn y pellter. O! fe fyddai hi'n sgarmes wedyn! Y *Rover* a'r *Royal Fortune*, y Gwyddel mileinig a'r Cymro!

Ond pan ddeuai hwyl i'r golwg ar y gorwel, llongau eraill oedden nhw o hyd. Roedd y *Rover* wedi diflannu fel petai'r môr wedi ei llyncu.

Un noson, a'r môr yn dawel fel llyn, eisteddai Barti, Abram, Ashplant, Dennis a Simpson yn y caban mawr yn sgwrsio. Yr oedd Ashplant newydd orffen adrodd fel yr oedd Capten Dafydd wedi cymryd ei long ac fel yr oedd ef wedyn wedi ymuno ag ef. Yn sydyn dywedodd Barti,

"Wyt ti'n teimlo'n edifar weithie?"

"Imi ddewis y ffordd yma o fyw?" Meddyliodd Ashplant yn hir. Yna ysgydwodd ei ben. "Na," meddai'n bendant.

"Does dim hiraeth arnat ti am dy gartre yn Lloegr?"

"Na, does gen i neb yn 'y nisgwyl i adre. Pe bawn i'n gadel y môr rywbryd mi fuaswn i'n setlo ar un o'r ynysoedd 'ma yn y Gorllewin."

"Wel rwy'i eisie mynd adre," meddai Barti. "Mae gen i rywun yn disgwyl amdana i."

Edrychodd y lleill yn syn arno, ac Abram yn fwy syn na neb. Simpson oedd y cynta i dorri'r distawrwydd.

"Y . . . mynd . . . y . . . gadael y môr oeddech chi'n feddwl, Capten Roberts?"

"Mynd adre at fy ngwraig, i fyw bywyd tawel, mewn pentre bach tawel ar lan y môr," meddai Barti.

"Ond," meddai Dennis, "dyw hynny ddim yn bosib . . ."

"Ddim yn bosib! Wrth gwrs 'i bod hi'n bosib," meddai Barti.

"Fe fyddai'r gyfraith, Capten . . ." meddai Dennis wedyn. Ysgydwodd Barti ei ben.

"Na. Mae yna lawer Roberts yng Nghymru. Pwy sydd i ddweud mai'r un sy â'i gartre mewn pentre bach yn Sir Benfro yw Barti Roberts y môr-leidr?"

"Ond, d . . . l, Capten, dwyt ti ddim o ddifri, does bosib?" meddai Ashplant yn ffyrnig.

"Wel, Mister Ashplant," meddai Barti, "doeddwn i erioed

wedi meddwl treulio fy oes fel hyn. Ac rwy'i wedi tyngu llw y bydda i'n mynd yn ôl . . ."

Yna adroddodd yr holl hanes amdano'n cael ei gipio gan y Press ar noson ei briodas a'i roi ar hen long ryfel.

Gwrandawai'r môr-ladron yn astud arno, a phob yn awr ac yn y man fe drawai Ashplant ei ben-lin ac fe regai dros y lle i gyd.

"Dyna pam rwy'i wedi tyngu llw i fynd 'nôl," meddai Barti, ar ôl gorffen ei stori.

"Rwyt ti wedi tyngu llw i ddial ar Kennedy hefyd," meddai Ashplant.

"Do, Mister Ashplant. Ond rydyn ni wedi chwilio'r moroedd am y *Rover*, ond does dim sôn amdani. Beth os yw hi wedi suddo, neu wedi'i chymryd gan long ryfel neu rywbeth? *Os* byth y down ni ar draws Kennedy a'r lleill ddwedes i . . . ac mae'r addewid hwnnw'n dal o hyd."

Aeth wythnosau heibio, ac fe fu rhaid i Capten Roberts fentro i mewn i borthladd Tortuga i brynu bwydydd ac angenrheidiau eraill i'w griw. Yr oedd Tortuga yn enwog fel lloches y môr-ladron, ond fe fu Barti Roberts yn ofalus iawn i geisio rhoi'r argraff mai llong fasnach gyffredin oedd y *Royal Fortune*. Nid oedd ganddo ffydd o gwbwl mewn pobl, ar ôl yr hyn a oedd wedi digwydd i Capten Dafydd ar Ynys y Tywysogion.

Aeth Capten Roberts i'r lan wedi ei wisgo ar ei wychaf — mewn cot borffor a gwaith ffiligri drosti i gyd. Wrth ei wregys yr oedd ei gleddyf hardd, ynghyd â dau bistol ysgafn a charnau ifori cerfiedig iddynt. Yr oedd yn mynd i ddelio â masnachwyr y dref ynglŷn â'r bwydydd a'r mân bethau eraill oedd eisiau arno. Yr oedd Abram Tomos yn ei ymyl yn cerdded i fyny'r brif stryd, a rhyw hanner canllath y tu ôl iddo cerddai Ashplant a hanner dwsin o'r môr-ladron.

Ar ôl bod ar y môr am gyhyd o amser yr oedd y môr-ladron eraill — a oedd wedi gorfod aros ar y llong — yn teimlo'n ddig wrth y capten am wrthod caniatâd iddynt fynd i dir. Ond roedd wedi addo y caent fynd yn ddiweddarach os byddai'r awdurdodau a'r masnachwyr yn weddol gyfeillgar.

Gwibiai llygaid Barti i bob cyfeiriad. Chwiliai am unrhyw arwydd amheus. Ond nid oedd yn ymddangos fod neb yn cymryd unrhyw ddiddordeb mawr yn eu symudiadau. Mae'n wir fod amryw yn troi eu pennau i edrych ar y gŵr bonheddig yn y got borffor a gerddai i fyny'r stryd, ond yr oedd llawer o wŷr bonheddig tebyg iddo yn cerdded strydoedd Tortuga y dyddiau hynny, ac felly nid oedd neb yn synnu ei weld.

Holodd Barti ddyn mewn dillad duon ynglŷn â'r masnach-wyr gorau yn y lle. Roedd y dyn yn medru Saesneg, er ei bod yn amlwg mai Sbaenwr ydoedd. Ganddo ef y clywodd Barti fod y rhyfel wedi dod i ben, a bod y Frenhines Anne wedi marw. Oedd, meddyliodd, roedd llawer wedi digwydd yn y byd mawr tra bu ef yn hwylio'r moroedd fel capten y môr-ladron.

Cynghorodd y dyn dieithr ef i fynd i westy mawr Pireles ym mhen ucha'r stryd. Roedd Pireles yn gwneud llawer iawn o fasnach â morwyr. Roedd rhai'n dweud, meddai'r dyn â'r dillad duon, gan roi winc fawr ar Barti, fod Pireles yn gwneud llawer o fusnes gyda rhai o fechgyn y Faner Ddu o bryd i'w gilydd. Edrychodd Barti'n syn arno. A oedd y dyn wedi deall beth ydoedd?

Ond edrychai'r dyn yn ddiniwed arno.

Lle budr iawn oedd gwesty Pireles. Gwelodd Barti ar unwaith fod y perchennog yn ymwneud â sawl math o fasnach. Fe werthai fwyd a gwin, fe gadwai ferched croen-dywyll o gwmpas y lle i groesawu'r morwyr a ddeuai yno yn eu tro. Yr oedd un rhan o'r adeilad wedyn yn siop a werthai bob math o nwyddau rhad.

Dywedodd Barti wrth Indiad carpiog a safai wrth y drws, "Ble mae'r Señor Pireles? Mae Capten Roberts o'r *Royal Fortune* am gael gair ag e."

Er iddo siarad yn Saesneg, fe ddeallodd yr Indiad. O leiaf roedd wedi deall enw ei feistr, ac roedd hynny'n ddigon. Arweiniodd Barti ac Abram i gefn y gwesty. Mewn ystafell fechan, foethus yn y cefn eisteddai dyn poenus o dew. Pwysai ei ddwy law ar ei fol mawr ac anadlai'n drwm fel dyn wedi bod yn rhedeg. Roedd ei lygaid o'r golwg bron yn llwyr yng nghanol y rhychau o gnawd o gwmpas ei wyneb.

"Señor Pireles?" meddai Barti.

"A! Capten y *Royal Fortune*! Croeso i'r gwesty gwael yma,

Capten. Ond er 'i fod e'n lle digon tlawd, gobeithio y medrwn ni eich diddanu chi a'ch criw tra byddwch chi gyda ni."

"Mae arna i angen bwydydd i'r llong, a rhai pethau eraill," meddai Barti.

"Hym," meddai'r Sbaenwr tew, gan ysgwyd ei ben yn araf, "mae bwydydd yn costio'r dyddie hyn, Capten. Mae prinder ym mhobman, a lle bo prinder mae'r prisie . . ." Cododd ei ddwy law dew oddi ar ei fol.

"Rwy'n siŵr y medrwn ni dalu," meddai Barti.

"Mae llonge, señor . . . yn cael 'u cymryd gan y môr-ladron, cyn iddyn nhw gyrraedd Tortuga . . . mae wedi mynd yn anodd iawn cael dim i fewn o'r môr y dyddie hyn. Oherwydd hynny, mae'r prisie, Capten . . . yn codi . . . o hyd ac o hyd. Flwyddyn yn ôl fe fedrech brynu bwydydd faint a fynnech chi . . . yn rhad, Capten . . . am y peth nesa i ddim . . . ond mae gwŷr bonheddig y Faner Ddu . . . dim byd yn 'u herbyn nhw, cofiwch . . ."

Stopiodd ac agorodd ei lygaid gydag un ymdrech fawr. Edrychodd yn graff ar Barti heb ddweud dim am funud.

"Y . . . dwy'i ddim wedi cael eich enw chi, Capten . . ."

"Roberts," meddai Barti. "Capten Bartholomew Roberts."

Gwelodd Barti ei gamgymeriad ar unwaith. Cododd y dyn tew yn drafferthus o'i sedd. Yr oedd ei lygaid marwaidd wedi bywhau.

"Capten Roberts! Señor, maddeuwch i fi am beidio codi i'ch croesawu chi . . . wyddwn i ddim . . ."

Ni wyddai Barti beth i'w wneud yn iawn. Deallodd ar unwaith fod y Sbaenwr yn gwybod ei fod yn delio â môr-ladron. Deallodd hefyd fod ei enw drwg wedi cyrraedd Tortuga o'i flaen. Gwyddai y byddai'n rhaid iddo fod yn fwy gwyliadwrus fyth yn awr. Penderfynodd orffen ei fusnes â Pireles cyn gynted ag y medrai er mwyn mynd i'r môr. Ar ôl cael dec y *Royal Fortune* o dan ei draed unwaith eto gallai glecian ei fawd ar y byd i gyd.

"Y bwydydd?" meddai. Ac yn awr yr oedd nodyn diamynedd yn ei lais. "Wyt ti'n medru gwerthu neu nag wyt ti?"

Bowiodd y Sbaenwr iddo.

"Wrth gwrs, Capten Roberts. Ond rhaid cofio, fel y dwedais i . . . y pris uchel . . . mae'n ddrwg gen i . . ."

"Na hidia am y pris. Fe fydda i eisie'r bwydydd arferol, mewn cyflwr da, cofia. Ac fe fydd eisie powdwr arna i hefyd . . ."

Unwaith eto agorodd y Sbaenwr ei lygaid.

"Mae powdwr yn brin *iawn*, Capten Roberts . . ."

"Fedri di werthu peth i mi?" meddai Barti'n sarrug.

"Fe wna i 'ngore, Capten Roberts."

"Deuddeg baril o bowdwr, chwe baril o rym, deg o flawd . . ."

Enwodd Barti bopeth oedd eisiau arno ar fwrdd y llong. Roedd y Sbaenwr tew wedi eistedd eto, ac yn awr sgrifennai bopeth i lawr ar lechen â darn o sialc.

"Faint am y cyfan?" gofynnod Barti.

Bu'r dyn tew'n tuchan am dipyn. Yna trodd at Barti Roberts.

"Hym! Wel, señor . . . pe bawn i'n gofyn llai na dwy fil *moidor*, fe faswn ar 'y ngholled, Capten, wir i chi . . ."

Teimlodd Barti ei waed yn berwi.

"Dwy fil?"

Taflodd y Sbaenwr olwg slei arno.

"Dewch nawr, Capten. Peidiwch dweud fod dyn pwysig fel Capten Roberts y *Royal Fortune* . . . ac wrth gwrs . . y *Rover* cyn hynny . . . yn mynd i ddadlau ynglŷn â swm bach fel yna."

Fe wyddai Barti yn awr fod hwn yn gwybod ei hanes i gyd. Gwyddai hefyd y byddai'n ei fradychu i'r awdurdodau pe bai'n gwrthod talu'r hyn a ofynnai am y nwyddau i'r llong. Serch hynny, roedd yr awydd i'w daro yn ei wyneb toes yn gryf iawn y funud honno.

"Y *Rover*?" meddai Barti. "Beth wyddost ti am y *Rover*?"

"A-ha! Capten Roberts, mae newyddion yn teithio gyda'r gwynt yn Tortuga."

"Pa newyddion?" Fe geisiodd Barti gadw ffrwyn ar ei dymer.

"Am y *Rover*. Fe wyddech ei bod hi wedi suddo?"

Ysgydwodd Barti ei ben.

"O ydy, gwaetha'r modd . . . mewn brwydr â'r llong ryfel

King William o Loegr, y tu allan i'r harbwr 'ma. Fe fu'r ddwy long yn tanio ar ei gilydd drwy'r dydd . . . roedden ni'n gallu clywed y swn o'r lan, er na fedren ni ddim 'u gweld nhw. Pan ddaeth y nos, doedd yr un o'r ddwy wedi ennill y frwydr. Ond rywbryd yn ystod y nos, fe suddodd y *Rover* . . . mae'n debyg ei bod wedi'i thyllu'n arw iawn, ac fe lanwodd yr howld â dwr . . . ac i lawr â hi."

"A'r criw?" meddai Barti.

Ysgydwodd y Sbaenwr tew ei ben yn araf.

"Dim ond wyth a achubwyd rwy'n ofni, señor."

"A ble mae'r rheini nawr?"

"Maen nhw yma yn Tortuga, Capten. Capten Kennedy, Mister Anstis a chwech arall. Maen nhw'n hen ffrindie i chi, Capten Roberts, wrth gwrs. Rwy'i wedi'u clywed nhw'n sôn amdanoch chi."

Fe deimlai Barti'n gynhyrfus. Roedd ffawd wedi trefnu ei fod wedi cael y cyfle i gwrdd â'i hen elynion unwaith eto. Cofiodd mor galed y bu hi arno ef a'r lleill ar ôl i'r ddau ddihiryn, Kennedy ac Anstis, eu bradychu a dwyn y llong a'r trysor oedd arni.

"Fe garwn i gael cwrdd â nhw, señor," meddai.

"Cewch, Capten." Yna edrychodd yn graff ar Barti ac Abram â'i lygaid bach yn hanner cau. "Ac rwy'n gobeithio yr ewch chi â nhw i'r môr gyda chi, pan fyddwch chi'n hwylio."

Chwarddodd Barti'n uchel.

"Dim diolch, Señor Pireles. Dim diolch yn fawr!"

"A! Roeddwn i wedi gobeithio y byddech chi'n barod i fynd â nhw, Capten. Ŷch chi'n gweld, maen nhw'n aros yma yn 'y ngwesty i, ac rwy'n ofni 'u bod nhw wedi mynd yn dipyn o boen i fi, señor. Mae Capten Kennedy, pan fydd e wedi yfed gormod o win . . . yn . . . wel . . . mae e'n codi dychryn ar bawb. Ac mae Mister Anstis yn ddyn . . . y . . . peryglus fel y gwyddoch chi. Os ewch chi â nhw gyda chi . . . rwy'n addo y bydd popeth . . . y . . . bwydydd a'r powdwr ar y cei i chi bore fory."

"Ac os bydda i'n gwrthod?"

"Wel, fe all fod yna rwystrau'n codi, ac fe all diwrnod neu ddau fynd heibio cyn y galla i . . ."

161

"Pam nad ei di at y Llywodraethwr i'w cael nhw wedi'u taflu i garchar?" gofynnodd Barti'n ffyrnig.

Ysgydwodd y Sbaenwr ei ben mawr yn drist.

"Mae ein Llywodraethwr ni'n gyfeillgar iawn â'r môr-ladron, Capten. Mae e'n 'u croesawu nhw yma i Tortuga, ac maen nhw'n garedig iawn tuag ato ynte. A dweud y gwir, rwy'i wedi bod yn gweld y Llywodraethwr . . ."

"Fe af fi â nhw i'r môr!" meddai Barti. "Af, fe af fi â nhw i'r môr."

Bowiodd y Sbaenwr. "Dewch gyda mi, foneddigion." Ac arweiniodd y ffordd allan i'r stryd. Fe gerddai'n araf fel hen hwyad.

Ar gornel y stryd yr oedd Ashplant a'r lleill yn disgwyl amdanynt. Sibrydodd Barti yng nghlust Ashplant fod Kennedy ac Anstis yn y gwesty ac yna aethant i gyd ar ôl y Sbaenwr i mewn trwy ddrws llydan-agored.

Fe'u cawsant eu hunain mewn ystafell eang yn llawn byrddau, cadeiriau a meinciau. Roedd Walter Kennedy yn lled-orwedd ar un o'r meinciau, ac roedd e'n feddw gaib. Eisteddai Anstis ar gadair â merch dywyll ei chroen yn ei gôl. Roedd y lleill yno hefyd. Adnabu Barti ddau a oedd gynt yn aelodau o griw'r *Pembroke*. Gwelsant Kennedy yn codi potel at ei enau, a'r foment honno gwelodd yntau hwy. Daeth y botel i lawr yn araf a llithrodd o'i law i'r llawr. Cododd ar ei draed. Aeth ei law at ei wregys lle'r oedd dau bistol a dwy gyllell.

"Paid, Walter," gwaeddodd llais Ashplant, "neu fe chwytha i dy ben di i ffwrdd!" Roedd ei ddau bistol ef yn ei ddwylo yn barod i danio. Yna roedd Anstis ar ei draed. Taflodd y ferch oddi wrtho nes iddi syrthio'n bendramwnwgl i'r llawr. Yr oedd ei gleddyf hanner y ffordd o'r wain pan gydiodd Abram Tomos ynddo a rhoi ei ddwy fraich gref amdano fel na allai symud bron. Gwthiodd Abram ef yn erbyn y wal a'i ddal yno. Tynnodd Barti gleddyf y Ffrancwr a'i daflu i'r llawr. A'r foment honno y gwnaeth y Gwyddel, Kennedy, ei gamgymeriad mawr. Fe feddyliodd fod Ashplant wedi tynnu ei lygaid oddi arno am eiliad, ac fe aeth am ei bistol. Llanwyd yr ystafell â sŵn dau bistol Ashplant yn tanio gyda'i gilydd. Syrthiodd Kennedy yn araf i'r llawr â golwg syn ar ei wyneb. Neidiodd gwaed allan rhwng ei wefusau. Yna roedd y merched yn yr ystafell yn sgrechain dros y lle i gyd.

Edrychodd Barti ar Ashplant.

"Roeddwn i wedi meddwl 'i gadw fe i hongian wrth y iardarm," meddai.

"A finne hefyd," oedd yr ateb. "Ond roedd 'na gymaint o ddicter yn 'y nghalon i . . . mae'n gas gen i ddyn sy'n gallu bradychu'i ffrindie . . . roedd 'y mysedd i'n dyheu am gael gwasgu . . ."

Edrychodd Barti i lawr ar y Gwyddel marw. Roedd Walter Kennedy wedi dod i ben ei daith derfysglyd. Nid oedd Barti wedi cwrdd â dyn tebyg iddo erioed, a gwyddai na fyddai byth yn gwneud eto. Nid oedd wedi cwrdd â dewrach dyn na'r Gwyddel, nac un mwy twyllodrus a chreulon a meddw. Meddyliodd y carai'n fawr gael gwybod beth oedd y rheswm fod dyn mor ddewr ac mor ddeallus yn gymaint o ddihiryn. Ond yn awr roedd e'n gorwedd yn gelain ar lawr gwesty Pireles â'i holl ddrygioni drosodd. Ond roedd cynddrwg, os nad gwaeth, dihiryn yn fyw — sef Anstis — a oedd yn cael ei ddal fel mewn feis gan Abram Tomos.

"Gadewch i ni fynd 'nôl i'r llong," meddai Barti. Nid oedd angen cymell y chwe morwr oedd wedi dod i Tortuga gydag Anstis a Kennedy. Yr oedden nhw'n falch o gael y cyfle i hwylio eto gyda Barti Roberts, Ashplant, Dennis a Simpson. Wrth fynd i lawr am y cei buont yn adrodd wrth y lleill sut fywyd oedd arnyn nhw ar fwrdd y *Rover* o dan y Gwyddel a'r Ffrancwr.

Y noson honno, a'r *Royal Fortune* (neu'r *Fortune* fel y galwai pawb hi erbyn hyn) yn siglo'n araf bach yn y dŵr y tu mewn i harbwr Tortuga, fe benderfynodd y môr-ladron gynnal rhyw fath o lys barn er mwyn penderfynu a oedd y bradwr Anstis yn euog ai peidio. Fe wnaethant hyn yn fwy o ran hwyl na dim arall, oherwydd fe wyddai pawb fod Anstis yn euog. Ond hefyd roedd hi'n hen arfer gan y môr-ladron i gynnal llysoedd tebyg pan fyddai unrhyw un wedi torri'r rheolau ar fwrdd y llong.

Roedd hi'n noson olau leuad fel dydd. Casglodd y môr-ladron o gwmpas y mast ar y meindec i glywed yr achos yn

163

erbyn y Ffrancwr. Capten Roberts oedd yn llywyddu ac Ashplant oedd yn dwyn y cyhuddiadau yn erbyn y diffynnydd. Galwyd ar y morwyr a oedd wedi bod gydag Anstis a Kennedy ar y *Rover* ar ôl iddi gael ei dwyn, i roi tystiolaeth o'r hyn oedd wedi digwydd tra oedd Barti a'i ddynion yn ceisio dal y llong arall yn yr hen *Familia Sagrada*. Dywedodd pob un o'r morwyr fod Anstis a Kennedy wedi penderfynu dwyn y *Rover* heb ofyn barn y rhan fwyaf o'r criw.

Roedd rhai ohonynt wedi ceisio sefyll yn eu herbyn, ond roedd Anstis wedi brathu un dyn o'r enw Jackson â'i gleddyf am ddadlau ag ef. Yn y fan yma awgrymodd Barti Roberts i'r llys nad oedd y chwe morwr a oedd yn ôl gyda hwy yn euog o unrhyw dwyll, ac awgrymodd ymhellach eu bod yn cael ail ymuno â'r criw heb unrhyw gosb o gwbwl. Cytunodd pawb â hyn.

Yna galwyd ar Anstis i sefyll o flaen y llys i roi ei dystiolaeth. Roedd ei freichiau wedi'u clymu ac nid oedd dim amdano ond ei drowsus a'i grys. Ond fe wrthododd y Ffrancwr ei amddiffyn ei hun. Tra oedd Ashplant yn ei gyhuddo o fradychu ei gyfeillion a'u gadael mewn perygl mawr iawn ar y môr, fe ddaliai ei ben yn uchel, gan edrych ar draws y bae lle'r oedd goleuadau'r dref a'r porthladd yn wincio arno. Ar ôl i Ashplant orffen yr hyn a oedd ganddo i'w ddweud, trodd Barti at y carcharor.

"Os nad oes gennyt ti ddim i'w ddweud, Anstis, does gen i ddim i'w wneud ond gofyn i'r llys a wyt ti'n euog neu'n ddieuog?"

"Euog!" gwaeddodd y morwyr i gyd.

"Fe fyddi di'n cael dy grogi wrth y iardarm bore fory," meddai Barti.

Yna trodd Anstis arno fel anifail gwyllt.

"Wyt ti ddim yn ddigon o ddyn i adael i ni'n dau setlo'r mater yma? Mae'n rhaid cael y rhaff, oes e? Beth am y cleddyf ffansi yna, Roberts?"

Syrthiodd distawrwydd dros y dec. Roedd y môr-ladron yn disgwyl ateb y capten. A oedd e'n mynd i ymladd cleddyfau â'r Ffrancwr?

"Ar ôl yr hyn rwyt ti wedi'i wneud, rhaid i ti farw ar y

rhaff, Anstis," meddai Barti. "Ewch ag e lawr i'r howld." Yna cododd oddi ar y dec a mynd yn ôl i'r caban mawr o dan y pŵp.

Pan ddaeth Abram ymhen tipyn roedd e'n eistedd wrth y bwrdd â'i ben yn ei ddwy law.

"Fe wnest ti'n gall i beidio â derbyn awgrym y Ffrancwr," meddai Abram.

"O, wn i ddim."

"Do. Doedd dim galw arnat ti i beryglu dy fywyd er mwyn rhoi siawns i fradwr fel 'na fynd yn rhydd."

"Ba! Dwy'i ddim yn siŵr, Abram. Sut ydw i'n mynd i roi gorchymyn iddyn nhw i' grogi fe bore fory, wn i ddim."

"Ond mae'r criw i gyd wedi pasio dedfryd arno fe . . ."

"Do, do. Ond fi fydd yn gorfod rhoi'r gorchymyn bore fory, ac rwy'n dweud wrthyt ti — wn i ddim a fedra i."

Bu distawrwydd rhyngddynt am dipyn.

"Ba!" meddai Barti wedyn. "Mae'n debyg nad yw'r bywyd yma ddim yn 'yn siwtio i, Abram. Pan fydd y cyfan drosodd a'r stôr o fwydydd wedi dod ar y bwrdd, mi fydda i'n hwylio am Gymru."

"Gawn ni weld, gawn ni weld, Barti," meddai Abram, gan baratoi i fynd i'w wely. "Duwch!" meddai wedyn. "Fe garwn i fynd 'nôl!"

"Rydyn ni'n mynd, Abram."

*   *   *

Bore trannoeth pan ddaeth Barti Roberts i'r dec, roedd e'n edrych yn fwy llwyd nag arfer, ac yn fwy difrifol. Doedd e ddim wedi cysgu fawr ddim y noson gynt ac yn awr fe deimlai'n flinedig a di-hwyl.

Daeth Ashplant ato. "Ga i ddod ag e i fyny, Capten Roberts?"

"Ie." Aeth Ashplant ymaith. Daeth yn ôl cyn bo hir a'r carcharor gydag ef. Roedd Anstis yn llwyd hefyd, ond ar wahân i hynny ni roddai unrhyw arwydd ei fod yn sylweddoli fod dydd ei farw wedi dod.

Edrychodd Barti ar ei wyneb tywyll, caled. Gwelodd y

Ffrancwr yn edrych i fyny. Roedd rhywun wedi gosod y rhaff yno'n barod. Wel, meddyliodd, os oedd rhywun erioed wedi haeddu cael ei grogi, hwn oedd e.

Yn awr roedd y morwyr i gyd ar y dec ac yn tyrru o gwmpas i weld diwedd y Ffrancwr.

"Torrwch e'n rhydd, Mister Ashplant," meddai Barti'n sydyn.

Edrychodd Ashplant yn syn arno.

"'I dorri e'n rhydd, Capten?"

"Ie. A, Mister Ashplant, rhowch gleddyf yn 'i law e."

"Ond, Capten!" sibrydodd Dennis yn ei glust. "Mae Anstis yn gleddyfwr enwog."

"Rhowch gleddyf iddo."

Torrodd gwên greulon dros wefusau'r Ffrancwr.

Estynnodd rhywun gleddyf iddo. Yna roedd ei ddwylo'n rhydd. Am foment bu'n pwyso'r cleddyf yn ei law ac yn ei droi a'i godi. Taflodd Barti ei got ar y dec a thynnodd yntau ei gleddyf.

"On guard!" gwaeddodd Anstis.

Trawodd y ddau gleddyf yn erbyn ei gilydd a chlywodd pawb y dur yn tincial. Yr oedd golwg orfoleddus ar wyneb Anstis. Roedd ganddo ffydd fawr yn ei allu ei hun i drin y cleddyf. Ond fe ddysgodd yn fuan iawn nad prentis oedd ei wrthwynebydd chwaith. Y gwahaniaeth rhwng y ddau oedd fod Barti'n ystwyth ac yn ysgafn ar ei droed, tra oedd ei elyn — ar ôl byw bywyd ofer fel môr-leidr dros nifer o flynydd-oedd — yn fwy araf a thrymaidd. Ond roedd e'n gwybod holl driciau'r gelfyddyd serch hynny, a bu'n rhaid i Barti gilio o'i flaen ar draws y dec, tra oedd cleddyf y Ffrancwr yn gwibio i mewn ac allan. Gwyliai'r lleill y ddau gleddyfwr yn syfrdan. Yr oedd Ashplant yn gwgu'n ffyrnig ar y ddau ac Abram Tomos yn dal ei anadl. Credai Ashplant yn siŵr mai'r Ffrancwr fyddai'n gorchfygu. Ond roedd Abram wedi gweld yr ymarfer yn y caban mawr rhwng Barti a Chapten Dafydd, a doedd e ddim yn siŵr.

Teimlodd Barti frathiad ysgafn yn ei frest a gwyddai fod Anstis wedi llwyddo i dynnu gwaed.

Yna daeth ei gyfle i drio tric Capten Dafydd unwaith eto.

Yr eiliad nesaf roedd cleddyf Anstis yn clindarddach ar y dec bum llath oddi wrtho.

Safodd yn stond am eiliad. Yna, wrth weld Barti'n dod yn nes ato, fe drodd yn sydyn a neidio dros yr ochr i'r môr.

"Daliwch e!" gwaeddodd Ashplant, gan dynnu'i bistol. Rhedodd pawb at yr ochr. Gwelsant ben y Ffrancwr yn dod i fyny o'r dŵr. Taniodd Ashplant ei bistol ond disgynnodd y fwled yn ddigon pell oddi wrth Anstis. Erbyn hyn roedd eraill wedi dechrau tanio at y dyn yn y dŵr. Ond roedd e'n mynd am y lan, ac yn rhyfedd iawn, ni lwyddodd yr un fwled i'w gyrraedd.

Yna gwelodd Barti Roberts gyllell yn mynd trwy'r awyr o fwrdd y *Fortune*. Gwelodd hi'n disgyn yng nghefn Anstis a'r carn yn sefyll allan. Yna roedd y dŵr yn goch, ac roedd y nofiwr wedi diflannu. Trodd ei ben i weld pwy oedd wedi taflu'r gyllell. Gwelodd mai Pring ydoedd, y dyn bach hwnnw a oedd wedi dod yn ôl gydag ef o'r sgarmes ar Ynys y Tywysogion.

ADRE'N ÔL

Chwythai gwynt sionc o'r de-orllewin, gan yrru cymylau cyflym dros wyneb y lleuad yn awr ac yn y man. Roedd hi weithiau fel dydd bron, ac weithiau'n dywyll — pan âi deial crwn y lleuad dan gwmwl.

Rhonciodd y *Fortune* yn y swel cryf wrth fynd heibio i drwyn Pen Dinas, ac wrth wylio'r rhimyn du hwnnw o dir yn y môr, fe wyddai Barti Roberts ei fod wedi dod adre!

Ac eto, ni theimlai lawer o lawenydd yn ei galon wrth lithro i mewn i fae Trefdraeth. Safai ar y pŵp yng ngolau'r lleuad, yn gwylio'r môr aflonydd yn crynhoi a chilio o gwmpas y llong.

Weithiau, pan fyddai'r lleuad uwch ei ben yn noeth heb gwmwl drosti, gallai weld ei harian yn y dŵr yn disgleirio'n wyn. A daeth i'w gof ddyddiau eraill yn y bae hwn, ac yntau'n llanc o bysgotwr tlawd yn taflu ei rwyd yn niwedd Awst, ac yn cael ei llond o fecryll arian a'r rheini'n gwingo ac yn sgleinio ar waelod y cwch. Cofiai eu gwerthu wedyn i hwn a'r llall yn y pentref nes oedd ei boced yn llawn arian o fath gwahanol.

Cofiai'r noson honno yr aeth gyntaf i dafarn Llwyn-gwair. Gwesty'r rhai gwell na'i gilydd oedd hwnnw; ond am unwaith, â'r arian yn tincial yn ei boced, roedd wedi mentro i mewn. A phwy oedd wedi dod i'w dendio ond Megan! Gan mai dyn dŵad oedd ef yn Nhrefdraeth, doedd e ddim erioed o'r blaen wedi gweld merch brydferth Llwyn-gwair. Gwyddai ar unwaith ei bod hi'n wahanol i unrhyw ferch yr oedd ef wedi cwrdd â hi yn Nhrefdraeth a Chasnewy' Bach. Gwyddai hefyd ei fod wedi syrthio mewn cariad â hi cyn gynted ag y disgyn-nodd ei lygaid arni.

Ond y funud honno ar y pŵp, ac yntau'n dod tuag adre'n ôl, meddyliai tybed beth fyddai ei dynged wedi bod pe na bai wedi mynd i westy Llwyn-gwair y noson honno? Meddyliodd fel y mae digwyddiadau bach, sy'n ymddangos mor ddibwys ar y pryd, yn gallu newid holl gwrs bywyd dyn. Yr oedd ef — mab y töwr o Gasnewy' Bach — wedi troi'n fôr-leidr, ac wedi hwylio moroedd y Gorllewin mewn storm a heulwen, a dod yn enwog fel gelyn penna'r llongau masnach a oedd yn mynd a dod rhwng y Byd Newydd a Phrydain, tra oedd ei dad wedi ei eni yng Nghasnewy' Bach ac wedi aros yno ar hyd ei oes gan dreulio'i ddyddiau yn ddigynnwrf a thawel.

Ond doedd ef erioed wedi hoffi crefft y töwr, er ei fod wedi ei ddysgu'n drwyadl i blesio'i dad. Ond o'r diwrnod hwnnw pan oedd wedi mynd ar gefn y ferlen fach i Drefdraeth at ei ewyrth, brawd ei fam, i mofyn adre'r sachaid o sgadan ffres i'w halltu erbyn y gaeaf, roedd wedi bod yn aflonydd a di-amynedd. Y tro hwnnw roedd wedi cael blas y môr ac wedi cwrdd â'r pysgotwyr oedd ag arogl gwymon a physgod ar eu dillad, ac wedi gwrando ar eu storïau lliwgar. Pysgotwr oedd ei ewyrth, ac roedd e'n berchen ei gwch ei hun. Cofiodd am yr wythnos honno a dreuliodd yn helpu ei ewyrth — yr wythnos brysur o bysgota pan oedd bae Trefdraeth fel pe bai'n llawn sgadan. Roedd wedi ennill y sachaid bysgod cyn dychwelyd i Gasnewy' Bach. Y môr oedd y cwbwl wedi hynny. Y flwydd-yn ganlynol roedd wedi gadael ei dad a'i fam ac wedi dod i Drefdraeth i ymgartrefu gyda'i ewyrth a oedd yn dechrau hen-eiddio, ac oherwydd hynny'n falch o gael llanc ifanc, cryf i'w helpu yn y cwch. Ac yna diwedd trychinebus ei ewyrth. Ar ôl yfed gormod o lawer yn nhafarn yr Eidion Du un noson dywyll, roedd wedi syrthio i'r ffos ar ei ffordd tua thre. Roedd y ffos yn digwydd bod yn llawn dŵr, ac roedd ef — a oedd wedi hwylio'r môr mawr ym mhob math o dywydd — wedi boddi mewn rhewyn! Roedd yntau, Barti, wedi aros ymlaen gyda'i fodryb ac wedi cael y cwch iddo'i hunan. A gwyddai y byddai wedi aros yn Nhrefdraeth, yn hapus ac yn fodlon ar ei fyd, oni bai . . . oni bai am y Press . . . ac efallai yn wir . . . oni bai iddo benderfynu mynd i dafarn Llwyn-gwair un noson ar ôl gwerthu ei bysgod, a chwrdd . . . a syrthio mewn cariad â Megan. O oedd, roedd wedi syrthio mewn cariad â hi'r noson gyntaf honno, a chofiai ei fod wedi mynd adre â'i ben yn llawn breuddwydion. Am fisoedd wedyn roedden nhw wedi caru'n ddirgel, heb yn wybod i neb. Ond ymhen tipyn roedd hi ac yntau wedi mynd at Wiliam Ifan i gyffesu eu bod yn caru, ac i ofyn ei fendith ar eu priodas. Ac unwaith eto cofiodd Barti ateb ffyrnig y dyn i'w gais am law Megan. Roedd wedi gwrthod yn bendant ac wedi ei erlid o'r tŷ. Ond roedd Megan, rywfodd neu'i gilydd, wedi llwyddo i gael ffordd arno.

Aeth cwmwl du dros wyneb y lleuad ac ni allai weld yr arian yn y môr, na'r tir yn y pellter am dipyn.

Wiliam Ifan, meddyliodd. O! Sawl gwaith yr oedd wedi dweud yr enw yna wrtho'i hunan ar ei deithiau pell! Wiliam Ifan a oedd wedi ei fradychu i'r Press. Wiliam Ifan a oedd wedi gweld ffordd hawdd i gael gwared o'i fab-yng-nghyfraith annerbyniol. Cronnodd yr hen ddicter yng nghalon Barti wrth feddwl am y dyn. A dyma fe wedi dod adre! Dyma ei gyfle i ddial wedi dod! Ond roedd Wiliam Ifan yn dad i Megan, a gwyddai na allai feddwl gwneud niwed iddo.

Daeth plât arian y lleuad i'r golwg unwaith eto a syrthiodd y golau ar ddeciau glân y *Fortune*. Fe fyddai arno hiraeth ar ei hôl hi — y llong a oedd wedi ei ddwyn ef â'i griw yn iach o bob sgarmes. Doedd hithau chwaith ddim wedi ei bwriadu i fod yn fôr-leidr, meddyliodd. Roedd hen grefftwyr llongau Bryste wedi ei hadeiladu'n lluniaidd ac yn gyflym i hwylio'n ôl a blaen rhwng y Byd Newydd a'r hen. O'i hir adnabod roedd e'n gwybod i'r dim sut i gael y gorau allan ohoni, a thra oedd ei draed ar ei dec fe deimlai Barti'n gwbwl ddiogel. Ond yn awr wrth nesáu at y lan, fe deimlai'n anesmwyth. Beth pe gwyddai'r awdurdodau fod y *Fortune* — y llong â'i henw'n ddychryn yn y Gorllewin — yn hwylio'r funud honno i mewn i fae Trefdraeth yn Sir Benfro?

Gwelodd Dennis yn dod ar draws y meindec i gyfeiriad y pŵp. Fe wyddai Barti ei neges — roedd e'n mynd i ofyn pryd oedd y capten am blygu'r hwyliau. A chan ei fod ef yn adnabod y rhan yma o arfordir Sir Benfro fel cefn ei law, fe wyddai

Barti y byddai'n rhaid gwneud hynny'n fuan bellach, rhag i'r gwynt eu chwythu i'r lan.

"*Furl the mainsails!*" gwaeddodd, gan bwyso dros reilen y pŵp. Edrychodd Dennis i fyny ato a gwenu.

"*Furl the mainsails!*" gwaeddodd yntau.

Ar unwaith roedd morwyr fry yn y rigin yn dringo fel mwncïod. Trodd Barti ei wyneb at y tir unwaith eto. Roedden nhw wedi dod lawer yn nes ato erbyn hyn. Yn awr gallai weld goleuadau bach fel sêr yn wincio arno o'r lan. Trefdraeth! Fe deimlodd lwmp yn ei wddf. Yn Nhrefdraeth roedd pobl yn byw bywydau diogel a threfnus, meddyliodd, pob un â'i orchwyl i'w wneud — yr un gorchwyl o ddydd i ddydd — a phob dydd fel ei gilydd yn ddigyfnewid. A allai ef fynd yn ôl i fyw bywyd sefydlog felly eto? Wrth gwrs y gallai, a chyda Megan i'w helpu ni ddymunai ddim byd gwell. Dim ond un peth oedd yn ei flino — dim ond un peth a allai fod yn rhwystr iddo ymgartrefu unwaith eto yn Nhrefdraeth — a hwnnw oedd yr enw drwg yr oedd wedi'i ennill iddo'i hunan yn y Gorllewin, fel môr-leidr. Beth os oedd y newyddion amdano a'i gampau wedi cyrraedd o'i flaen?

Clywodd sŵn yr hwyliau mawr yn dod i lawr ac yn cael eu plygu ar y iardarm gan y morwyr. Teimlodd y llong yn arafu ac yn petruso. Clywodd Dennis yn gweiddi gorchmynion. Roedd am blygu rhagor o hwyliau eto, ac roedd e'n iawn. Roedd e'n gwybod ei waith, meddyliodd Barti. Ond yn barod roedd y *Fortune* heb ei mensls, fel milwr heb ei arfau, yn amharod i gwrdd ag ymosodwr pe bai un yn dod y funud honno.

Wrth glywed sŵn yr hwyliau'n dod i lawr daeth yr hen deimlad o anesmwythyd dros Barti, a gwyddai fod pob aelod o'i griw'n teimlo'r un fath ag ef. Yr hwyliau oedd adenydd ei aderyn buan a'i galluogai i ddianc rhag pob perygl. A'r funud honno roedd y criw'n clymu'r adenydd hynny.

Clywodd sŵn traed ar y grisiau y tu ôl iddo. Trodd ei ben a gweld Abram yn dringo i'r pŵp-dec. Roedd wyneb y dyn mawr yn seriws yng ngolau'r lleuad.

Am funud safodd y ddau gyda'i gilydd yn gwylio'r rhimyn tir llwyd-ddu fan draw.

"Wel, dyma ti wedi cael dy ddymuniad, Barti — dyma ti wedi dod 'nôl i Drefdraeth."

"Ie. Ys gwn i faint o groeso fydd gan Drefdraeth i'w gynnig i Barti Roberts, Abram?"

"Na, nid i Barti Roberts . . . i Barti Ddu wyt ti'n feddwl."

"Ond yr un yw'r ddau, Abram."

"O na. Y töwr yw un — a'r pysgotwr bach a briododd ferch tafarn Llwyn-gwair. Y môr-leidr yw'r llall — môr-leidr sy wedi gwneud enw iddo'i hunan yn y Gorllewin."

"Wyt ti'n meddwl fod pobol Trefdraeth wedi clywed . . . yn gwybod . . ."

Chwarddodd Abram yn chwerw. "Mae newyddion drwg yn mynd yn fuan ac ymhell, Barti, ac fe ddwedwn i fod yr hanes amdanat ti wedi cyrraedd o dy flaen di."

Syrthiodd distawrwydd rhyngddynt. Abram a'i torrodd.

"Rwyt ti'n ffôl iawn, Barti, i feddwl y gelli di ddod 'nôl, i ailddechre byw yng Nghymru, fel pe bai dim wedi digwydd . . ."

"Ond rwyt *ti*'n bwriadu gwneud, Abram . . . !"

"Fi! O ydw . . . rwy'i'n mynd i dir gyda ti heno . . . rwy'n mynd i gael 'y nhraed unwaith eto ar ddaear Dyfed . . . a fydda i ddim yn mynd i'r môr byth mwy . . . rwy'i wedi cael digon . . ."

"Wel?"

"Nid fi oedd capten y môr-ladron, Barti. Un o'r criw oeddwn i. Does 'na ddim pobol yn nhafarnau Plymouth a Llunden . . . ie a Threfdraeth . . . yn sôn am fy enw i uwchben 'u cwrw heno. Pan lania i heno, mi fedra i gerdded strydoedd Trefdraeth — er nad wy'i ddim yn bwriadu gwneud, cofia — heb i neb estyn bys ata i a dweud . . . 'Dyna'r môr-leidr, daliwch e'."

Bu distawrwydd rhyngddynt wedyn am dipyn.

"Wyt ti'n gweld y gwahaniaeth, Barti?" gofynnodd Abram.

"Ydw. Ond . . . y . . . roedd *rhaid* i fi ddod 'nôl. Rwy'i wedi bod yn byw ar gyfer y noson yma er pan ddihunais i ar fwrdd y *Pembroke* trannoeth 'y mhriodas. Fe dyngais i lw . . . a dyma fi . . . wedi dod adre."

"Ie, ond beth nawr, Barti?"

"Wel, mi fydda i'n cerdded mewn i dafarn Llwyn-gwair ac yn cymryd Megan yn 'y mreichiau . . ."

Chwarddodd Abram eto.

"Fydd hi ddim yn dy nabod di yn y dillad crand 'na . . . a'r farf ddu 'na rwyt ti mor falch ohoni! Rwyt ti wedi newid llawer iawn er pan weles i di gynta ar ddec y *Pembroke* . . . roedd dy groen di mor wyn â'r lili rwy'n cofio."

Chwarddodd eto, yn llai chwerw y tro hwn.

"Fe fydd Megan yn 'y nabod i. Fe fydd hi'n nabod y morwr wedi dod adre o'r môr . . . ar ôl bod yn ymladd dros 'i wlad . . ."

"Rwyt ti'n cellwair, Barti. Ond gad i ni am foment gymryd yn ganiataol nad oes neb yn Nhrefdraeth wedi clywed sôn am Barti Ddu'r môr-leidr a'i gampe yn y Gorllewin, beth wnei di?"

"Setlo i lawr i fyw gyda'm gwraig, fel rown i wedi bwriadu'i wneud cyn i'r Press gael gafael arna i."

"A'r *Fortune* . . . a'r criw . . . ?"

"Fe gân nhw ddewis capten newydd . . . Dennis neu Ashplant mwy na thebyg . . . fedren nhw ddim cael 'u gwell . . . a hwylio oddi yma . . ."

"Wela i. Ond nawr gad i ni edrych ar yr ochr dywyll am foment. Beth os yw dy hanes di wedi mynd ar led? Beth os oes rhywrai tua Llunden wedi meddwl y byddi di'n siŵr o ddod adre i Drefdraeth at dy wraig rywbryd, ac wedi rhoi gorch-ymyn i bobol y dre fod ar 'u gwyliadwriaeth? Beth wedyn?"

"Fe fydda i'n gofyn i Megan ddod i ffwrdd gyda mi ar y *Fortune*."

"Yn wraig capten y môr-ladron? Y nefoedd fawr!"

"Na, na. Fe hwyliwn ni'r *Fortune* i America, a glanio yn rhywle . . . a dechre bywyd newydd — yn y Byd Newydd."

Agorodd Abram ei geg i ddweud wrtho na allai hi byth fod felly, gan ei fod wedi dilyn cwrs na allai byth orffen yn y fath fodd. Ond gadawodd y geiriau heb eu llefaru. Yn hir safodd y ddau'n edrych yn ddistaw ar y tir annwyl yn dod yn nes.

"A beth am dy gynlluniau di, Abram?" gofynnodd Barti.

"Af fi byth yn ôl i Abergwaun, ac mi fydda i'n ceisio

anghofio o heno 'mlaen fod y fath ddyn yn bod ag Abram Tomos y môr-leidr. Pan laniwn ni ar y traeth fan draw rwy'n mynd i gerdded mor bell ag y medra i, drwy'r nos — tua'r gogledd neu'r gogledd-ddwyrain . . . ac mewn tre neu bentre yn rhywle . . . o dan enw newydd . . . efalle y ca i waith . . . mae'n siŵr fod gan rywun waith i'r dwylo mawr 'ma."

"Yr angor, Mister Dennis!" gwaeddodd Barti'n sydyn, wrth weld y tir yn codi'n gefn crwm o'u blaenau.

Plymiodd yr angor i'r môr.

"Tyrd," meddai Barti, "mae'n bryd i ni fynd."

Aeth y ddau i lawr y grisiau o'r pŵp i'r meindec.

"Dennis," meddai Barti ar ôl cyrraedd y meindec, "rydyn ni'n deall ein gilydd? Os na fydda i'n ôl ar y traeth cyn pen dwy awr fe all y cwch ddod 'nôl i'r llong. Fe fydd y *Fortune* yn dy ofal di wedyn, 'rhen gyfaill. Fe fydd rhaid i chi godi angor heb oedi a hwylio ymaith o'r lle 'ma."

Edrychodd y mêt i'w wyneb. "Fe fyddwn ni'n eich disgwyl chi'n ôl, Capten Roberts."

Gollyngwyd y cwch i'r dŵr. Aeth dau o'r criw iddo yn gyntaf, yna aeth Barti ac Abram Tomos dros yr ochr ar eu hôl.

Cydiodd y ddau forwr yn y rhwyfau a dechrau tynnu tua'r lan.

*   *   *

Trawodd trwyn y cwch y tywod heb unrhyw sŵn o gwbwl. Safodd Barti Roberts ar ei draed a neidio dros y pen i'r lan heb wlychu'i draed. Gwnaeth Abram yr un modd ond ni fu ef lawn mor ffodus oherwydd fe ddisgynnodd yn y dŵr a gwlychu'i draed a'i sanau.

Cerddodd y ddau gyda'i gilydd i fyny'r traeth tua'r dref. Wedi mynd am dipyn dyma Abram yn stopio ac yn penlinio yn y tywod.

"Beth wyt ti'n wneud?" gofynnodd Barti'n ddistaw.

Nid atebodd Abram. Dechreuodd durio yn y tywod â'i ddwylo.

"Beth yn y byd . . . ?" gofynnodd Barti wedyn.

Wedi llwyddo i godi digon o dywod i wneud twll go lew, tynnodd Abram ei gleddyf o'i wregys a'i osod yn y twll. Yna tynnodd ei bistol a'i daflu i lawr gyda'r cleddyf. Wedyn tynnodd y tywod dros y ddau nes eu cuddio'n llwyr.

"Dyna," meddai, "rwy'i wedi claddu 'nghleddyf a 'mhistol, Barti. A gyda nhw rwy'i wedi claddu Abram Tomos y môr-leidr hefyd, gobeithio."

Yna cododd ar ei draed ac estyn ei law i Barti.

"Wel, yr hen gyfaill, dyma ni wedi dod i'r groesffordd."

Cydiodd Barti yn y llaw a oedd wedi bod yn gefn ac yn gerydd iddo. "Ddoi di ddim gen i i Lwyn-gwair?"

"Na, rwy'n mynd fy hunan o'r fan yma, Barti. Lwc dda i ti . . . a . . . gobeithio na chei di mo dy siomi . . ."

"Na, does dim eisie i ti ofni. Wel, os wyt ti'n benderfynol — pob lwc i tithe ar dy deithiau, Abram."

Yna, heb air ymhellach, roedd y dyn mawr, â'i becyn ar ei gefn, yn cerdded ar draws y tywod sych, meddal i gyfeiriad y gogledd-ddwyrain.

Trodd Barti Roberts ei wyneb tua'r goleuadau bach oedd yn wincio'n groesawus arno. Nid oedd neb ar y traeth i weld y dyn tal, lluniaidd â'i het â phluen, a'i wasgod goch ffansi a'i got gostus yn cerdded dan olau'r lleuad.

Yn nhafarn Llwyn-gwair roedd sŵn chwerthin a mân siarad. Yn y taprwm roedd tipyn o weiddi a rhegi a thynnu coes. Ond yn yr ystafell fwyaf yn yr hen westy, lle'r oedd y byrddau hirion a llieiniau glân drostynt, roedd llai o siarad a mwy o yfed. Pobl well-na'i-gilydd Trefdraeth a'r cylch oedd yn yr ystafell honno. Roedd dau fab Plas Cilmaen yno, a'r offeiriad, y maer a nifer o siopwyr cefnog y dref. Roedd nifer ohonynt wedi dod â'u gwragedd gyda nhw, ac roedd yno hefyd rai merched dibriod yn eu ffrogiau gorau. Roedd y cwmni'n llawen iawn, ac roedd hi'n hawdd gweld fod rhyw fath o ddathlu'n mynd ymlaen.

Yn sydyn agorodd y drws a cherddodd dyn tal, wedi ei wisgo'n fwy gwych na neb oedd yn bresennol, i mewn i'r ystafell. Ni allai dillad costus meibion Cilmaen gymharu â dillad crand y dieithryn. Chwifiai pluen fach yn chwareus yn ei het ac roedd ei wyneb o liw'r mahogani. Wrth ei wregys crogai cleddyf hir mewn gwain gerfiedig. Roedd ganddo lygaid duon a barf gyrliog ddu a honno'n sgleinio.

Distawodd y mân siarad o gwmpas y byrddau a throdd pawb ei ben i edrych ar y gŵr bonheddig dieithr. Safodd yntau ar ganol y llawr gan edrych o'i gwmpas. Yna eisteddodd wrth un o'r byrddau gwag. Ar ôl iddo eistedd fe ddechreuodd y siarad eto, ond daliai cwsmeriaid Llwyn-gwair i edrych i'w gyfeiriad yn awr ac yn y man.

Edrychodd Barti o'i gwmpas yn eiddgar. Roedd wedi penderfynu peidio â datgelu pwy ydoedd nes y byddai wedi cael cyfle i bwyso a mesur pethau. Tybed a oedd wedi newid cymaint fel na allai neb — hyd yn oed ei wraig efallai — ei adnabod? Fe deimlai'n siŵr ei fod. Pwy fyddai'n cysylltu'r dyn tal barfog yn nillad gŵr bonheddig â Barti Roberts y pysgotwr?

Daeth morwyn ato.

"Syr," meddai, "garech chi rywbeth?"

"Potel o rym," meddai Barti, yn rhyfedd iawn!

Aeth y forwyn i ffwrdd.

Roedd yr offeiriad yn eistedd ar y bwrdd nesaf ato, ac fe glywodd Barti'n galw am botel gyfan o rym. Yn awr yr oedd y Parch. Gwallter Huws yn un o'r bobl hynny oedd yn treulio'u hoes yn cynffonna am eu diod i'r 'gwŷr mawr'. Byddai'n mynd i Gilmaen yn aml, ac yn cael ei wala i yfed trwy wenieithu a chanmol y perchennog a'i feibion. Ac yn awr fe welodd ei gyfle gyda'r gŵr bonheddig dieithr, a oedd newydd archebu potel o rym.

"Brafô, syr!" meddai. "Mae rym yn foddion i gynhesu'r galon ac i lonni'r enaid. Gaf fi eistedd yn eich ymyl chi, syr?"

Gwelodd Barti fod y dyn yn hanner meddw'n barod.

"Ar bob cyfri, syr," meddai, "mi fydda i'n falch os ymunwch chi â fi i ddymuno iechyd da i'r brenin — bendith arno."

Ar y gair daeth y forwyn yn ôl â'r botel ar hambwrdd.

Cododd yr offeiriad o'i gadair a daeth i eistedd yn ymyl Barti. Gofalodd ddod â'i wydryn gwag gydag ef.

Arllwysodd Barti lond ei wydryn ac yna llanwodd ei un ei hunan.

"Iechyd da i chi, syr; ac i'r brenin," meddai'r offeiriad.

"Ac i chwithau, gyfaill," meddai Barti. Gwagiodd y ddau eu gwydrau ag un llwnc. Yna edrychodd y ddau i lygaid ei gilydd. Gwenodd Barti. "Yr ydych chi, syr, yn ŵr bonheddig wrth fodd 'y nghalon i." Winciodd ar yr offeiriad gan lenwi ei wydryn yr un pryd.

Drwy'r amser roedd Barti wedi bod yn edrych yn graff o'i gwmpas. Roedd ei lygaid yn chwilio am Megan — ond doedd hi ddim yno. Roedd e'n nabod rhyw bedwar neu bump o'r rhai oedd yn bresennol, heblaw dau fab Cilmaen. Bob munud disgwyliai i'r drws agor ac i Megan gerdded i mewn. Gwyddai y byddai'n anodd peidio â rhedeg ati a'i chymryd yn ei freichiau y foment y gwelai hi; ond roedd wedi dweud wrtho'i hunan na fyddai'n gwneud y fath beth. Byddai'n rhaid iddo gael gair preifat â hi — ei chael hi wrthi'i hunan . . .

Agorodd y drws a cherddodd Wiliam Ifan i mewn. Edrychodd yntau o gylch yr ystafell fawr, ac roedd gwên foddhaus ar ei wyneb wrth weld cynifer o bobl yn bresennol. Yna syrthiodd ei lygaid ar y dieithryn â'r dillad crand, yn eistedd gyda'r offeiriad. Cerddodd Wiliam Ifan tuag ato. Safodd wrth fwrdd Barti. Curodd calon Barti'n gyflymach, ac yn reddfol symudodd ei law dde yn nes at garn ei gleddyf. A oedd ei dad-yng-ngyfraith yn mynd i'w adnabod? Trodd i edrych ar ei wyneb. Roedd Wiliam Ifan wedi tewhau ac wedi heneiddio ychydig er pan welsai ef o'r blaen, meddyliodd; ond nid oedd yr ên gul a'r llygaid cyfrwys wedi newid dim. Gwelodd ei dad-yng-nghyfraith yn bowio iddo, a theimlai fel chwerthin yn ei wyneb.

"Noswaith dda, syr," meddai Wiliam Ifan. "Croeso i chi, syr, i dafarn Llwyn-gwair."

"Diolch," meddai Barti.

"Na, diolch i *chi*, syr, am ein hanrhydeddu ni. Ydy hi'n bosib y byddwch chi'n treulio'r nos gyda ni?"

"Y . . . mae'n dibynnu," meddai Barti, "fe gawn ni weld."

Cododd aeliau Wiliam Ifan ychydig. Yna gofynnodd,

"Ai dyma'ch ymweliad cynta chi, syr, â thafarn Llwyn-gwair? Does gen i ddim cof i mi'ch gweld chi o'r blaen . . ."

Yna chwarddodd Barti'n uchel — yr hen chwerthin dihidio,

cellweirus. Gwelodd lygaid Wiliam Ifan yn agor led y pen. Am foment plygodd ymlaen i edrych yn syn ar wyneb y dieithryn. Yna gwelodd Barti ef yn ysgwyd ei ben, a gwyddai fod ei dad-yng-nghyfraith am foment wedi bod yn chwilio'i gof am eco o'r chwerthiniad yna. Fe wyddai hefyd iddo fod mewn peryg o gael ei adnabod yn ystod y foment honno. Ond yn awr eto roedd Wiliam Ifan yn sefyll yn gwrtais o'i flaen heb unrhyw amheuaeth yn ei feddwl.

"Rwy'n synnu atoch chi, landlord," meddai Barti, gan ddal i gellwair, "rwy'n synnu nad ŷch chi ddim yn 'y nabod i. Rwy'i wedi bod yma o'r blaen, flynyddoedd yn ôl." Gwyliai wyneb ei dad-yng-nghyfraith yn fanwl.

"Mae'n ddrwg gen i, ond does gen i ddim cof, syr. Ond dyna, mae 'na gynifer o wŷr bonheddig yn mynd a dod y dyddiau hyn . . . mae 'na lawer o wŷr bonheddig — swyddog-ion y Goron — yn galw ar 'u ffordd i Iwerddon, neu ar 'u ffordd adre . . . y . . . efalle mai un o'r rheini ŷch chi, syr . . ."

"Iechyd da i'r brenin!" meddai'r offeiriad, a oedd yn feddw erbyn hyn. Cydiodd yn haerllug yn y botel rym ac arllwysodd wydryn arall iddo'i hun.

"Wel, wel," meddai Barti, gan wenu ar ei dad-yng-nghyfraith. (Roedd rhyw ysbryd rhyfygus wedi cydio ynddo erbyn hyn.) "Wel — i ddangos i chi fod 'y nghof i'n well na'ch un chi . . . y . . mae gennych chi ferch . . . o'r enw Megan . . . ydw i'n iawn?"

"Ydych, syr, yn berffaith iawn."

"A ble mae hi heno? Dwy'i ddim yn 'i gweld hi o gwmpas."

"O . . . y . . . mae hi ar y llofft . . . yn 'i hystafell ar y funud, syr, ond fe fydd hi lawr yn union. Mae . . ."

Ar y foment honno gwaeddodd un o'r gwŷr bonheddig ar Wiliam Ifan o ben draw'r ystafell.

"Esgusodwch fi, syr, am funud os gwelwch chi'n dda." Yna roedd Wiliam Ifan wedi ei adael.

Roedd hi yn ei hystafell! Gwyddai na allai oedi rhagor. Cododd ar ei draed a cherdded ymaith oddi wrth yr offeiriad heb ddweud un gair wrtho. Aeth allan o'r ystafell i'r coridor a oedd yn arwain at waelod y grisiau i'r llofft. Roedd ei galon yn curo fel morthwyl. Llamodd i fyny'r grisiau — dau ar y tro.

Yna roedd e'n sefyll y tu allan i'r drws . . . y drws hwnnw a oedd — bum mlynedd yn ôl — wedi agor i'r Press pan oedd ef a'i wraig ifanc gyda'i gilydd ar nos eu priodas.

Pwysodd â'i fys ar y glicied ac agorodd y drws yn ddistaw. Roedd hi'n eistedd o flaen y drych (un newydd a llawer mwy crand na'r un y cofiai Barti amdano). Tynnai grib yn araf trwy'i gwallt melyn — yr un lliw â'r gwellt gwenith gorau a osodai Barti ar doau tai yng Nghasnewy' Bach slawer dydd. Doedd hi ddim wedi clywed y drws yn agor, a chafodd yntau gyfle am funud i syllu arni heb iddi wybod fod neb yno. Roedd gŵn hardd a chostus amdani, ac roedd hi'n amlwg ei bod yn paratoi i ymuno â'r rhai a oedd yn gwledda yn yr ystafell fawr i lawr y grisiau. Syllodd ar groen glân ei hwyneb ac ar fwa crwn ei bronnau. Rhaid ei fod wedi gwneud sŵn wrth anadlu neu wedi symud, oherwydd y foment honno trodd ei phen a'i weld. Cododd o'r stôl mewn winciad.

"Syr," meddai, gan anadlu'n gyflym mewn ofn, "beth ŷch chi'n feddwl . . ."

Camodd Barti mewn i'r ystafell.

"Megan!" Ac am foment ni allai ddweud rhagor.

"Pwy ydych chi, syr?" gofynnodd Megan. "Rhaid i chi fynd ar unwaith . . ."

"Wyt ti ddim yn 'y nabod i, Megan?" Aeth yn nes ati.

Ciliodd hithau yn ôl. Chwarddodd yntau wedyn. Yn union fel y gwnaeth ei thad rai munudau ynghynt, fe agorodd Megan ei llygaid led y pen. Ond yn wahanol i'w thad roedd hi'n gwybod.

"Barti?" Roedd ei llais yn wan ac yn floesg, ac roedd ei hwyneb yn llawn syndod, a rhywbeth arall hefyd. Ciliodd gam gwyliadwrus yn ôl, gan wylio'r wyneb.

"Barti?" meddai wedyn. Edrychodd arno o'i gorun i'w sawdl — o'i het-a-phluen i lawr dros ei wyneb brown a'i farf ddu at ei ddillad costus. Yna roedd ei llygaid yn ôl ar ei wyneb eto, ac ynddynt gwelodd Barti'r hyn a welodd ynddynt ar nos ei priodas — rhyw dynerwch fel gwlith. Estynnodd ei freichiau. Am foment petrusodd hithau gan gilio cam arall. Yna, rhedodd ato a rhoi ei phen melyn ar ei fynwes. Dechreuodd grio wedyn fel pe bai ei chalon yn torri. Daliodd Barti hi'n dynn ond yn dyner yn ei freichiau, gan geisio'i holi ei hun pam roedd hi'n crio? Ymhen tipyn cododd Megan ei hwyneb, a oedd yn awr yn loyw gan ddagrau, ac edrychodd i fyw ei lygaid.

"Rhaid i ti fynd ar unwaith, 'y nghariad i," meddai, gan gyffwrdd â'i farf gyrliog â'i bysedd.

"Mynd! Ond rwy'i newydd ddod adre . . ."

"Rhaid i ti fynd . . ." swniai ei llais yn undonog a diflas. "Mae sôn amdanat ti ym mhobman. Barti Roberts y môr-leidr. Mae 'na wŷr bonheddig o Lunden wedi bod 'ma'n holi dy hanes di. Fe gei di dy grogi ar sgwâr y dref os nad ei di." Gwingodd o'i afael ac edrychodd eto ar ei got hardd. Gwelodd y gwaith ffiligri prydferth ar y llewys a'r coler.

"Cot goch oedd gennyt ti y nos . . . a doedd hi ddim mor wych â hon . . ." Roedd rhyw dynerwch mawr yn ei llais.

"Os ydyn nhw'n gwybod amdana i — fe fydd rhaid i fi fynd," meddai Barti. "Gad i ni fynd gyda'n gilydd. Mae gen i long yn y bae yn disgwyl . . ."

Ysgydwodd ei phen.

"Rwyt ti wedi dod adre'n rhy hwyr — flwyddyn yn rhy hwyr, Barti Roberts." Roedd y dagrau'n loyw yn ei llygaid eto.

"Beth wyt ti'n feddwl?"

Cydiodd yn ei law a'i dynnu gyda hi i'r ochr arall i'r gwely ffôr-poster mawr.

"Edrych," meddai.

Edrychodd Barti'n syn ar y peth a welai ar y llawr wrth ymyl y gwely mawr. Yna trodd i edrych ar Megan fel dyn wedi drysu.

"Beth . . . ? Beth gythraul . . . ?"

Cydiodd yn drwsgl yn ei llaw dde a chododd hi at ei wyneb.

"Nid 'y modrwy i yw hon!" meddai'n ffyrnig.

Ysgydwodd Megan ei phen.

"Nage, Barti. Ac fel y gwyddost ti — nid dy blentyn di sy yn y crud 'na ar y llawr chwaith. Flwyddyn i heno fe briodais i Gilbert, Cilmaen . . . ac maen nhw yn 'y nisgwyl i lawr y grisie nawr . . . rydyn ni'n dathlu pen blwydd cynta'r briodas . . ."

"Ond doedd gennyt ti ddim hawl! Roeddet ti wedi 'mhriodi

i, ac roedd dy ŵr yn fyw . . . rwyt ti wedi torri'r gyfraith . . ."

"Roedd 'Nhad mor daer, Barti . . . ac roedd y newydd fod y *Pembroke* wedi'i cholli wedi dod . . . ac roedd Gilbert yn gofyn o hyd ac o hyd . . . roeddwn i'n meddwl . . . roedd pawb yn dweud na welwn i byth mohonot ti mwy. Rhyw dri mis yn ôl y daeth y newyddion am dy gampe di ar y môr . . ."

Edrychodd llygaid duon, ffyrnig Barti i lawr arni.

"Ti fydd piau'r lle blaena yn 'y nghalon i, Barti . . . os yw hynny'n rhyw gysur i ti . . . a lle bynnag y byddi di'n teithio . . . fe fydd rhan ohono i'n mynd gyda ti. Oni bai am y plentyn yn y crud fan 'na, mi ddown i gyda ti heno . . . pe baet ti'n gofyn i fi . . . ar ôl clywed beth sy wedi digwydd . . ."

Edrychodd Barti i mewn i'r crud ar y llawr. Gwelodd wyneb crwn, rhychiog plentyn. Roedd e'n cysgu'n drwm â'i ddwrn bach yn ei lygad.

Unionodd yn sydyn wrth glywed sŵn traed y tu allan i'r drws. Yr oedd hwnnw'n gil agored, a'r eiliad nesaf cerddodd Gilbert Cilmaen i mewn. Safodd yn stond pan welodd Barti.

"Pwy wyt ti'r gwalch, a beth wyt ti'n wneud fan hyn? Does gen ti ddim hawl i fod yn y stafell 'ma."

Chwarddodd Barti'n uchel ac yn chwerw.

"Mwy o hawl nag wyt ti'n feddwl, y corgi!" meddai. Aeth Gilbert am ei gleddyf. Yr un eiliad rhasbiodd cleddyf Barti o'r wain. Am foment bu'r ddau ddyn yn edrych ar ei gilydd — Barti'n dal ac yn fygythiol â'i gleddyf yn ei ddwrn, a Gilbert yn welw, ac erbyn hyn yn ofni tynnu'i gleddyf yn erbyn y fath elyn.

"Barti, paid!" gwaeddodd Megan mewn dychryn.

Agorodd Gilbert ei lygaid mewn syndod ac ofn.

Yna gwelodd Barti ef yn troi'n sydyn ac yn mynd am y drws, a gwyddai'n iawn ei fod yn mynd i lawr y grisiau i weiddi am help i ddal Barti Roberts, y môr-leidr.

Ond cyn iddo fynd allan o'r stafell gwaeddodd Megan arno.

"Gilbert!"

Yr oedd rhywbeth yn ei llais a wnaeth iddo droi i'w hwynebu mewn syndod.

"Gilbert," meddai wedyn, yn fwy tawel, "dewch 'ma ata i."

Edrychodd y gŵr bonheddig ifanc ar Barti, yna'n ôl arni hi mewn dau feddwl. Estynnodd Megan ei llaw.

"Gilbert," meddai wedyn. Croesodd y llawr tuag ati.

"Ond . . ." meddai, gan gydio yn ei llaw.

"Na, gadewch iddo fynd. Mae 'na long yn 'i ddisgwyl e yn y bae, a fydd e ddim yn dod 'nôl ffordd yma byth eto."

Edrychodd Barti ar y ddau'n sefyll gyda'i gilydd yn ymyl y gwely, a gwyddai y byddai'n cofio'r olygfa tra byddai byw. Gwyddai hefyd fod Megan yn dweud y gwir pan ddywedodd na fyddai ef byth eto'n dod yn ôl i Drefdraeth nac ychwaith i Gasnewy' Bach lle'r oedd wedi ei eni a'i fagu. Ac wrth gwrs, fe wyddai nad oedd wiw iddo aros rhagor yn yr ystafell honno. Yn araf gwthiodd ei gleddyf hir yn ôl i'r wain. Ond roedd ei lygaid duon ar wyneb Megan. Yna, gydag un chwerthiniad chwerw, trodd ar ei sawdl a cherdded allan drwy'r drws.

Aeth i lawr y grisiau'n gyflym.

Ond pwy oedd yn ei aros ar waelod y grisiau ond Wiliam Ifan. Roedd y tafarnwr yn edrych yn syn arno, a hawdd gweld ei fod yn methu'n lân â dyfalu beth oedd y dieithryn yn ei wneud i fyny'r grisiau.

"Y . . . os ca i fod mor hy â gofyn, syr," meddai yn ei ffordd wasaidd. Trawodd Barti ef o dan ei ên a'i ddwrn nes ei fod yn ei hyd ar y llawr. Am foment edrychodd Barti ar y corff diymadferth wrth ei draed. Yna edrychodd o gwmpas i weld a oedd rhywun yn ei weld. Ond nid oedd neb yn y coridor. Plygodd yn sydyn a chodi Wiliam Ifan fel sach ar ei ysgwydd. Yna cerddodd at y drws ac allan i'r awyr agored. Aeth wedyn yn frysiog i lawr tua glan y môr.

Roedd wedi cyrraedd y tywod cyn iddo glywed y sŵn lleisiau uchel y tu ôl iddo. Dechreuodd redeg. Ond ni allai fynd yn gyflym iawn oherwydd y llwyth ar ei ysgwydd a'r tywod meddal o dan ei draed.

Erbyn hyn gallai glywed sŵn traed y tu ôl iddo. Ond yr oedd e'n dod at ymyl y dŵr yn awr. Gallai weld y cwch yng ngolau'r lleuad — yn disgwyl amdano. Yna roedd ar y tywod gwlyb, caled ac roedd hi'n haws rhedeg o lawer. Cyrhaeddodd ymyl y dŵr a cherddodd drwy'r tonnau bach at ymyl y cwch. Taflodd ei lwyth diymadferth i mewn iddo, cyn dringo iddo ei hunan.

Yna roedd y ddau forwr yn rhwyfo â'u holl egni. Ond erbyn hynny roedd rhyw ddwsin o ddynion yn rhedeg ar draws y tywod tuag atynt. Tynnodd Barti ei bistol a'i danio tuag atynt. Gwnaeth sŵn sydyn yr ergyd iddynt sefyll am foment, ond daethant ymlaen wedyn. Gwyddai Barti serch hynny ei fod wedi dianc o'u gafael am y tro, oherwydd roedd y ddau fôr-leidr yn rhwyfo gyda'r fath egni nes bod bwlch wedi agor rhyngddynt a'r lan yn barod. Gwyddai hefyd y byddai rhaid i'w elynion wthio cwch i'r dŵr os oeddent am ei ddilyn — ac fe gymerai hynny dipyn o amser.

Daeth Wiliam Ifan ato'i hunan ar waelod y cwch. Eisteddodd i fyny ac edrych o'i gwmpas. Yng ngolau'r lleuad gwelodd gefn dyn yn mynd i fyny ac i lawr — cefn y môr-leidr yn rhwyfo. Gwawriodd arno'n sydyn ei fod — rywfodd neu'i gilydd — ar y môr.

"Hei!" gwaeddodd yn uchel, a saethodd poen trwy ei ben i gyd. Trodd i edrych o'i gwmpas a'r tu ôl iddo gwelodd y gŵr bonheddig oedd wedi bod yn y dafarn . . . Cofiodd wedyn beth oedd wedi digwydd ar waelod y grisiau.

"Beth . . . beth ŷch chi'n feddwl, syr . . . ?" gofynnodd.

Plygodd Barti ymlaen nes bod ei wyneb yn ymyl wyneb ei hen elyn.

"Wyt ti ddim yn 'y nabod i, Wiliam Ifan?" gofynnodd.

"Na . . . pwy . . . pwy ydych chi . . . ?" Roedd llais y tafarnwr yn grynedig.

"Wyt ti'n cofio'r Press yn dod i Drefdraeth?"

"Y . . ."

"Wyt ti?" gofynnodd Barti wedyn, gan godi ei lais.

"Y . . . ydw . . . ond . . ."

"Wyt ti'n cofio beth wnest ti'r noson honno i gael gwared ar dy fab-yng-nghyfraith newydd?"

"Na, na! . . . y . . . Pwy wyt ti? . . . Nid . . . ?"

"Ie. Barti Roberts . . . Barti Ddu'r môr-leidr erbyn hyn fel y gwyddost ti. Rwy'i wedi bod yn edrych 'mlaen at gael cwrdd â 'nhad-yng-nghyfraith ers cymaint o amser . . . pan own i'n gorwedd yn yr orlop ar y *Pembroke* rown i'n dyheu am gael cyfle i gwrdd â ti unwaith yn rhagor. A dyma ni, Wiliam Ifan. Mae'r Press wedi galw amdanat ti heno."

Cododd Wiliam ar ei liniau yn y cwch.

"Ble'r ŷch chi'n mynd â fi?" Roedd ei lais yn sgrech. Chwar-ddodd Barti yn ei wyneb.

"I'r un man ag yr aeth y *Pembroke* â fi, Wiliam Ifan — i'r Gorllewin."

"Na! Ewch â fi'n ôl i'r lan ar un waith!" Yr oedd yn awr yn apelio at y ddau forwr oedd yn rhwyfo. Ni chymerodd y rheini unrhyw sylw ohono.

Edrychodd o'i gwmpas yn wyllt. Gallai weld y tir yn pellhau oddi wrtho o'r tu ôl. O'i flaen gwelodd gysgod du llong yn dod yn nes. Ar bob tu iddo nid oedd ond y môr aflonydd.

Trodd at Barti unwaith eto.

"Gad i fi fynd 'nôl . . ." roedd e'n crio nawr, "gad i fi fynd 'nôl. Beth wnewch chi â hen ddyn fel fi ar y môr . . .?"

"Roedd Dafy' Rhydlydan yn hen hefyd. Wyddost ti fod mêt y *Pembroke* wedi torri'i galon e â'i greulondeb . . . fe gei di well triniaeth na Dafy' — er mai ar long môr-ladron y byddi di . . ."

"Na! Na!" gwaeddodd y tafarnwr yn wylofus. Yna neidi-odd ar ei draed a chyn i neb allu ei rwystro roedd wedi mynd dros yr ochr i'r môr. Nid oedd Barti'n siŵr p'un ai cwympo neu neidio yr oedd wedi'i wneud. Ond gwyddai nad oedd amser ganddo ef a'r ddau arall i chwilio amdano. Edrychodd yn ôl dros y môr arian a thybiodd iddo weld pen Wiliam Ifan yn y golwg ugain llath a rhagor y tu ôl i'r cwch.

Ar y traeth roedd prysurdeb mawr iawn i gael cwch i'r dŵr i geisio rhwystro'r môr-ladron rhag cyrraedd y llong. Ond roedd cwch y môr-ladron erbyn hyn yn cyflym agosáu at y llong. Roedd y mêt wedi gweld y cwch yn nesáu ac wedi rhoi gorchymyn i'r morwyr neidio i'r rigin i fod yn barod i godi hwyliau.

Gwyliai Dennis y cwch yn dod yn nes ac yn nes. A oedd y capten ynddo? Yn dawel bach roedd ef wedi credu o'r dechrau y byddai Capten Roberts yn siŵr o ddod yn ôl. Sut y gallai dyn fel fe, a oedd wedi bod trwy fedydd tân a gwaed yn y Gorllewin, feddwl ymgartrefu mewn tref fach fel hon? Craff-odd ar y cwch eto. Oedd — yr oedd yna dri ynddo! Yna gwelodd yr het â'r bluen a gwenodd wrtho'i hunan.

"Set the mainsails!" gwaeddodd yn hapus.

Llithrodd y cwch i mewn o dan starn y *Fortune*, a chyn pen fawr o dro roedd Barti'n ôl ar y pŵp-dec a Dennis yn ei ymyl. Fry yn y rigin roedd y morwyr fel corynnod yn lledu'r hwyliau. Roedd y cwch a oedd wedi dod ar ôl y môr-ladron o'r lan wedi dod yn bur agos at y llong erbyn hyn. Ond wedi gweld fod Barti a'r ddau forwr wedi cyrraedd dec y llong yn ddiogel, ni wyddent beth i'w wneud nesaf! Roedden nhw wedi rhoi heibio rhwyfo ac yn awr yr oedd eu cwch yn rhoncio'n gyson yn y môr tra oedd y rhai a oedd ynddo'n gwylio'r llong dywyll.

Roedd gwên greulon ar wyneb Barti.

"Gawn ni roi un ergyd iddyn nhw, Mister Mêt?" gofynnodd.

Edrychodd Dennis i'w wyneb. Yng ngolau'r lleuad roedd hwnnw'n edrych yn welw ac yn ddig. Beth oedd wedi digwydd ar y lan i achosi'r fath newid ynddo? Edrychodd wedyn ar y cwch yn y dŵr. A oedd Barti am ei chwythu i ebargofiant? Gwyddai na fyddai hynny'n anodd pe bai'n troi gynnau'r *Fortune* arno.

"Na, gwell i ni fynd, Capten," meddai, gan edrych i fyny a gweld yr hwyliau mawr yn ysgwyd yn llac yn y gwynt.

"Ie," atebodd Barti ymhen ysbaid, "gad i ni fynd. Gad i ni fynd o'r lle 'ma gynted ag y gallwn ni." Edrychodd yntau i fyny. "Fe fydd rhaid tacio i'r gogledd am dipyn i ddod allan o'r fan yma."

Yr oeddynt yn dechrau symud yn barod. Cydiodd Barti yn y llyw ac yn araf daeth y llong o gylch nes i'r gwynt ddal ei hwyliau. Yna roedd hi'n tynnu fel ci ar gadwyn — allan o fae bach Trefdraeth.

Cyn bo hir nid oedd y cwch yn ddim ond smotyn ansefydlog ar wyneb y dŵr. Tra oedd y tir hefyd yn cilio o'r golwg safai Barti Roberts yn unig ar y pŵp yn edrych yn ôl. Am amser hir daliodd y goleuadau bach, cartrefol yn y pellter i wincio arno. Yna roedden nhw wedi diffodd yn y môr a'r tir hefyd wedi diflannu. Yn awr eto nid oedd ond y môr cynhyrfus yn arian byw yng ngolau'r lleuad, a'r *Fortune* yn hwylio arno, gan wichian fel hen fasged, fel y tynnai'r gwynt wrth y rigin. Am foment gwrandawodd Barti ar y sŵn hwnnw. Yr oedd bron fel

swn cath yn canu grwndi, meddyliodd. Fel pe bai'r slŵp osgei-
ddig yn hapus unwaith eto wrth ffroeni'r môr agored o'i blaen.

    Yna o gyfeiriad y ffocsl clywodd Wil Ffidler yn strymio'r
offeryn. Arhosodd am y llais tenor trist. Roedd Wil wedi bod
trwy'r sgarmesoedd i gyd, meddyliodd, ac roedd e'n dal i ganu:

> Yn Amsterdam mae geneth dlos,
> O, geneth dlos yw hi;
> Â'i gwefus goch, a'i llygaid glas
> Mor las â thonnau'r lli.
> Ac O! mae ganddi — O! mae ganddi ddawn
> I dwyllo morwr pan fo'i god yn llawn.

> Nid af fi mwy i forio,
> I forio,
> Nid af fi mwy i forio.

> O Amsterdam rwy'n mynd tua thre
> A'i gadael hi ar ôl.
> Beth ddwedodd hi 'rôl gwario 'mhres?
> 'O forwr gwirion, ffôl, —
> O! rwy'n dy garu — yn dy garu'n iawn;
> Tyrd ataf eto pan fo'r god yn llawn.'
> Ond . . .
> Nid af fi mwy i forio,
> Nid af fi mwy i forio.

"Merched! O'r merched!" meddai Barti wrtho'i hun. Pwy
bynnag oedd wedi cyfansoddi'r hen gân fôr gyfarwydd yna —
roedd yntau wedi cael ei dwyllo gan ferch. Y ferch o
Amsterdam a'r ferch o Lwyn-gwair — adar o'r unlliw oedden
nhw. Ond wedyn fe gofiodd eiriau Megan cyn iddo ymadael â
hi. Beth oedd hi wedi'i ddweud? . . . "I ble bynnag y byddi di'n
teithio . . . fe fydd rhan ohonof i . . ." Yna cododd ei ben tua'r
lleuad lawn a chwarddodd yn uchel. Fe gipiwyd y swn ymaith
ar unwaith gan y gwynt, ond nid cyn i Dennis, a oedd yn sefyll
wrth fôn y mast ei glywed. Cododd hwnnw'i ben ac edrych i

gyfeiriad y pŵp. Nid oedd wedi clywed tinc mor galed a chwerw yn chwerthin y capten erioed o'r blaen.

*   *   *

Erbyn bore trannoeth, pan olchwyd corff marw Wiliam Ifan, Llwyn-gwair ar dywod Trefdraeth gan y llanw, yr oedd y *Royal Fortune* ymhell allan yn y môr, yn hwylio tua'r gorllewin.

DIWEDDGLO

Mae ein stori wedi gorffen, a does dim rhaid i neb ddarllen y darn ych-wanegol yma. Mae'n sôn am yr hyn a ddigwyddodd wedyn, ac am ddiwedd bywyd cyffrous Barti Roberts o Gasnewy' Bach.

Roedd hi'n fis Mehefin pan gyrhaeddodd y *Fortune* draethau Newfoundland. Yn y rhan honno o'r byd fe wnaeth Barti Roberts ddifrod mawr iawn. Meddai un môr-leidr a oedd gydag ef ar y pryd, ac a ddaliwyd gan yr awdurdodau wedi hynny, "*In those days Roberts was like a mad dog.*" Ym mhorthladd-oedd Newfoundland fe suddodd longau mawr a bach a llawer iawn o gychod pysgota. Ac am y tro cyntaf fe ddywedwyd amdano ei fod yn trin pobl yn greulon. Dywedir iddo hwylio i mewn i harbwr Trepassey yn Newfoundland, lle'r oedd dwy ar hugain o longau mawr yn gorwedd, a'u dinistrio bron bob un. Dinistrio er mwyn dinistrio, a mentro'i fywyd trwy fod yn gyntaf yn byrddio pob llong — doedd dim rhyfedd i bobl ddweud ei fod fel 'ci cynddeiriog'.

Roedd enw Barti Ddu yn awr yn ddychryn ar y moroedd ym mhobman. Ar ôl gadael Newfoundland, fe hwyliodd y môr-ladron tua'r de gan ddinistrio'r llongau di-ri ar y ffordd. Ymhen rhai misoedd roedd perchenogion llongau'n gwrthod gadael i'w llestri hwy hwylio am y gorllewin gan fod y peiret, Roberts, wedi achosi cymaint o golled iddynt yn barod!

Yn ystod y flwyddyn ganlynol fe gyflawnodd orchestion ar y môr a'i gwnaeth y môr-leidr pennaf a fu erioed.

Fe yrrwyd llongau rhyfel Lloegr ar ei ôl, ond dihangai bob tro. Weithiau ni fyddai ond trwch blewyn rhyngddo a chael ei ddal, ond rywfodd neu'i gilydd fe lithrai o ddwylo ei elynion.

Yn rhyfedd iawn, er ei fod yng nghanol yr ymladd bob amser, a'i ddillad crand a lliwgar yn tynnu sylw pawb, ni chafodd ei glwyfo unwaith. Er bod bwledi'n gwibio trwy'r awyr o'i gwmpas, yr oedd ef yn dal yn *pistol-proof*.

Ond fe ddaeth ei ddiwedd yntau.

Fe'i gwelwyd gan y llong ryfel y *Wennol* ac fe aeth yn frwydr rhwng y *Fortune* a hithau. Mae'n debyg y gallai'r *Fortune* gyflym fod wedi dianc y tro hwnnw hefyd. Ond mynnai Barti Roberts ymladd. Dringodd i'r dec yn ei ddillad gorau — cot goch gostus, a phluen o'r un lliw yn ei het. Safodd ar y dec â'i gleddyf gwych yn ei law. Fe'i trawyd yn ei wddf gan yr ergyd gyntaf a daniwyd gan griw'r *Wennol*. Roedd lwc wedi ei adael. Pan redodd un o'r môr-ladron ato roedd ef wedi marw.

Bu farw fel y dymunai farw — mewn brwydr â'r Saeson ar y môr — ac ni fu rhaid iddo ef gael ei gludo, fel y lleill, i Execution Dock yn Llundain i gael ei grogi.